特級ギルドへようこそ！
～看板娘の愛されエルフはみんなの心を和ませる～

3

著 阿井りいあ
イラスト にもし

TOブックス

キャラクター紹介

メグ

気付けば美幼女エルフに憑依していた元日本人アラサー社畜の女性。

前向きな性格と見た目の愛らしさで周囲を癒す。頑張り屋さん。

ギルナンディオ

特級ギルドオルトゥス内で一、二を争う実力者で影鷲の亜人。寡黙で無表情。

仕事中にメグを見つけて保護する。

親バカになりがち。

シュリエレツィーノ

穏やかで真面目な男性エルフ。腹黒な一面も。メグの自然魔術の師匠となる。

その笑顔でたくさんの人を魅了している。

サウラディーテ

オルトゥスの統括を務めるサバサバした小人族の女性。存在感はピカイチ。

えげつないトラップを得意とする。

ジュマ

戦闘馬鹿な脳筋の鬼族。物理的にも精神的にも打たれ強く、その回復力もオルトゥス一である。

後先を考えない言動が多い。

ケイ

オルトゥス一のイケメンと言われている女性。華蛇の亜人で音もなく忍び寄る癖がある。

ナチュラルに気障な言動をする。

Welcome to the Special Guild

ヴェロニカ

火輪獅子の亜人で大柄な男性。

大胆で豪快だが、意外と人を気遣える常識人。声も大きいことから人を怖がらせてしまいがち。

レキ

オルトゥス医療担当見習い。

虹狼の亜人で角度によって色が変わって見える美しい毛並みを持つ。

素直ではない性格だが根は優しい。

ユージン

オルトゥスの頭領。

仲間を家族のように思い、ギルドを我が家と呼ぶ、変わり者と言われる懐の深い年配の男性。

ザハリアーシュ

魔大陸で実質最強と言われる魔王。
まるで彫刻のような美しさを持ち、
威圧感を放つが、素直過ぎる性格が故にやや残念な一面も。

クロンクヴィスト

魔王の右腕を自称するメイド服の女性。
一見冷たい印象を受けるが
不器用なだけで気遣いの出来る人物。
作り笑顔が恐ろしく下手。

メグの契約精霊たち

最初の契約精霊である、
声の精霊で人型のショーちゃん。
風の精霊で小鳥型のフウちゃん。
火の精霊で子猿型のホムラくん。

ルドヴィーク

医療担当のトップで透糸蜘蛛の亜人。

平凡な顔立ちの穏やかな年配の男性。

エピンク

特級ギルドネーモの男性で泡更格驢《あわかんがろ》の亜人。

シェルメルホルン

ハイエルフの族長。

ハイエルフ以外の種族を見下す。

強力な自然魔術の使い手。

マルティネルシーラ

通称マーラ。

シェルメルホルンの姉である女性のハイエルフ。

イェンナリエアル

通称イェンナ。メグの母親。長い間行方不明となっている。

目次

Welcome to the Special Guild

イラスト：にもし Nimoshi　デザイン：ヴェイア Veia

第1章・行動開始

1 オルトゥス会議

作戦会議が始まった。ネーモのトップであり、ハイエルフの郷《さと》の長であるシェルメルホルンから私を守るための作戦だ。心強い。とっても心強いよ？　オルトゥスの皆さんはとにかくすごい人たちばかりだし、さらに今は魔王である私の実の父親だっているのだ。負けるわけがない、とは思うんだけど……どうしても不安になってしまうのは、相手が同じ特級ギルドのネーモであるということ、なんといってもハイエルフという最凶ともいえる種族が相手だからだと思う。改めてすごい事態になってるな……ダメだ、遠い目になってる場合じゃない。しっかり聞いてないと！

頭領《ドン》であるお父さんが中心となって、それぞれ指示を出していく。おぉ、頭領っぽい。日本にいた時の姿しか覚えてないから新鮮なんだよ！

「まずは三つのチームに分ける。ギルド待機組、ネーモの調査組、そしてハイエルフの郷攻略組だ」

待機組は主にギルドの守護で、調査組はネーモの動きを調査、そして殴《なぐ》り込みをするんだって。ひえっ。最後の攻略組は言わずもがな、だ。

「サウラ、ルド、ジュマ。お前らは待機組だ」

「えーっ⁉　オレも戦いてぇよ頭領！」

名前を呼ばれたジュマくんが不満の声を上げた。確かに、特攻隊長って感じのジュマくんが守りだなんて疑問に思うかも。

「お前なぁ、表向きは戦争じゃなくて話し合いなんだぜ？　お前みたいなすぐ戦おうとする戦闘狂連れていけるかっ！　調査なんか以《もっ》ての外《ほか》だし、残るは待機組だろうが」

「そ、そうだけどよぉ……」

うーん、確かにその通りだ。ジュマくんを連れていったら今からケンカ売りますって言ってるようなものだしね。事実そうではあるんだけど、侵略ではなくて目的はイェンナさんを連れ戻すことだもん。無闇《むやみ》に戦う必要はないのだ。……ハイエルフの郷からハイエルフを連れ出すのだから、どちらが悪者かわからないけどね！

「ま、戦闘になったら頼りにしてっから。ギルドをしっかり守れよ、ジュマ？」

「お、おう！　任せとけ！」

お父さんの激励に、満更《まんざら》でもない表情を見せるジュマくん。なんて扱いやすい男なんだ。

「次。調査組はケイ、シュリエ、あと俺だ」

「頭領も、ですか？」

シュリエさんの疑問は誰もが思ったことだと思う。てっきり攻略組でハイエルフの郷に行くんだと思ってたからね。

「ああ。ついでにそろそろあのギルドの裏を暴《あば》いてやらねぇと。随分前に国からも頼まれてたんだよなぁ。いい加減、本腰入れてやらなきゃとは思ってたんだ。ちょうどいい機会だからな」

国から頼まれてたのかーい！　口振りから察するに、暫《しばら》く放置していたっぽいけど……それって大丈夫なの？　きっとダメだよね、普通は。どうせ特級ギルドの頭領という立場を盾に先延ばしにしていたんだ。そうに違いない。

「で、最後に攻略組が、アーシュとクロン、それにニカだ。うちからはニカを出してやるよ。頑丈で誠実でいいヤツだぞ。ちょっとばかり豪快だけどな」

「照れるぜ、頭領よぉ！」

なるほど、ハイエルフの方は魔王さんが行くのか。魔王さんは自分の奥さんを迎えに行くわけだし、クロンさんは魔王さんについていくだろうしね。問題はないはず。

「仕方がないとはいえ、ああっ……！　また仕事が滞《とどこお》るのですね……っ！」

クロンさんが頭を抱える以外は。

「最後にギル。お前は別件だ」

そういえばギルさんに指示がなかったね。なんだろう？　別件？

「メグを守れ。死ぬ気で、な。正直他のメンバーはそれぞれの任務で手一杯になるはずだ。だからお前はメグの護衛にだけ集中しろ」

「……引き受ける」

私の、護衛だったか……確かに、ギルさんがいるなら私も安心だ。護衛はいらないだなんてそんなことは言えない。私は誰よりも弱いし、ちんちくりんだし。それでいて狙われているんだもん。そして、みんながそれを阻止したいと思ってくれているんだから、ちゃんと守られたいって思う。

「ギルしゃん、よろしくお願いしましゅ」

だから私が言うべきことは、これだよね。ギルさんも少しだけ微笑んで任せろ、と頭を撫《な》でてくれた。えへへ。

「だけどなぁ。肝心《かんじん》のハイエルフの郷への行き方がな……」

お父さんが腕を組んで唸《うな》り始めた。そりゃそうだよ。二十年ほどかけて調べた結果、入り口さえ見つけるのは不可能だって結論が出たんだもん。今更パッと出てくるわけがない。でも、ここをどうにかしないと三つに分かれた意味がないよね。

「シェルメルホルンが郷から出てくるのを待つ、か」

「それしかねぇよなぁ。郷から出てくるだろうハイエルフはアイツしかいねぇし。まぁ、それがわかっただけでもジュマが吹っ飛ばされた価値あったな」

「でも、いつになるかわからない上に、シェルメルホルンだってそうとバレるような行動はしないわよ、きっと。とっ捕まえたところで素直に郷には入れてくれないだろうし、そもそもとっ捕まえることと自体が難しすぎるわ」

ルド医師とお父さん、サウラさんが意見を交わし合っている。このままではいつまでたってもイエンナさんに会えない。みんなが黙りこくって考え始めてしまった。

……もう、みんな優しいね。ううん、わかってて避けている。私を守るために。だってわかるでしょ？ その問題を解決する一番簡単な方法があるじゃない。でもみんなは優しいから言い出せないんだ。どうしても切り出せない。私が、危険だから。

だからここは、私が言うべきなんだ。

「私を、連れてってくだしゃい」

静まり返る会議室に、私の声は確かに響いた。部屋中に、みんなの心に。それぞれが悲しそうな顔で、そして息を吞《の》む。ふふ、やっぱりわかっていたんだよね？

「ハイエルフである私がいれば、入り口が見つかるはずでしゅ。簡単でしゅよ！　血筋の問題ならそれで簡単解決でしゅよね？」

ジッとお父さんの目を見つめながらそう問いかけた。お父さんの瞳は揺れている。よぉし、もう一声！

「どこにいたって狙われるんでしゅ。それに、私のことはギルしゃんが死ぬ気で守ってくれるでしゅ！」

ね？　と両手を腰に当てて胸を張りながらギルさんに視線を送ると、困ったヤツだとでも言いたげに眉尻を下げたギルさんが、頭を乱暴に撫でてくる。当たり前だ、と。ふふ、私の言ったことはサウラさんの受け売りだけどね！

「生まれ育った場所をちゃんと見たいでしゅ。母しゃまに、会いたいでしゅ」

最後の一押し、とばかりに私は言葉を続けた。みんながグッと声を詰まらせたのがわかる。だから私はにへらっと笑うんだ。怖くないよ、大丈夫だよ、って伝えたくて。

「……お前はちっこいのに、立派なギルドメンバーだなぁ。だが、俺はお前に似た子を知っているだけに心配だ。……みんなのために、自分を犠牲にする子なんだ」

お父さんが私の前にしゃがみ込んでそう言った。ああ……それは、環《めぐ》のことだね？　同じことを直接言われたことがあるもん。それで、その時の私はこう答えたんだ。

「……犠牲じゃないでしゅ。私は私に出来ることをしゅるだけ」

『だからお父さんは、私の心配して労《ねぎら》ってくれればいいのっ！』


お父さんの目が、微《かす》かに見開いた。

「君は……いや、何でもない」

そして何かを言いかけて、やめた。うん、それでいいよ。この一件が落ち着いたら、ちゃんと言うから。それまで待ってて、お父さん。私はそっと目を伏せた。

「ギル。お前はそれでもメグを守れるか」

「愚問《ぐもん》だと思わないのか？　頭領、俺を誰だと思ってる」

うひょーっ！　痺《しび》れるやり取りだ！　さっすがパパ！　カッコいい！

「決まり、だな。メグはギルと共に攻略組だ！　それぞれヘマすんなよ！」

お父さんの締めの一声に、みんなが各々の返事する。本当はすごく怖い。足とかきっと震えちゃう。でも、みんなが私や母親のために動いてくれるんだもん。ギルさんや仲間を信じて、自分のことも信じて。頑張ろう。ただ、そう思った。

『ごっ主人様ぁぁあっ！　ただいまなのよぉぉおっ！』

「ショーちゃん⁉」

さて会議も一度お開きに、というところで突然の乱入者が私の胸に飛び込んできた。もちろん、ショーちゃんである！

『うわぁい、ご主人様なのよっ！　久しぶりなのよっ！　会いたかったのよぉっ!!』

「ショーちゃん……っ！　お疲れしゃま、おかえりっ！　私も会いたかったよぉっ！　無事でよかったぁーっ！」

可愛すぎるショーちゃんの叫びに私もヒシッと抱きしめて帰還を喜ぶ。本当に無事で良かったよ！　かなり時間が経ってたから本当に心配してたんだよ！

「……契約精霊とはいえここまで精霊に愛されるとは」

シュリエさんの呆れたような感嘆したような呟きが聞こえた。えへへ、仲良しだよー？

『我が主？　私も主が大好きですわよ？』

「ああ、それはわかっていますよ、ネフリー。ただ、この子たちは出会って間もないでしょう？」

『それもそうですわね。でも、メグ様ならそれもわかります。メグ様は、本当に心地良いオーラを放っていますもの』

なんだか嬉しいことを言ってくれてるなぁ。ありがたいことだ。だって私も精霊さんたちは大好きだからね！

「メグ、再会を喜んでいるところ申し訳ないのですが、声の精霊から報告を聞いても？」

「あっ、しょーでしゅね！」

ちょうど今はこの場にみんなが揃っているのだ。ショーちゃんに聞いてみよう！

「ショーちゃん、みんなに聞こえるように報告してもらってもいいかなぁ？」

『お安い御用なのよ！　でも、今回のお仕事分の残りの半分と、今使う分の魔力、ちょーだいっなのよっ！』

あっ、そうですよね！　でもちょっと待って？　それって結構ごっそり持っていかれるんじゃ……！

『いっただっきまーす！　うふふ、久しぶりのご主人様の魔力ーっ！　美味しい美味しい魔力ーっ！』

あーっ!!

気を失うギリギリのラインまで魔力を吸い取るだなんて、ショーちゃんたらやり手……！　ええ、現在私はギルさんの腕の中でぐったり中ですよ。起きて話を聞くくらいは出来るよ！　さすがにぶっ倒れるほど吸い取ったりはショーちゃんもしない。だからこそこのギリギリラインを攻めるショーちゃんが恐ろしい……！

でも、危険な場所で長い間頑張ってくれたんだから、このくらい平気なのだ！　ご主人も頑張るんだよ！　でも少しぐったりさせてね。くすん。

『ずーっとずーっと見張ってたけどほんの少ししか話してくれなかったのよ！　もう少しいたかったけど、私が見える人が来た気配がしたから帰ってきたのよ！』

少しでも私の手掛かりを残さないように姿を見られるわけにはいかない、とショーちゃんは使命感を覚えたらしい。なんて出来た子なの！　自信がないとしょぼくれていた時の姿が思い出せないくらい、その顔は自信に満ち溢れている。うんうん、そうしているのが一番素敵だよ、ショーちゃん！　うちの子が一番！

「エルフかドワーフか……もしかしてハイエルフですか？　その精霊が見える人というのは」

親馬鹿に浸っていると、シュリエさんがショーちゃんに直接質問をしていた。出会う前に逃げたからわからないのよ、とショーちゃん。少しだけ不安気《げ》だ。

「あなたの判断は間違ってないですよ。メグが安全第一と指示したのでしょう？　正しい判断でした。もし知っていたら教えていただきたかっただけですから気にしないでくださいね」

ふわりと優しい笑みを浮かべてそう告げてくれたシュリエさん。ショーちゃんにまで優しく気遣ってくれるなんてさすがです！

『じゃあ、早速ネーモ？　のギルドで聞いてきたことを再現するのよー！』

「うん、お願いね、ショーちゃん！」

こうして、会議室の中央まで飛んでいったショーちゃんは、魔術を発動させた。

『おい、お前ボスの指令受けるか？』

『なんでんなこと聞くんだよ。ありゃ強制参加じゃねぇか』

男二人の声だ。ヒソヒソと小声で話しているように聞こえる。

『でもよぉ、気乗りしねぇよなぁ。オルトゥスに乗り込むだなんて』

「なんですって⁉」

オルトゥスに乗り込む、という発言を聞いてサウラさんが思わず声を上げる。誰もがそれぞれ思ったことだろう、みんな驚いているようだ。

「まぁ、待て。最後まで聞こうじゃねぇか」

「え、えぇ。ごめんなさい。精霊さん、続きをお願いするわ」

はーい、と場にそぐわぬ明るい声でショーちゃんが返事をしたので、少しだけ心が和《なご》んだ。ふふ、ありがとうショーちゃん！

『それも、たった一人の子どもを攫《さら》うためだけってんだろ？　どんな価値のあるガキなんだよ』

『それがよ、本当かどうかは眉唾《まゆつば》モンなんだが……どうやらハイエルフの子どもらしいんだよ』

『はぁ？　そんなもん、存在すんのかよ。意外と夢見がちだなーお前』

その情報まで掴んでいるのか、とお父さんが苦い顔で呟《つぶや》く。でも、族長がネーモのボスなら知っててもおかしくはない。だって、私はハイエルフの郷にいたんだもんね？　まぁ、ネーモのギルド内で噂《うわさ》されているってところを言ってるんだろうけど。

『それが本当らしいんだよ。ラジエルドさんがボスから聞いたって言ってたんだ』

『まじかよ……それなら、本当、なんだろうな……』

ラジエルド、という人の名前が出た途端にそれが事実だと認識したらしく、さらに声のトーンが低くなった。

「ラジエルド……！」

突如《とつじょ》ジュマくんが殺気を放った。突然だったからビックリして身体が飛び上がっちゃったよ！　今はギルさんの腕の中だったから即座に背中をポンポンされて落ち着いたけどね。でも心臓に悪い。

「蒼炎鬼《そうえんき》のラジエルドですか。お友達なのはわかりましたから殺気を沈めなさいジュマ」

「友達じゃねぇよ！　同じ鬼ってだけだ！」

そうえんき？　ギルさんに尋《たず》ねると、蒼い炎を操る鬼なんだそう。なるほど、ジュマくんの知り合いなのかな。

『本当かどうかはさておき、急な話だろ？　五日後に出発だなんてさ。考える暇さえ与えない感じだよな……』

『普段はギルドに顔すら出さないのに、たまに来たらこういう無茶な指令出すんだよな、ボスって』

『でも、俺らみたいなゴロツキを雇ってくれんだからやるしかねぇ、よな……』

『まぁな。いけすかねぇいい子ちゃん集団とケンカするチャンスでもあるしな』

『お互い死なねぇようにしないとなぁ！』

ガハハと下品な笑い声を上げたところで、ショーちゃんの報告は終了した。

『どお？　オルトゥスとか子どもとかハイエルフとか聞こえたからいいかなって思ったのよ？　合ってた？　ご主人様？』

「うん。しゅごい収穫だよショーちゃん。さしゅがだよ！　本当にありがとう。おちゅかれしゃま！　しばらくはゆっくりちててね」

『よかったのよー！　また何かあったらいつでも呼んでなのよ！』

見事な仕事ぶりだ、ショーちゃん。私は目一杯ショーちゃんを労った。しばらくは休んでてね。

「五日後に……確かに急であるな」

ショーちゃんの見事な仕事ぶりにホッとしたのも束《つか》の間《ま》、重々しく告げた魔王さんの一言が、ズシリと胸の奥に響いた。

「まぁ今知れて良かったじゃねぇか。メグと精霊のおかげだな！　ってなわけで、俺らもそれぞれ五日後に出発だ。準備しとけよー」

お父さんの軽い調子の声は重くなりかけた空気を変えてくれた。さすがは頭領なだけあるね。娘は誇らしいよ！

「そうね。やつらが来ても、ギルドにメグちゃんはいないってわけか」

「でもそれを相手方に教えてやる必要はない、と」

サウラさんとルド医師が悪い笑みを浮かべている……！　なるほど、ネーモの人たちはせっかく覚悟を決めてオルトゥスに来たというのに、目的の私がいなくて無駄足になるのね？　しかもたぶん敗走するまで、もしくは敗走しても教えない気なのだろう。二人の考えが容易に読み取れてしまうよ……！

「それにジュマ、思う存分戦えるじゃない。迎撃《げいげき》戦とはいえ、期待してるわ。結界は強化してもらうから遠慮しなくていいわよ」

「あったりめぇだ！　くぅーっ！　久しぶりにワクワクしてきた！」

サウラさんたらジュマくんを焚《た》きつけるのがうまいなー。敵が攻めてくるというのに楽しそうとか、そこはさすが鬼、といったところかな。

それにしても、問題にならないのかな？　特級ギルド同士で戦うなんて。そんな疑問を漏らすとそれについてはギルさんが答えてくれた。

「うちは迎え撃つだけだからな。向こうが手出しするまで何もしないで待つ。ネーモが仕掛けてきたという証拠があればあとは好きにやっていい」

ふむふむ。つまりギルド内に音声とか映像を記録する魔道具なんかが設置されるのかも。何せお父さんがいるんだから、そういうものを研究してミコラーシュさんが開発しててもおかしくない。というか絶対ある気がする。

「それに、うちは信頼されているからね。例えば向こうが何か理由をでっち上げてうちを攻撃してきたとしても、何かとキナ臭いネーモよりうちの証言の方が信憑性《しんぴょうせい》が高いとみなされると思うよ」

さらにケイさんが補足説明してくれた。なるほどね。信頼されるだけの実績を積んできたんだ。余程のことがない限り、うちが不利になることはなさそうだね。日頃の行い、大事！

「ジュマ。お前ワクワクするのはいいけど、勝てるのか？　ラジエルドに。アイツにお前が勝てなきゃギルド《ここ》は終わりだぞ」

ピリッとした空気を漂わせてお父さんがジュマくんに問いかけた。ラジエルド、というのはきっと向こうの最高戦力に近い存在なんだ。ショーちゃんからの報告を聞くに、その人はこのギルドにやって来る。そしてここに残るメンバーで太刀打ち出来るのは恐らくジュマくんだけってことなんだよね。

ギルドの他の人たちはそれこそ、他のネーモメンバーと戦わなきゃいけないだろうし、援護もあまり期待出来ない。まぁそれはお互い様なんだろうけど。

「……確かに、アイツに勝ったことはねぇよ。でもありゃ、ガキん時だ。今やったら、オレが勝つ！」

ジュマくんの金色の瞳が強い光を帯びているように見えた。そっか、勝ったことはないんだね。でも、なぜだろう。不思議と不安はない。ジュマくんならやってくれるって信じてる。そしてそれは、ここにいるみんなが同じ気持ちだと思うんだ。

「……そうか。じゃ、勝て」

「おう！」

暫しお父さんとジュマくんは目で語り合い、そして軽い一言を交わし合う。うん、きっとそれでいいんだよね。こうして、特級ギルドオルトゥスの本拠地の守護は、ジュマくんに委ねられた。

「戦闘なら頼りになるのよねー。他のことはまるでダメだけど」

サウラさん！　それ、みんなが思ってたやつ!!


会議が終わると、メンバーは散り散りに解散した。私はギルさんの抱っこで大浴場へと向かうところである。なんで抱っこかって？　魔力が回復していないのと、いくらお昼寝したとはいえ、夜遅くなったので眠いのだ。今日どんだけ寝るの私？

「メグ。……無理してないか？」

大浴場の前に着き、ギルさんが私を下ろしながらそう言ったので見上げると、心配そうにこちらを見る整ったお顔。まぁ、今日だけで色々あったしね。色んな話も聞かされたし、これからのことを思えばこちらを気遣う気持ちもわかるというものだ。

でも、表には出さないようにしてたんだけどな。指摘されたことでフッと肩の力が抜けてしまう。

あー、さすがは保護者。それとも私がわかりやすいのかな？　ここは正直に白状した方が良さそうだ。

「……本当は、しゅっごく怖いでしゅ。きっと足なんか歩けないくらい震えちゃうでしゅよ！」

あはは、と笑いながらそう告げると、ギルさんが屈んで私に目線を合わせた。黒い瞳に映る美幼女の顔は情けない笑顔を浮かべている。こりゃダメだ。全く取り繕えてないや。

「実はな、俺も怖い。未《いま》だ嘗《かつ》てないほど怖いと思っている」

「え⁉　ギルしゃんがでしゅか⁉」

驚いてそう聞き返すとそうだと笑いながらギルさんが頷《うなず》く。本当に意外だ。だって私にとってギルさんは完璧な人だったから。

「お前を、メグを失うようなことがあったらと、恐ろしくてたまらない」

情けない護衛ですまない、とギルさんは言う。一方、私はというと、うっかりキュンときていた。ギルさんがイケメンすぎて辛い……！　素直に嬉しいと感じたよ。そっか、ギルさんも怖いんだ、と思うと安心したというか。でも変だよね、護衛してくれる人が怖がってるって知ったら、普通は不安になってもおかしくないところなのに。

ギルさんは、私に安心感をくれた。初めてこの身体になったことに気付いて、右も左もわからない異世界で、安心して過ごすことが出来ているのはギルさんと出会えたからだ。今もなお、ギルさんは私にとって最も安心感を与えてくれる人である。だからこそなのかもしれない。この状況でもその安心が揺るがないのは。

「じゃあ、ギルしゃんのことは私が守るでしゅ！」

「む？」

そんなギルさんに、私が出来ることはないのかなって思ったのだ。無力で、ただ見た目が整っただけの幼女に出来ることは？　ううん、私だからこそ出来ることはなんだろうって。

不思議そうにするギルさんの首に小さな手を回して、私はギュッと抱きついた。お父さんが昔よくしてくれたおまじないをしてあげよう。

「こわいの、こわいの、とんでいけー！」

「メグ……」

ギルさんが、自分のせいで私が傷付くことが怖いのなら、私はギルさんの近くでいつでも元気でいよう。出来るだけ怪我しないように、出来るだけ無理なく笑えるように。それが一番効果的だなんて、自惚れかもしれないけど。

「こわいの、とんでった？」

少なくとも、元気は分けてあげられるんじゃないかって思う。そのためなら精神がゴリゴリ削られるあざとい言動をすることも吝《やぶさ》かではない。私が小首を傾げならそう聞くと、驚いた顔のギルさんは、一瞬の間を置いてからフッと笑った。うふふ、成功かな？

「ああ、飛んでいった。そうだな。メグがいれば、怖くないな」

「良かったでしゅ！」

私たちは小さく笑い合う。うん、私は能天気に笑っていよう。二人の間には、優しくて穏やかな時間が流れていた。

ゆっくりしてこい、と言うギルさんに挨拶《あいさつ》をし、立ち去る姿を見送っていると、ちょうどいいタイミングでお風呂に入りましょうと、ギルドのお姉さんが声をかけてくれた。近くで待っていたらしい。そのまま一緒にお風呂に入ったお姉さんは、私を丸洗いにしながらしきりに「いいものを見させてもらいました」「癒《いや》されました」と呟いた。普通に大浴場前で話していたからバッチリ見られていたようだ。なるほど、イケメンと幼女の心温まるスキンシップか。確かに周りから見たら癒される光景かも。

……ん？　ん？　ふと、私はあることを思い出した。その瞬間からグルグルとその考えが脳内を巡り、顔に熱が集まる思いだ。でも不審がられてはなるまいと、どうにか身支度を終わらせてお姉さんと別れ、自分の部屋に戻るまで我慢した。パタン、とドアを閉め、ボフっとベッドに倒れこんだところでようやく私は悶絶《もんぜつ》したのだ。

私っ、中身はアラサー女だった!!

しかも、まだ正体を明かしてはいないけど、ギルさんたちは私の中身が別の魂であると知っている。さっき聞かされたからね！　だから、私がそこそこの年齢だと気付いてるんじゃない!?　そんな私が軽率に男の人に抱きつくのは、よく考えたらすんごいことしちゃってない？　いや、お互いに親娘《おやこ》と認識しているからやましい気持ちはないんだけど、今更ながらすっごく恥ずかしい！

はぁ……私、かなり身体に精神年齢引っ張られている気がするなぁ。元々枯《か》れていたけど、さすがに突然人に抱きついたりはしなかったもん。ということはこの先もきっと似たようなことを色んな人にする予感。そういえば前はシュリエさんにハグを求めたっけ……。

「う、うわぁぁぁ……」

ふと環であることを認識すると耐え難い羞恥《しゅうち》が襲ってくる。気にしちゃ負けだ、私はもう幼女、幼女なんだ、とブツブツ言い聞かせる。こりゃダメだと思った私はぎゅっと目を瞑《つむ》って布団を頭から被り、無理矢理眠りにつくのだった。……ぐはっ、おやすみなさいっ!!

2　出発

おはよーございます！　寝る前にあれこれ考えて、羞恥で寝れないかも？　と心配した私ですが、そんなことは一切なく熟睡した模様です。夢も見なかったしね。でも、メグとはまたお話したいからまた夢で会えるといいんだけど。ま、そんな都合良くはいかないかぁ。

さて、今日も元気にお仕事しよう！　色んなことがあり過ぎてちょっと気持ちが混乱しがちだけど、朝は変わらずやってくるのだ。えっと、確か今日は午前中だけ看板娘なんだよね。午後はお昼寝以外予定はなかったと思う。なにこの幸せスケジュール。いいな、幼女って。

出発は五日後って言ってたし、ギルさんに頼んで必要なものを揃えに行こうかな？　そんなことを考えながら今日もクローゼットの前に立つ。ど、れ、に、し、よ、う、か、な！

「よちっ！　今日はこれー！」

悩むこと数秒。コーディネートはされているので選ぶだけなのはつくづく楽だ。そして、今日選んだのはずっと気になっていた着物風ワンピースである！

白い生地に赤い大きな花の柄が刺繍《ししゅう》されてて、シンプルながらなかなかに目立つ。腰には帯のような太いベルト。一人で着やすいように簡単に留められるようになっている優しい作りだ。丈はそれなりに長いけど裾が少し広がっているから歩きやすそう。あとは所々レースで飾り付けもしてあってちょっと不思議なデザインになっている。

「下駄とかサンダルじゃなくてよかったー」

靴はショートブーツの様な形でこれまたすぽっと楽に履ける。これでもオルトゥスで働いている身だから歩きやすさは重要である。さすがはランちゃんだ！　最後に鏡の前でくるんと一回りして全身チェック。うん、可愛らしい！　さて、ギルさんの部屋のドアをノックしましょー！

ノックするとすぐに返事があり、それからドアが開いた。ギルさんはいつ見ても同じ服なんだけど……着替え、ないのかな？　それとも同じ服を何着も？　そんな素朴な疑問を思い切ってぶつけてみると、

「あぁ、この服は特別製だからな。自動洗浄してくれる。魔物型になった時に自動的に亜空間へと収納され、人型に戻れば洗浄された状態になっている。普通の服より魔術も通しにくい戦闘服だ」

とのお答え。だからあまり着替える必要がないんだそうだ。ちなみに寝る時も快適らしい。何そのスーパー素材……さ、さぞやお高いんでしょうね!?

「ちょうどお前のも出来る頃だからな。午後は空いているんだろう？　受け取りに行くか？」

「ふぇ⁉　私の、でしゅか？」

　何でも、私が狙われていると知った時にすでに注文していたのだそう。なんて用意がいいんだ、このパパは！

「まさか遠征に行くことになるとは思わなかったが……間に合いそうで良かった。これで安全性が増すからな」

　そう言ってくしゃりと私の頭に手を置いたギルさんは次いで、まぁ指一本触れさせる気はないが、と告げた。イケメンか⁉　あ、イケメンだった。

　それから二人で朝食を食べ、また昼食の時に、とギルさんと約束をしてからお仕事開始となりました！　食堂でもそうだったけど、今日はやけにギルド仲間に声をかけられたよ。

「聞いたよメグちゃん。遠征だってな」

「あぁ、心配だよ！　でもギルさんがいるもんね……！」

「もう立派なオルトゥスの一員だねぇ」

「しっかりな！　ちっちゃいの！」

　概《おおむ》ね心配と激励のお言葉だった。いつも思うけど本当に皆さん優しいよね。お姉さん、嬉しくて何度も涙ぐんじゃったよ！

「いっぱい、がんばりましゅ！」

　その度に私が返せる言葉といえばこの程度だというのに。足手纏《あしでまと》いにならないように、は違う。だっているだけで足手纏いにはなっちゃうもん。自分に出来ることを、も違うんだよね。私に出来ることなんて知れてるもん。言うなればハイエルフの郷というドアを開ける鍵みたいなもんだ。あればいい、居ればいいのだ。

だから言えるのは、頑張るということくらい。これも一体何を頑張るんだって感じだけど、怖くて泣いたりしないとか、出来るだけ邪魔にならない場所にいる、とかそんなもんである。情けないけど、自分のことはよくわかっているのだ。必要であれば精霊たちに助けてもらうべく、毎日ちょこちょこ魔力を渡してたりはするけどね。貯魔力《ちょまりょく》である。出来ることからコツコツと！　だって、どうせ何も出来ないからって何もしないのとはわけが違うのだ。微々たることでもしないよりマシ、ゼロよりマシなのだから。


そうこうしている間に、無事に午前中のお仕事も終わって今からお昼ご飯ですっ！　ルンルンとギルさんと食堂に向かっていると、ケイさんとバッタリ出会った。うーん、今日もイケメンオーラ全開で眼福です！

「じゃあお昼寝の後から買い物かい？　それならボクとメアリーラちゃんも行っていいかな？」

「いいでしゅけど、メアリーラしゃんも？」

「そうだよ。ラグランジェに依頼するんだ。忘れちゃった？　ぬいぐるみのこと」

「！　ぬいぐるみー！」

そうだった！　私の部屋のお披露目《ひろめ》の時にそんな話で盛り上がったよね！

「ぜひ、ボクからメグちゃんに贈らせて欲しいなって思って。今注文したら、ギルドに戻ってきた時には出来ているだろうから」

あ、そうか。もうあと四日後には旅立つんだよね。そう思うとドキンと心臓が跳ねる。それを察したようにケイさんはフワリと笑ってこう付け足した。

「楽しみがあった方が、頑張れるだろう？」

その言葉の裏には、お互い無事にいようね、という意味が含まれているように感じて、緊張がホロホロ解けて心が温まっていく気がした。

「あいっ！　しゅっごく楽しみでしゅっ！」

「……さすがだな」

「んー？　何のことだい？」

とぼけたようにウインクしたケイさんは誰よりもカッコ良く見えた。


さてさてギルさんとケイさん、それからメアリーラさんと私の四人でやってきましたよ、ラグランキラリンテーラーショップへ！　いつ聞いてもすごい店名だな。でもインパクトは十分だよね。

「あら、久しぶりねぇ。んふふっ、聞いてるわよぉメグちゃん！　看板娘、就任おめでとぉ！　随分頑張ってるみたいじゃないのぉ。おかげで売り上げが伸び続けてるのよぉ！」

「本当でしゅか!?　きっとみんな、このお店の魅力に気付いたんでしゅよ！　私の宣伝はお店を覗いてみるキッカケになってるだけでしゅ」

だって、お店を見てみても気に入ったものがなかったら買うこともないし、売り上げが伸びるわけないもん。だからこれはランちゃんの腕がいい証拠なのだ！

「んまっ！　嬉しいことを言ってくれるわねぇ。でも、こぉんなに完璧に着こなしてくれるメグちゃんがいてこそなのよ？　これからも張り切っちゃうわぁ」

ランちゃんは嬉しそうにクネクネと身体を動かしながらそう言った。えへへ、そう言ってもらえると私も嬉しい。

「ラン、出来ているか？　メグの戦闘服を受け取りに来たんだが」

「バッチリよぉ！　可愛くて機能も十分なスペシャルな戦闘服が！　予算は気にしなくていいっていうから色々付けちゃったわ！　もちろん、安全面に最も重点を置いて作らせてもらったわ」

「それでいい」

予算度外視!?　そ、それって大丈夫なの……？　ギルさんにはすでに結界まで張れちゃう亜空間収納ブレスレットまで貰《もら》ってるんだけど!?　チラと見上げると、言いたいことが伝わったのかギルさんはこう言った。

「……収入はたくさんあるんだがほとんど使わないから貯まっていく一方なんだ。むしろ使わせてくれると助かるくらいでな」

ああ、一生に一度は言ってみたいセリフだ。とはいえ金額が金額だけに麻痺しそうだし、買ってもらう私としてはガクブルものだよ!?

「メグちゃん。ギルナンディオの言うことは本当だよ？　この男は全くお金を使わないから、経済を回すためにもこういう時にドカンと使ってくれた方が世のため人のためなのさ」

「お前は遊びに使い過ぎだろう」

「可愛い女の子に払わせるなんて、そんなこと出来ないよ」

「ケイさん、つまりは女の子と遊びに行き過ぎなのですよ……！」

ボソッとツッコミを入れたメアリーラちゃんの言葉に、ケイさんの私生活を垣間見た。結論、ギルさんもケイさんも、タイプは違えどお金の使い方が豪快である！　そんなことを考えながらしばし遠い目になりましたとさ。はぁ、しゅごい。

「さっ、メグちゃんこっちへ来てちょうだい。試着して細かいところを合わせるから！」

遠い目で現実逃避していた私をランちゃんがズルズルと店内奥にあるフィッティングルームへと連れ去った。一人にするのはどうかと思ったのだろう、ケイさんが一緒についてきてくれる。さすがに店先で堂々と着替えするってのも、ねぇ？　お腹ポンポコの幼児体型だけどね！

「ほら、これよ！　動きやすいように少し短めの丈にしたわ。脚が露出し過ぎると安全面に難があるから、ニーハイソックスにブーツの組み合わせ。ブーツも編み上げのように見えるけど、足を入れたらフィットするような魔術がかけられているわ。え？　なんで編み上げかって？　可愛いからに決まってるでしょぉ？」

フィッティングルームへ着くなり私の戦闘服を披露したかと思うと、ランちゃんは聞いてもいないのにあれこれ説明し始めた。基本は淡いピンクも混じった迷彩柄ですごく可愛い。ニーハイソックスは濃いグリーンで、ブーツはもっと濃いグリーン。なんと帽子まで服とお揃いで用意したんだそうだ。

早速服を着てみると、これが驚きの着心地の良さ！　羽のように軽いのに守られているような安心感があるのがすごく不思議。まるで魔力で包まれているみたい。温度調節機能が付いてるから極端に暑かったり寒かったりしない限り、暑くも寒くもないんだって。

「よし。微調整もこれでオッケーよ！　ブレスレットは着けてるわね？　じゃあ、服ごと包み込むように魔力を放出してみてちょうだい」

「メグちゃんの魔力を服に覚えさせるためだよ。ブレスレットもそうだったでしょ？　これをすることで成長に合わせて服もサイズが勝手に変わってくれるんだよ」

なんというオーバーテクノロジー！　魔術だけど。もう何があっても驚かないつもりだったけど、まんまと驚いちゃったよ！　っとコホン。気を取り直して魔力を流すと……！

「ふえっ⁉」

今着てたはずの戦闘服がブレスレットに収納されていった⁉　おかげで今の私は下着姿である。キャー！　じゃない、どういうこと？

「ふふっ。ちゃあんと機能したみたいね！　じゃあ一度、今日着てた服を着てちょうだい。この服も予想通り似合うわよねぇ」

嬉しそうなランちゃんだけどごめん、私は何がなんだかわかってないよ？　でも言われるがままに元の着物風ワンピースにいそいそと着替える。説明プリーズ！

「さて、ここからがポイントよ。さっき着た戦闘服を思い出しながらブレスレットに魔力を少し流してみて？」

やはり詳しい説明もなくそう指示される。首を傾げていたら、説明するより早いから、と催促《さいそく》されてしまった。ふむ、実際やってみたほうが早いってことね。それなら言われた通りに、と。

「ふぉぉぉぉ！」

「やったわぁ！　問題なく成功ねん！　これでこの服はメグちゃん専用の戦闘服よぉ！　その時どんな格好をしていても、ブレスレットさえ着けていればいつでも一瞬で着替えられるわ」

これはすごい！　イメージしながら魔力を流しただけでさっきの戦闘服に早着替え出来ちゃった！　ちなみに、収納をイメージして魔力を流せばそれまで着てた服にすぐ戻るんだって。うわぁ便利。しかもギルさんの服みたいに、一度収納されたら毎回洗浄魔術が自動的に発動されるからいつでも清潔なんだとか。ば、万能か！

「さすがはラグランジェだね。メグちゃんの可愛らしさを引き立てつつ、目立たないような模様が絶妙だよ。さ、今か今かと待ってるギルナンディオたちにお披露目してこよう」

今度はランちゃんに負けず劣らずいい笑顔なケイさんに引きずられるように店外へ。あーれー。


「さっ、変身よぉメグちゃん！」

店外へ戻るとギルさんとメアリーラさんが出迎えてくれた。そこでランちゃんのこのセリフである。なんだ変身って。魔法少女か！

「えーっと、取りあえず戦闘服になってみましゅね」

早速さっきと同じようにブレスレットに魔力を流すと、何故か私の周りがキラキラ輝きだした。

何事かと顔を上げると、ランちゃんが何やら魔術を行使している……⁉

「演出のためだけの光魔術……相変わらず魔力の無駄遣いなのですよ！　でもグッジョブなのです！」

「んふっ、そうでしょう？　こちとらいかに可愛くするかに命かけてんのよぉ、ちっとも無駄遣いじゃないわ！　必要経費よぉ！」

まさかの、ランちゃんによる光魔術でした！　リアル魔法少女をやることになるとは思わなかったけど確かに可愛い演出だと感心しちゃったよね。メアリーラさんが感涙して震えてるよ。そんなに⁉　色とりどりの光の渦《うず》の中心で、戦闘服へと衣装チェンジする私。せっかくなのでノリノリでポーズも決めてみました！　どうかな、どうかな？

「……ふむ。似合っているな。自動洗浄、温度調節、衝撃吸収も服にしては十分な強度で備わっている」

でもそんな演出については完全スルーで、ギルさんは私の戦闘服について冷静に分析していた。ぐはっ、ポーズを決めた私が一番恥ずかしいんですけど⁉

「ふふっ、メグちゃん。とっても可愛かったよ？　ギルナンディオは魔術が込められた服や道具はつい分析する癖がついてるだけさ。気にしなくていいんだよ」

「んもぉっ、今回もギルさんの気は引けなかったわねん」

「素晴らしい出来だと思っている」

「そぉじゃないのよぉっ！　でもま、嬉しいけどぉ」

少しだけ頬《ほほ》を膨《ふく》らませて拗《す》ねるランちゃんの図はなかなかの絵面で、つい引きつった笑みを浮かべてしまったけど、喜んでいるようなので結果オーライである。その端で、ひっそりと元の服装に戻った私は未だに顔が熱いけどね！

「戦闘服を無事に受け取ったところで、ラグランジェに新たな依頼をお願いしたいんだけど、いいかな？」

「んまぁ、いいわよ！　今はおかげさまで注文が殺到してるから少し時間がかかるけれど」

そんな中、ケイさんが私たちのぬいぐるみ製作の件について話を持ちかけてくれた。ぬいぐるみを注文、と聞いてランちゃんはテンションが急上昇していたけど……そっか、注文が殺到してるんだ。忙しい中頼んじゃって申し訳ないなぁなんて思っていると、ランちゃんがウインクしてきた。

「注文してくれるのはありがたいことなんだから、どんどんしていいのよぉ？　ちょっぴり時間もらっちゃうだけ」

そんなに顔に出やすいのかしら、私。またしても考えを読まれてしまった！　ショーちゃんに考えを読まれるまでもないとは由々《ゆゆ》しき事態だ。

「受け取りは今回の遠征が終わった後になるだろうから、ゆっくりで構わないよ」

「お仕事終わったごほーびなんでしゅ！」

「そういうことなら問題ないわ。ゆっくり丁寧に仕上げるわねん！」

忙しいのに快《こころよ》く引き受けてくれたランちゃん素敵！　まぁそれがお仕事なわけだし、忙しいのは嬉しい悲鳴ってやつかもしれないけどね！

オッケーをもらえたのでメアリーラさんと共に思わず歓声をあげてしまった。どんなぬいぐるみにするかは、実はもう決めているのだ！　うふふ、出来上がりが楽しみ。

早速注文をするべく色がどうの、大きさがどうの、生地はどうのとみんなでキャイキャイ話し合った。それもいい、あれもいいと女子のぬいぐるみ談義の盛り上がること！　ケイさんも、ランちゃんも、女子だよ。異論は認めない。まぁケイさんは盛り上がる私たちを眺めるのを楽しんでた節《ふし》があるけども。ランちゃんは乙女だからね！


こうして長い時間をかけること数時間。ようやく話がまとまった時にはもう日が沈みかけていた。お腹が空いたと思ったよ。ぐぅ。えっと、ギルさん……待たせてごめんね!!

「ちょうど若い子にぬいぐるみ作りが得意な子がいるのよ。修行も兼ねてやらせてみるわ。あ、もちろんチェックするからクオリティを落とすことはしないわよぉ」

若い子への教育に熱心だなぁ。ランちゃんの目と虎耳が怪しく動いたような気がしたけどきっと気のせいだ。うん、私たちの依頼で練習になるなら頼んで良かったかも！　支払いはケイさんなんだけどね。なんと、イケメンなケイさんはメアリーラさんの分も支払うと言い出したのだ。ものすごく焦ってお断りしてたメアリーラさんだったけど、ジュマくん捜索の時に乗せて飛んでもらったからそのお礼なんだって。ニカさんとも相談済みらしく、メアリーラさんは恐縮しきりだった。

「遠征は苦手だろう？　危険な場所まで付き合わせちゃったし、仕事とはいえこれは気持ちだから。受け取ってもらえると嬉しいな」

ケイさんの殺し文句は満点でした。素敵すぎる微笑み付きでそんなことを言われちゃったらさ、そりゃもうメアリーラさんが耳まで真っ赤になるのも無理はない……声も出せずに首を何度も縦に振るメアリーラさんは可愛かったです。

「ところで、メグちゃんは本当にその注文でいいのかしらぁ？」

ふと目が合ったランちゃんにそう聞かれたけど私に迷いは全くない。

「それがいーんでしゅ！」

「そぉ？　まぁメグちゃんがいいならいいんだけどねん」

「どんなぬいぐるみを頼んだのですか？　メグちゃん！」

すると会話に参加してきたメアリーラさんがワクワクした様子で聞いてきた。まだほんのり顔が赤いのが可愛らしい。でも！

「ナイショでしゅー！」

「えぇーっ」

「んふっ、じゃあ私も秘密にするわぁ。依頼主の言うことは聞かないとねん！　信頼関係が大事だもの」

さすがランちゃん！　私たちは顔を見合わせてクスクス笑い合う。本当、出来上がるのが楽しみだー！

ようやく店を後にした頃にはすでに暗くなりかけていた。ものすごく待たせちゃってごめんなさい、ギルさん！

「いや、その間に必要なものを揃えていたから大丈夫だ」

待たせたことについて謝っていたらそんな思わぬ返答が。え、でもギルさんずっと近くにいたよね？　そう疑問を漏らすと、影鳥《かげとり》を使ってギルド内の道具屋で薬とか細かい物をいくつか揃えていたんだって。か、影鳥ちゃんおつかいまで出来るの⁉

「さすがにギルド内の店だけだ。俺の能力を知っているし、場を離れられないことも察してくれる。いつものことだしな。街中の店も出来なくはないが……店側からするといい気はしないだろうし」

なるほど、ギルド内の店だからこそ出来る裏技ってところかな？　ちゃんとお店側のことも考えるギルさんはやはり常識人だ。待ち時間を有効活用するところもえらい。思い出すよ……客先で待たされた時のためにに必ずノートパソコン持ち歩いてたあの頃を！　呼び出したのはそっちでしょぉっ⁉　と憤《いきどお》りながらカタカタ数時間書類作成しながら待ったあの頃をね‼　中には持ち込みＮＧの客先もあったから、仕事しながら待てたところは良心的ではあったかもしれないけどさぁ。苦すぎる思い出である。

「後はギルドに戻って受け取るだけだ。受け取ったらブレスレットに収納しておくように」

「わかりまちた！」

何から何まで準備してもらって本当にありがたい。よし、私も出来ることを頑張るぞー！　残り三日間で、フウちゃん、ホムラくんに精霊魔術のイメージを正確に伝える訓練をしよう。もちろん、お仕事の後にだけどね。そんなことを脳内であれこれ考えながら、ギルさんに手を引かれてギルドへの道を歩いた。

それからの三日間。私は自分で立てた計画通りに日々を過ごした。看板娘をこなしつつ、空いた時間でフウちゃんとホムラくんにイメージを伝えていく。これが間にショーちゃんを挟むことで驚くほどスムーズにいくんだよね！

『ご主人様の心の声を精霊の声にして伝えるだけなのよー！』

なんでも、精霊は精霊同士にしかわからない言語みたいなものがあるんだって。初耳！　私たちのような精霊が見える種族相手には、精霊独自の魔術によって言語理解が出来るんだとか。

『その言語理解の魔術が発動するキーワードが、精霊の種類を当てることなんだぞ！』

なるほど、ホムラくんの教えてくれた話に目を丸くする。そっか、そうじゃなかったら、私たちは精霊を発見した瞬間に言葉がわかるはずだもんね。……そこら中に精霊はいるから、正直そのシステムじゃなかったらうるさくて仕方なかったかも、なんてちょっぴり思ったよ！

ちなみに、この件についてはシュリエさんも初耳だったそう。興味深いですね、ってショーちゃんから話を聞いて考察してたんだけど、これがまたすごいんだ！

「精霊は知能が低いのではなく、我々の言語で対応していたから理解力が低かったのですね。とはいえ、奔放《ほんぽう》な気質は変わらないでしょうから、きちんと伝わったとしても意図《いと》を理解して魔術を行使出来るかは個体差による、というところでしょうか」

なんで私たちの拙《つたな》い説明だけでここまで考えられるんだ……シュリエさんはやっぱりすごい人で

した！

「声の精霊のすごさは人に仕えることでやっと発揮《はっき》出来るのですね。声の精霊の特性として全ての言語を理解出来るのはとんでもない能力ですが、精霊同士だと意味を成しませんから。だからこの子はずっと劣等感を覚えていたのでしょうね」

そっか。人基準で考えるとショーちゃんはかなりのチート能力保持者だけど、精霊にとっては意味がないんだ。ここに来てようやくショーちゃんが自信を持てなかった理由がわかった。またショーちゃんのことを知れてご主人は嬉しいよ！　まぁ、そんなチート能力のおかげで、私が伝えたいイメージがショーちゃんを通じて、精霊に一番わかりやすい言語で伝わる、という反則技が出来ちゃったわけ！　だからつまり。

「ホムラくん、火の玉だよ！」

『よしきた、こうだなー？』

室内で作り出しても何も燃やすことなく、熱だけが伝わる火の玉作りに難なく成功してしまうのだ！　要するに、私のイメージ通りの火の玉を完全再現して作ってくれたってことである。ちなみにこれ、私に害を成そうとする相手にはしっかり火としての役割を果たします！　しかもごく少量の魔力で済んじゃうエコ仕様！　素晴らしい！

でも、こういう魔術も使わなくて済むならそれに越したことはないんだけどね。使う機会がないことを祈りたいけど、いざという時に何も出来ないのと多少の自衛が出来るのは大きな違いだからね。私は他にも、フウちゃんによって火の玉を自在に動かしてもらったり、威力を増してもらったりなど、色んなことを試しながら日々を過ごした。

こうして迎えた出発の日。朝早くから目を覚ましてしっかりご飯を食べ、身支度を整えて戦闘服を身に纏った私は、ギルドの中心メンバーに混ざってギルドホールに立っていた。

「みんな、気を付けてね。ギルドのことは心配しないで？　ふふふ、防衛戦は得意なんだから！」

不敵に笑うサウラさん。確かにホームへの襲撃だもん、トラップ仕掛け放題だよね。頼もしくもあり恐ろしくもあり……密かにルド医師もニヤって笑ってたのを私は見逃さなかったよ！

「最初から心配なんかしてないぞ。お前たちがやると言ったんだから信じるだけだ」

そう言って笑うお父さんは部下の扱いに慣れてるなぁと思った。さすがは頭領だね！

「アーシュ。うちのをよろしく頼むぞ」

「任された。必ずや目的を果たし、皆《みな》を無事ギルドへ連れて帰ると約束しよう」

お父さんと魔王さんが力強い眼差しで互いを見合う。もうこれ以上の言葉はいらない、とばかりに二人はそれぞれの進む方向へと身体を向けた。

「うぅ、メグちゃん。気を付けてなのですよ！」

「……ちゃんと、帰ってこいよ」

メアリーラさんとレキからの激励《げきれい》を受け取って、私も笑顔を浮かべる。

「あいっ！　いってきましゅ！」

ギルドメンバーからの温かい声援を浴びながら、私たちはそれぞれの一歩を踏み出した。

【ユージン】

「さてと。任務に取り掛かるにあたって一度目的を確認し合おうか」

早速、ネーモの調査組である俺とシュリエ、ケイは移動しながら作戦会議を始める。とは言っても盗み聞かれても問題ない範囲でしか話さないが。その辺り、調査に出ることの多いこの二人なら心得ていることだし、心配はいらねぇってのが楽だ。

「扱っている商品の確認、ですね」

「あとは出来ればその出所とかかな？　書類とかそういう確固たる証拠が掴めれば一番なんだろうけど、さすがと言うべきかこれまで問題なく運営してきたところな訳だし、尻尾は掴めなさそうだよね」

シュリエの言う商品とは当然「人」のことだ。人材派遣を謳《うた》っているが、実際そんなに都合良く状況にピッタリな人材を派遣出来るとも思えねぇ。日本にいた頃のようにインターネットで世界中から募集かけられるわけでもねぇのに。いや、魔術を使えば出来なくもないのか？　支部があちこちにありゃ出来るだろうけどそんな話は聞かねぇもんなぁ。派遣されてきた人材の装いがちゃんとしてる割に身体は痩《や》せ細っているという報告が多数上がってることからも、かなりキナ臭いし。まぁ、その辺も貧困層を雇っているのだと言われればあまり深追いも出来ないって状態なんだが。元々奴隷《どれい》制度も、国に申請してあるちゃんとした組織ならそこまで文句は言わないんだけどな。

の価値観があるから良い気はしねぇが、借金奴隷は期限働けば解放されるし、犯罪奴隷であっても雑な扱いはされない正当な、しかしかなりキツイ仕事を与えられる程度だ。それでこの世界が回ってんだから、感情論で叩き潰したとしても路頭に迷って悪事に手を染める奴が増えるだけだ。気に入らねぇからってだけでなんでもかんでも叩くような真似はさすがにしねぇが、非合法なら容赦《ようしゃ》しない。まぁまだネーモも、ガラが悪いってだけで合法だという可能性も残ってるっちゃ残ってるがな。だが、メグを狙った時点で残念ながら俺たちの敵だ。制裁、これは決定事項なのだ。

「あそこがグレーだと言われ続けてるのも、実際に仕事を紹介してもらうために利用している、いわゆる健全な客がいるってのが厄介なんだよな。それが上手いこと隠れ蓑《みの》になってやがるし、組織を潰したら困る奴がたくさん出てくるっていう事実が盾になってる。だから公《おおやけ》に手が出せねぇんだよ。ったく、そうなった時に出てきた難民くらい国で保護するって確約ぐらいしやがれ」

「頭領、言葉に気をつけてください」

おっと口が滑ったな。日本と違って国に対しての不平不満は下手したら不敬罪になる世界だ。まぁ俺にはあんまり関係ないけど。世界を救ったとかで恩も売ったし、このくらいは軽口《かるくち》で済ませられる。それに。

「どーせ風で音を遮断してるんだろ?」

「そうですけど、魔力の無駄にならずに済むじゃないですか」

「んー、シュリエレツィーノの魔力回復速度をもってすれば問題ないと思うけどね?」

「確かにただの口実ですけどね。普段から頭領は口を滑らせ過ぎですので、もっと注意してもらうためにも必要な指摘なんですよ」

シュリエが小姑《こじゅうと》みたいなだな。怯《おび》えきって震えてたのを保護した時が懐かしい。最初こそ突っぱねられたが一度忠誠を誓われたらそりゃもう何でも言うことを聞く可愛らしい子犬みたいでな。それがどうしてこうなった。

「何か？」

「……何でもねぇ」

勘も鋭い。いやぁ、頼もしい限りだよ。……怖ぇ。

「コホン。んじゃ、目的地に着いたら時が来るまでは調査だ。ケイは内部に侵入、シュリエは外だ。出来得る限り情報を集めろ。……本気を出していい」

ただ集めるだけじゃダメだ。そんなんで集まる情報だったらすでに誰かしらがネーモの不正を暴いてるからな。危ない橋を渡らせることになるが、そもそも俺たちがネーモの調査を本格的にすること自体、今回が初めてなんだ。コイツらが本気を出して、隠せる情報があるとすれば脳内にある計画くらいだろう。実際に人を非合法で売買した経験があるのだとしたら、痕跡《こんせき》は決して消えねぇ。書類は処分されていたとしても、関わった人や精霊の記憶、使われた魔力の残骸はわずかにでも残るからな。特に精霊。こいつらは決して嘘はつかない。シュリエの自然魔術の腕があれば間違いなく掴めるはずだ。

「本気かぁ。んー、久し振りにワクワクするね」

「おや。では遠慮なく力を発揮させていただきますよ」

おーおー、頼もしい返事だね。ついコイツらを保護した時のことを思い出して感慨深くなっちまう。随分成長したもんだ。ケイなんかこう見えて人一倍努力してきたからな。その努力は全面的に信頼することで報《むく》いよう。確実な情報と、下手したら証拠も持って帰ってきそうだ。そこから魔力の分析、が当面の仕事だな。

ギルがいりゃ使われた魔術をより詳しく分析出来るんだが、コイツらや俺だけでもかなり情報は読み取れる筈だ。……本当にギルは便利なヤツだよ。改めて思い知るね。さすがはオルトゥスの影であり、密かにナンバーツーの男と囁《ささや》かれているだけある。そんなアイツがいるからこそ、メグの安全は保証されるってもんだ。

……メグ、か。不思議な子どもだった。恐らく魂と身体がまだ完全に同化していないのだろう。あの瞳が放つ光の強さは、年齢不相応だ。ハイエルフだからって言ってしまえばそれまでなんだろうが、それだけではない気がする。

両親が両親だし、種族柄、秘めた力は相当なものだが、それ以外はいたって普通。顔に出やすい性格なのか、俺とシュリエが帰って来た時なんかは激しく動揺していたな。何に驚いたのかはわからないが、何かがあの子の、恐らく魂の方の記憶に触れたのかもしれない。あの子のことはまだまだ謎に包まれている。それが何かを暴くのは難しいだろう。本人に聞けばわかるのかも知れないが、どう見ても不安定な状態に加えて、危険な状況が続くんだ。落ち着いてから少しずつ聞いてやろうと思っている。

『私は私に出来ることをしゅるだけ』

――だからお父さんは、私の心配して労ってくれればいいのっ！――


「……まさか、な」

「どうかしましたか？　頭領」

「いや、何でもない」

夢を見るのはやめよう。現実をしっかり見ておかねぇと、いくら俺と言えども今回は危険だ。

「調査を進め、魔力の解析をする。そして時が来たら……踏み込むぞ」

時間はあまりない。暗にそれまでに調査をしておけよ、ということだが、二人とも正確にその意図を汲《く》み取ったようだ。頼もしいね、ったく。

時が来たら。その「時」とは、うちのギルドが襲撃された時だ。逆算すれば大体の時間はわかる。理由があればこちらも手が出せるからな。時差やら何やらで細かい所を考えれば意味をなさないこじつけの襲撃理由だが、恐らくはネーモもどうせこじつけの理由をわざわざこさえて来るだろうからお互い様だな。

「さ、少しでも調査に時間を使えるようにさっさと移動するか」

「一応急ぐ気はあったのですね？　のんびりしていたので心配しましたよ」

「ちょっとくらいいいだろ。俺、これでもずっと働き詰めなんだぞ？」

そう言いながら俺は魔術を発動させて四人乗りの車を具現化させる。これで移動も楽チンだ。慣れ親しんだ通勤用の車だ。高級車ではなく、やはり乗り馴れたものが一番だな！

「これが終わったら少し長めの休暇をとってはいかがですか？」

「それはいいな。採用」

「んー、それにしても久しぶりに見たけどこの乗り物は不思議だよね。それにどれだけ魔力消費してるんだろ？」

そんな会話をしながらそれぞれ車に乗り込む。俺が運転席で二人は後部座席だ。

「あ、シュリエ。俺は運転に魔力使うから隠蔽《いんぺい》頼むな」

別に一人でも両方の魔術はかけられるが、せっかくシュリエがいるんだから楽するためにも頼んでおこう。そう思って声をかけたんだが、軽くため息を吐かれた。なぜだ？

「乗り込んだ瞬間にかけていますよ。こんな物、目立ちすぎて仕方ありません。これから遊びに行くわけでもないのですから」

「こんな物とは失礼だな。俺の愛車『カケル君』だぞ」

「はいはい。いつでもいいので出発してください」

何だか冷たくねぇ？　はぁ、このノリについて来られる日本人が恋しいぜ。ま、言っても意味ねぇな。さぁて、ネーモまでのドライブと洒落《しゃれ》込みますかねー。

3　ハイエルフの郷攻略組

【メグ】

さて、ギルドのある街の外へとやってきました！　しっかりと例の戦闘服も着用しております！　えへへ。それにしても、外かぁ。あの時以来だなぁ……エピンクに連れ去られそうになった時。しかもあの時はほとんどギルさんのマント内だったし、状況が状況だっただけに景色を楽しむどころじゃなかったけどね！

「この辺りでいいだろう。影鷲《かげわし》殿はギル、と言ったな。お主はメグを乗せて飛べるな？」

「ああ、問題ない」

そう言いながらギルさんが亜空間から取り出したるはいつぞやの籠《かご》と布……！　コウノトリ再びだぁぁっ!!

「まさかその籠にメグが……？」

「ああ。自分でしがみつく力はないからな。風除けは出来ても落下防止だけは本人の騎乗技術が必要になる」

うん、そうだよね。騎乗技術なんか持ってるわけないもん。大人しくコウノトリされるよ？　なんだかんだで快適だったし。寝ちゃうくらいにね！

「くっ、クロン！　その光景はさぞや可愛らし」

「ザハリアーシュ様は私と、火輪獅子《かりんじし》さんを乗せてくださるのですよね？」

「ぬぅ、遮《さえぎ》るではないぞ、クロン！　そうだがな！」

あぁ、魔王さんは安定の残念さだ。親馬鹿を発動中だ。淡々と話を進めるクロンさんは一見冷たく見えるけど、やはりこの魔王さんの手綱を握ることを考えると適任者だなぁなんて思う。

「ガハハ、ニカでいいぞぉ、クロン殿よ」

「ではニカさんと。貴方は騎乗技術はお有りで？」

「普段は乗せる方が多いけどなぁ。乗る方も問題はないぞぉ」

「だそうです、ザハリアーシュ様」

ニカさんはやっぱり魔物型になるとライオンさんなのかな？　見てみたいなぁ、なんて思ったり。そして当然ながら乗る方もオッケーなんだね。私も体力つけて脱コウノトリを目指そう。いつになるかわかんないけど。

「くっ、待て。今は心の乱れを整えているところだ」

「ああ、妄想で萌えているのですね。実際目にした時の耐性をつけてくださいね」

私が軽く目標を立てているその近くで、魔王さんは軽く変態になりかけている。気をつけて欲しい。思わず一歩後退ると、ギルさんにギュッと肩を抱かれたよ。

「仕方ないではないか！　我には幼子《おさなご》への耐性が皆無《かいむ》なのだ！　こう、心が乱されると共に癒される感じがたまらないのだぞ」

魔王さんだし、魔族だらけの城の中にいたらそりゃその通りなんだろうけどね。どんだけ無意識に癒しを求めていたのかしら？　わかったから、落ち着こうね？

こうして魔王さんの軽い発作が治まったところで、ようやく魔王さんとギルさんが魔物型へと姿を変えた。ギルさんは一度見たことがあるから驚かなかったけど相変わらずカッコいい！　そして胸元の羽毛がモフモフである！　そして魔王さんはというと。

「ほぁぁぁ!!」

龍だ。ドラゴン！　当然実物なんか見たことないからその衝撃たるやすごいものだよ！　いや、影鷲だって正確に言えば見たことはないんだけどさ、似たような姿の動物は知ってたからね。

でも私の想像の中では、羽の生えた姿のドラゴンだったんだけどそれは違った。蛇に近い方の姿のドラゴンだ。限りなく黒に近い紺色の鱗《うろこ》は陽の光を反射してキラキラ輝いている。神々しくて、近寄ることすら恐れ多いと思わせるオーラを放っていた。これが王の風格というものなのかしら。

さっきの残念ぶりは吹き飛んでしまったよ！

『メグ、籠に乗ってくれ』

「あい」

私がドラゴンに見惚れていると、ギルさんに念話で声をかけられたので素直に従う。広げられた大きな布の中心に置かれた籠の中にちょこんと座る。するとクロンさんが布の四隅を持ってそれぞれしっかり結んでくれた。魔術で解けないようにもしてくれたようだ。

「クロンしゃん、ありがとーごじゃいましゅ」

「い、いえ。このくらい、いいのですよ」

お礼を言うと、メイド服のお姉さんは恐らく笑顔であろう表情を私に向けてくれた。やはり不器用さんだがそこがいい。にへらっと籠から顔を出して笑みを返しておいた。

『ぐはぁっ……！』

「うぉっ、動かんでくれよ、魔王さんよぉ！」

おっと、思わぬ飛び火をしてしまったようだ。萌え苦しみ暴れる龍は、さながら激しいロデオマシンと化してるのに落ちずにいるニカさんがさり気なくハイスペックである。

「騎乗技術は問題なさそうですね」

ほら、クロンさんも安心したようである。だから早く落ち着いてあげて！　魔王さん!!　ドラゴン姿でも残念さは変わりませんでしたとさ。というか魔王さんの琴線《きんせん》に触れる萌えポイントが多すぎて気をつけようがないんですけど!?


なんやかんやありましたけども、いざ空の旅へ！　実に快適です。二回目だからね、怖がることもないよ。それに、あの時よりギルさんに対する信頼度がぐぐーんとアップしてるからね！　今回は籠の中で縁《ふち》に手を掛けて外を見る余裕まである。ちゃんとギルさんに聞いて許しをもらってるよ？　過保護だもん、心配すると思ったからね。

「綺麗でしゅー……」

改めて、ここが異世界なのだとこの光景を見て実感した。空は青いし雲はフワフワ。月だって一つだし、木々は青々と生い茂ってる。だけど、地球とは明らかに違うのだ。時折聞こえる魔物の鳴き声だったり、時々見える魔術を行使した光。それからあらゆる精霊の小さな光。地球とあまり変わらない景色だからこそ、そういう細々とした違いが強調されて、大きな違いとして認識させられているように感じた。

『ご主人様？　寂しいなの？』

私の心の声を感じ取ったのかもしれない。ショーちゃんがどこからともなく現れてそんな風に心配の声をかけてくれた。

寂しい、か。寂しいのかもしれない。でもたぶんそれは、郷愁《きょうしゅう》。誰だって慣れ親しんだ地から離れたら故郷が恋しくなるでしょ？　きっとそれだ。遠く離れた地に嫁いでもう帰ることはない、みたいなそんな感じだと思えばいいのだ。特に私は身体も変わってしまったから、その思いが余計に強いだけ。うん、きっとそう。でもね？

「今はこの世界が私の居場所。たくさんの優しい人たちがいて、味方になってくれるショーちゃんたちもいる。寂しくないでしゅよ」

『良かったのよー！　私も、ご主人様と仲良くなれて、寂しくなくなったのよー！』

嬉しそうにそう言って飛び回るショーちゃんを優しく撫でる。幸せだ。幸せだと思う。最初から無条件で受け入れてくれて、なんの苦労もなく、大きな怪我もなく過ごせていて。

お父さんはきっと苦労したんだろうな。酷く落ち込んで、悩んで、苦しんだ。しかも当時は世界も荒れていた時で、平和な日本から飛ばされてさぞや怖い思いもしただろう。そんな中で自分の力で仲間を集めて、居場所を作り上げたんだ。長い年月をかけて。そして、その場所があるからこそ、私にもこうして居場所がある。

お父さんはずっと私のお父さんだ。離れていた間の溝を早く埋めたい。環が死んでしまったこと、悲しませるかもしれない、怒られるかもしれない。でも、早く伝えたいって、そんな気持ちが溢れてくる。

「ハイエルフのおじーちゃんは、私をどうしたいんだろう」

私がいたとしても、私に神になる意思はないから無駄だと思うんだけど。それとも、私はいるだけでいい存在だったりするのかな？　何をさせられるんだろう？　上手いこと引き下がってくれないかなぁ。平和ボケした頭はそんなことばかり考えてしまうけど、少しでも早くこの問題を解決して、お父さんに伝えたいって思わずにはいられなかった。

「メグ。着いたぞ」

「んにゅ……？」

知らない間に寝ていたようだ。気付けば私は人型ギルさんに抱っこされている。目を擦って辺りをキョロキョロ。どうやらここは、森？　いやいや違う。今ギルさんが着いたぞって言ったじゃないか。

「北の、山……？」

ザワッと肌が粟立つ。私の中の「メグ」が、少し興奮しているような、落ち着かない気持ちなのかもしれない。そんな感じがした。両手で自分を抱きしめるように腕をさする。大丈夫だよ、メグ。今はみんながいるんだから。

「大丈夫か？」

「……あい」

ほらね。心配して守ってくれる人がすぐ側にいてくれてるよ。とっても頼りになる人なんだよ。だからメグ、大丈夫。そうして言い聞かせながら腕をさすっていたら、少し落ち着いてきた。落ち着いたのは自分なんだけど、メグも私の中にいて。うーん、うまく説明は出来ないんだけど、このソワソワする感覚は私のものではないってわかる感じなのだ。

「森の奥の方まで進もうぞ。ここから先は徒歩で行かざるを得ぬ」

「そうだなぁ。気配で察知されてるとは思うが、あまり魔物型でウロウロすると警戒されかねんし、何よりでか過ぎて散策には向かねぇ。それに俺ぁついこの前も来てるから、余計慎重にしなきゃいけねぇ」

そっか。ニカさんは行ったり来たりで往復だよね。ここでジュマくんがドラゴン退治で大暴れしてたんだ……よく無事だったねって今はすごく思うよ！　だってここは、ずっとピリピリした魔力みたいなものを感じるもん。

「メグもわかるか。ここはハイエルフの魔力が濃厚に漂っている。邪魔な者は容赦《ようしゃ》なく排除する、といった意思を込めた悪意の魔力だ」

ギルさんが言うには、魔術特化の者は誰もが気付くものなんだそうな。けど逆に言えばそうでない者は気付かない。ジュマくんやニカさんのように、魔力を身体強化に使うようなタイプにはわからないんだって。でも注意すれば気付くはずなんだが、とギルさんは苦い顔。あぁ、ジュマくんは注意せずにドラゴン退治に夢中だった、って辺りかな……私たちはこんなにも警戒してるのに。きっとケイさんやメアリーラさんも気付いてただろうな。

「まぁ、逆にジュマのように能天気に魔物退治してた方が、ただの狩りだと思ってあちらさんも放っておく可能性があるけどなぁ？」

狩場としても有名な北の山だからこそ、狩りに来る者は一定数いる。いちいちそんな者たちまで排除はしないってことかな。ある意味良かったのかも？　でも、今回は違うんだよね。この悪意の魔力に気付いて、且つ狩りもせずに歩き回る私たち。うん、警戒されてもおかしくないや。

「出来るだけ早く空間がおかしな場所を探そうぞ」

「そこは俺の得意分野だ。だが、範囲が広いな……努力はする」

「いや、あまり頑張られても困るぞ、影鷲殿。お主はメグの守護に集中してもらわねばならぬからな」

魔王さんの言葉にギルさんがすぐさま反応した。確かに魔力を辿《たど》るのはギルさんの得意分野だったね。でもそれすら魔王さんは渋った。私を守ることだけに気を回してほしいと言っているみたいだ。それが伝わったからこそギルさんもそれ以上は何も言わない。あぁ、なんかすみません！

「もしくは、メグ様が入り口を見つけるか、ですかね」

少し心配そうな目線で私を見るクロンさん。む、大丈夫！　ここで頑張らなきゃ私が来た意味がないもんね！

「私が探すでしゅ！　何となく、魔力の流れを感じるでしゅから！」

グッと拳を握りしめて元気に宣言。実際、洞窟の奥から風が流れてくる時のように、山のもっと上の方から魔力の流れを感じるのだ。みんなは気付いていないのかな？

「む、魔力の流れ？　あるのか？」

「あるでしゅ。あっちから細く流れてくる感じがするんでしゅよ」

ギルさんが驚いたように聞くのでその方向を指し示しながら答えた。あれ、やっぱり気付いてなかった？　ギルさんでさえ？　もしかして、これがいわゆるハイエルフにしかわからないってことかな。

「ふむ。ハイエルフの血がそう言っておるのだろう。早速進むとしよう。各々《おのおの》、警戒を怠《おこた》らぬようにな」

魔王さんの言葉にみんなが頷き、気を引き締める。それから私はギルさんと手を繋いで歩き始めた。


こうして進むこと二日ほど。徒歩での移動の上、私を気遣ってこまめに休憩を取りつつだったから普通より時間がかかったと思う。足を引っ張ってごめんなさい！　夜は大人が交代で見張りをしながらの野営だったけど、テント内は快適だし、食事は出来たてを収納してきたから文句なしだし、とても野営とは思えない好待遇《たいぐう》。もっとあれこれ忙しいキャンプを想像してたから拍子抜けしちゃったよ。もちろん、快適なのは望むところなんだけどね？

そんなこんなでのんびりな歩みではあるけど、ちゃんとハイエルフの郷に近付いているという確信はある。すごいや！　ハイエルフの血！

そしてついに、三日目の今日、あと少しで到着するだろうところまでやってきました。なんでわかるかって？　だって今日は一歩進むごとに心臓がバクバクと音を立てているんだもん。行きたくないような、早く行きたいような。メグの声が聞こえるわけじゃなくて、何となくなんだけど。

ここまで身体が反応を示すなんて……お母さんであるイェンナさんに会いたい気持ちと、戻ったらどうなるかわからない不安がせめぎ合ってるのかな？

「……メグ、大丈夫か」

手を繋いでいるギルさんには、私の震えがダイレクトに伝わっていたようだ。私は大丈夫なんだけど、メグがね……進むたびに足を出すのが重くなっていくから、メグの感情がぐちゃぐちゃと混乱してるのかも。ここはギルさんに甘えておこうと思う。

「ギルしゃん、抱っこしてくれましぇんか……？」

ここは無理にでも進まなきゃ。メグ、ごめんね？　でも、行かなきゃいけないんだよ。今回は私もいるから、お願い。少し我慢してね。心の中でメグに謝りながら私はギルさんに抱っこされた。私はふぅ、落ち着く。この腕の中の安心感が、メグにも伝わるといいんだけど。

「しゅみましぇん……」

「このくらい構わない」

ポンポンと頭を軽く撫でられる。ギルさんのパパ力に脱帽です。

「くぅっ……我も、我もいつか抱っこをねだられたいぞ……！」

「そうですね。先に急ぎますよ、ザハリアーシュ様」

魔王さんとクロンさんは相変わらずだった。ま、おかげで緊張がほぐれるから感謝かな。けど、そんな軽口を脳内で言えるのもそこまでだった。いよいよ入口が近付いてくると、私は全身震えだしてしまったのだ。私《環》は平気なのに。心の中にいるメグの意識が、行くのが怖いと言っているかのような感覚があるのだ。身体が勝手に震えてしまう。

でも、ここで泣き出さずに済んでいるのは全てギルさんのおかげである。私の震えをしっかり感じているはずなのに、変わらない調子で背中を撫でてくれる、暖かくて大きな手。次第に力強く抱きしめてくれる腕。トクトクと聞こえる変わらぬ速さの鼓動。それらが私を落ち着かせてくれていた。

そんな調子でどれだけ進んだだろう。私の目は「ソレ」を捉《とら》えた。

「あ……」

「どうした」

「ううん、もう少しだけ進んでくだしゃい」

私の漏らした声にいち早く反応を示した魔王さんの声に私が指示を出す。やがて「ソレ」の目の前に来た時に、私は――――。

〈おかえりなさい！　我らの家族よ！　お風呂にする？　ご飯にする？〉

一人でぽかんと大きな口をあけてしまうのだった。えぇぇ……なにあれ。

「それにしても何の変哲も無い森が続くのだな」

「そうですね、ザハリアーシュ様。メグ様？　もう少し先へ、とのことでしたがこの辺りに何かあるのですか？」

私があまりにもあんまりな看板に呆然としていると、魔王さんとクロンさんの会話が耳に入ってきた。あ、え？　私に聞いてるのか！

「どうだ、メグ？　何か感じるか？」

感じるも何も……目の前にありますけど、入り口！　でも、私以外は何も見えてないし、魔力の変化も感じないようだ。私の中のメグは相変わらず嫌がっているみたいだけど、私はあのふざけた看板のせいでかなり落ち着いている。いいんだか悪いんだかわからない。

「えっと、ここでしゅ」

「ここ？」

思い切って言ってみたけど伝わらなかった。そりゃそうか。

「ここが、ハイエルフの郷の入口みたいでしゅ。看板がここに、あるん、でしゅ、けど……」

後半になるにつれ自信がなくなってきたけど、たしかに今も目の前にふざけた看板があるんだから間違いない。これが罠とかでもない限り！

「こ、ここにあるのかぁ？　メグよ。何も見えないぞぉ？」

ほ、本当に見えてないんだよね、これ。不思議に思っちゃうくらい私にはハッキリ見えているというのに。なので、私はここにあるよと身振り手振りも交えて必死に説明したのだ。でもやっぱり見えないみたい。ギルさんが魔力探知でなにやら魔術を行使してるけど、それでもわからないなんて！

うむむ、と唸っている私の目の前をスイッと何かが通り過ぎるのを感じた。淡い水色の精霊の光である。精霊の光なんていつも目の前を何度となく通り過ぎているからあまり気にしてないんだけど、その水色の精霊はなぜか気になる。目で追うと、その子もこちらの様子を窺っているようにも見えた。……いや、大体他の子もこっちを気にしてるんだけど何か他の子とは違うんだよ！

「ショーちゃん」

『はいなのよー！』

「あの子、水色のあの子が何か言ってるか、わかる？」

『んーと、はいなのよ！　あの子ね！　待っててなのよ！』

どうやらこの程度の頼みなら魔力なしで聞いてくれるらしい。最近はその辺りの匙《さじ》加減もだいぶわかってきたぞ！　スイッと飛んで水色の精霊の周りをフワリと舞ったショーちゃんは、そのまま私の元へと戻ってこう言った。

『あの子は水の子なのよ！　ご主人様とお話ししたいって言ってるのよ！』

「私と？」

この入口のことを何か教えてくれるかもしれないっていうのは都合が良すぎるかな？　ひとまずギルさんたちに精霊とお話しするから待っていてと伝えて抱っこから下ろしてもらい、それから私は水色の精霊の前まで歩みを進めた。

「はじめまちて。メグでしゅ。あなたは、水の精霊しゃん？」

私がそう声をかけると、水色の精霊は眩《まばゆ》い光を放ってその姿を変えていく。光が収まると、目の前には淡い水色の大型犬が私の前に座っていた。おぉー、凛々しい！　姿が変わって見えたということは、誰かの契約精霊だ。ハイエルフさんかな……ドキドキ。

『いかにも、妾《わらわ》は水の精霊。ハイエルフの子よ、そなたを待っていた』

「私を、待ってた？」

どうしてだろう？　やっぱりハイエルフの郷の誰かの契約精霊かな。その可能性は高いなぁ。だとすると、罠ってことも……？

「一緒に来た人たちがいるでしゅ。……この人たちも郷に入っていいかなぁ？」

きっとダメって言われると思ったけど、水の精霊からの返事は意外なものだった。

『今はかの者がおらぬからな……ふむ。良い、入れ。長居は出来ぬがな』

「え、いいんでしゅか？」

『警戒せずとも、かの者がおらぬ今、何もしはせぬ。さぁ、中へ』

水色の大きな尻尾をふわりと揺らして、精霊は案内するように入口の方を向いた。ギルさんたちを見ると、相変わらずな様子なのでまだ何も見えてないのだろう。些《いささ》か不安だけど、きっと大丈夫。この精霊からは悪い気配がしないから。

「案内ちてくれるみたいでしゅ。ついてきてくだしゃい」

私はそう声をかけてからギルさんの手を握った。これでもし私しか入れなかった、ってなった時でもギルさんは一緒だ。と信じたい！　こうして水の精霊の後について歩き、入口のアーチをくぐった瞬間。

「おわ、な、なんだぁ？」

「景色が……変わりましたね」

サァッと霧が晴れるかのように、これまで変わり映えのしなかった木々の景色がかき消され、本来の景色が露わになった。

「これはなんとも、美しい、場所であるな……」

霧が完全に消えてなくなり、景色の全貌が見えた時、魔王さんが囁くような声でそう呟いた他は誰も口を開こうとしなかった。いや、出来なかったのだ。その景色があまりにも、美しかったから。

色とりどりの花が咲き誇り、青々とした葉が生い茂る木々は見るからに生き生きとしている。栄養をたくさん蓄えているであろう果物も実っており、流れる小川は透き通っていて、全てのものが木漏れ日から差し込む日の光を反射して宝石のように煌《きら》めいていた。

そして何よりも、漂う空気そのものが清浄な気で満ち満ちており、そこにいるだけで身も心も澄んでいくような気がした。

「……ここが、ハイエルフの郷……」

誰もがその光景を目に焼き付けるのに集中していた気がする。だから、そこに人がいるなんて思いもよらなかった。

「そうよ。ようこそ、ハイエルフの郷へ」

誰もがハッとなって振り返ると、そこには女神かと見紛うほどの美しい女性が立っていた。キラキラと輝く銀髪は膝《ひざ》のあたりまで真っ直ぐ垂らされて、明るい蒼の瞳は柔らかく細められている。口元には微かに笑みが浮かんでいた。素朴で柔らかな素材のワンピースは装飾さえなかったけど、それがまたこの人の美しさを際立たせているようでもあった。

「お客様だなんて、何千年ぶりでしょうね。これが、ワクワクと言うのかしらね？」

敵意は一切感じられず、嫋《たお》やかな印象でありながら少女のような反応を見せている。チラッとギルさんたちを見てみたけど、誰もが同じように戸惑っているのが感じられた。なんだか珍しいものを見たという感じだ。

「さぁ、ディロン。お客様を案内してちょうだい。私はそうね、お茶を淹《い》れてくるから」

『御意。客人、こちらだ』

ディロンと呼ばれて返事をした水の精霊は軽く頭を下げてから私たちの方に向き直り、しなやかな所作で私たちを導いた。この人の契約精霊なのかな？　この落ち着きのある姿、精霊では初めて見たから驚きもひとしおだ。だって私が出会った精霊はみんな、その……とっても元気だったからね！　精霊はみんな元気いっぱいなのかと勝手に思っていたのだ。

「……話し合う余地を見出せるとは思わなかったぞ」

「同感です、ザハリアーシュ様」

「まだ油断はならねぇなぁ。とりあえず、誘いに乗る、でいいのかぁ？　魔王さんよ」

「ああ。せっかくである。お茶に呼ばれようぞ」

その意見にはみんなが賛同したので、私たちは誘われるがままに小さな家屋の中へと入っていった。お、お邪魔しまーす……！

家の中は驚くほど素朴で質素だった。村の景色も閑静な雰囲気だったから意外というわけではないんだけど……なんというか。

「静かでしゅ……」

そう、静かすぎるのだ。とても人が生活しているとは思えないほど村全体が静か。招いてくれたこのハイエルフさんも、本当にここに住んでるのかと疑わしいほど生活感もない。歩くたびに衣擦れの音が聞こえたりはするけど、気配まで希薄《きはく》だし。ちょっと人から離れている感じがする。神秘的と言えば聞こえはいいけど、なんだかちょっぴり不気味なのだ。ごめんなさいっ！

「茶器はあるんだけれど、いつも同じものを使うから埃《ほこり》が被っちゃってるわね。ディロン、洗ってくれる？」

『御意』

指示された水の精霊が尻尾を軽く振ると、水球が宙に浮き、その中で茶器がちゃぷちゃぷと音を立てて洗われていく。茶器同士がぶつからないところがさすがである。

「次はシャロン、乾かしてちょうだい」

洗い終わるとすぐさま水球が風に変わる。黄緑の光が舞っているからこの子が風の精霊か何かなのだろう。そうしてあっという間に綺麗になった茶器は風の精霊によってテーブルに並べられていく。

「ふわぁ、しゅごい」

それがまるで手品みたいで思わずそんな声を漏らしてしまった。きっと私たちも練習すれば出来るだろうけど……それまでにいくつか食器を割ってしまいそうである。

「うふふ、そうかしら。嬉しいわね、そうやって褒められるというのも」

私の声を拾って、ハイエルフさんはコロコロと笑った。綺麗すぎて怖いくらいの人だけど、こういうところを見るとなんだか可愛らしく思えた。

本当に、排他的と言われるハイエルフなんだろうか？　そんな疑問がみんなの心に広がっていた。

「さぁ、召し上がって。心が落ち着くハーブティよ」

自ら淹れてくれたお茶を私たちに振る舞ったハイエルフさんはそう言うと、まずは自分が先に口をつけた。同じポットから淹れたものだから毒味の意味を込めたのだろう。その後クロンさんが口をつけ、みんながそれぞれお茶を口に入れる。熱すぎない程よい温度だ。香り豊かなハーブティはじんわりと身体中に温かさを届けてくれる。はぁ、美味しい。

「さぁ、何から話そうかしら。ああ、まずは名前ね。私はマルティネルシーラ。この場所から出ることもなく、もう五千年程かしらね」

思わずお茶を吐き出すところだった。ご、ご、五千年⁉　途方も無い年数だ。なるほど、人を超越した雰囲気なわけだよ！

「そして、現族長の姉になるわ。族長のことはご存知よね？　やんちゃ坊主の困ったさんよ」

おっとりと、なんでもないことのようにマルティネルシーラさんはそう告げた。へ？　族長の姉ってことは、例のシェルメルホルンって人のお姉さんってこと？　それをやんちゃ坊主って。何だろう？　私たちは何か勘違いしてるのかな？

「でもね、族長の言うことには逆らえないの。これはハイエルフの民に施《ほどこ》された一種の呪いのようなものよ」

「呪い……？」

少しだけ目を伏せて呪いと口にしたマルティネルシーラさん。その単語を拾った魔王さんの眉が寄る。

「ここまで長生きするとね、これまで当たり前のようにしてきたことを打ち破るというのはなかなか出来ないものなのよ。ずっと言うことを聞くようにと言い聞かせられて育ったから、言いつけを破ろうにも出来ないの。魔術とかではないのよ？　不思議なものね」

困ったように微笑みながら相変わらずおっとりと話を続けるマルティネルシーラさんは、なんだか寂しそうにも見えた。気のせいかな……？

「けれど、それをやってのけたのが、イェンナリエアルだったの」

「イェンナ……！　イェンナはここにいるのか!?」

突然出てきたイェンナさんの名前。その名前に真っ先に反応した魔王さんはほんの少し威圧が漏れ出ているようだ。あう、怖いよー！

私がギルさんにしがみついて宥《なだ》められている中、威圧を向けられたというのに全く動じないマルティネルシーラさんはやはりおっとりと微笑んでいた。底の見えない恐ろしさを感じるのは私だけだろうか？

「……メグ。貴女は願いを叶えたのね」

「え……？」

魔王さんの問いには答えず、そんなことを呟いたマルティネルシーラさん。思わずぽかん、としてしまったのは仕方ないよね？　しかも、願いって？　何のことだろう。

「イェンナはここにいるのかと尋ねておる！　どうか答えてくれぬか⁉」

気が急くのか魔王さんは先程よりも威圧を放ちながらもう一度そう尋ねた。少し落ち着こう？　クロンさんもさり気なくそう声をかけているのだけど、耳に入ってないみたい。

「それを教えるには、貴方がもう少し落ち着かないとダメね」

魔王さんを一瞥《いちべつ》してそれだけ答えると、マルティネルシーラさんはハーブティに口をつけた。だけど、それで落ち着いていられないのは魔王さんである。ついに席を立ってしまった。

「何故だ、何故教えてくれぬ？　我は、ずっと……ずっと彼女を探していたのだ！　どうか、どうか頼む……！　今すぐにでも彼女に会いたいのだ！　教えてくれ‼」

「ザハリアーシュ様、落ち着いてください！」

声を荒げ始めてしまった魔王さん。そうだよね。ずっと会えなかった愛しい相手がすぐ近くにいるかもしれないんだもん。でも、冷静さを欠いているからクロンさんの言うように少し落ち着いて欲しい。私はどうすることも出来ずにオロオロするだけ。

「あらあら。困った人ね。……でも、今のような状態の貴方には余計に教えられないわ。少し、落ち着いてもらえないかしら」

「これが、落ち着いてなどいられるか！　やっと会えるのだぞ⁉　なぜ会わせてもらえぬのだ？会わせられぬ理由でもあるのか⁉」

魔王さんの気持ちはわからなくもない。私だってお父さんが近くにいるのに会えなかったら、こうなってたかもしれないもん。でも状況的にハラハラしてしまう。だってここはハイエルフの郷なんだから。この人だって穏やかにしているけど、いつ怒り出したっておかしくないもんね？　あんまり怒ったところは想像がつかないけど。

魔王さんの言葉を最後まで聞き届け、一呼吸おいたところでマルティィネルシーラさんはふぅと軽く息を吐いてから口を開いた。

「わかったわ。ちゃんと教えます。教えますからまずはやはり落ち着いて欲しいの。貴方はここにケンカを売りに来たわけではないでしょう？」

どこまでも穏やかに、語りかけるようにそう告げたマルティィネルシーラさん。その言葉に魔王さんもハッとしたようだ。

「……申し訳なかった。我は取り乱してしまったようだな」

魔王さんはストンと椅子に腰掛け、目の前に置いてあったハーブティを一口。それから細く長いため息を吐き、今度はしっかりとした落ち着いた口調で話し始めた。

「すまぬ。もう大丈夫である。このハーブティは心を落ち着かせてくれるのだな。お見通しであったか、恐れ入る」

「あらあら、ただの年の功というものよ」

再び場に穏やかな空気が流れ始めたので、私はようやくホッと安堵のため息を吐いたのだった。き、緊張した！

「話をする前に聞いておきたいのだけれどいいかしら？」

マルティィネルシーラさんは話の始めにそう確認を取った。今、話の主導権を握っているのは彼女なので、否やを言う人はいない。みんながそろって首を縦に振る。

「外の世界、あぁつまり、ハイエルフの郷の外ってことなのだけれど。あなた達の住む世界では、ハイエルフというのはどういった認識なのかしら。ある程度わかっているから、嘘偽《いつわ》りなく教えていただきたいの」

それはつまり、ハイエルフがあまり良くない印象を持たれているってことは知っているのだろう。代表してクロンさんが答えてくれるようだ。うん、彼女の冷静さはこの場では適任だと思う。

「そうですね。ハイエルフは排他主義者の集まりで、他種族を受け入れようとせず、縄張りに侵入しようものならすぐに排除する非情な種族だという認識です」

「歯に衣着せなさすぎであるぞ、クロン！」

クロンさんは直球すぎました！　ギルさんやニカさんまで少し慌てている。貴重なものを見せてもらったよ!?

「あらあら、いいのよ。ハッキリ言ってもらえるのはありがたいもの。それに、予想通りだったから」

こちらの焦りを余所に、マルティィネルシーラさんはコロコロと楽しそうに笑った。なんて心が広いんだ。いや、表向き穏やかなだけで内心はってこともあるから……でもそんな風には感じない。なんとなくでしかないけど。

「噂というのは不思議なものね。最初は噂に過ぎなかったけれど、それが本当になってしまったもの」

「本当に……？　では、ハイエルフの方々はやはり他種族を良く思ってないのですか？」

クロンさんのまたしても直球な物言いに、気を悪くすることはなかったけれど、ほんの少し悲しそうに違うのよ、とマルティネルシーラさんは呟いた。

「事実を言うならば。私たちは他に干渉しようとしていないだけ。結界があるのだもの。同じハイエルフか、一度でもここに訪れたことのある者以外は絶対に辿り着けない仕組みになっているのよ？　危険もないのにわざわざ攻撃を仕掛けたりしないわ」

言われてみれば確かにその通りだ。よほど他種族を嫌っていたりでもしない限り、平和な暮らしを脅《おびや》かすような真似を自分からすることは普通ならないよね。この結界があるから侵略される恐れもないし。

「でも、北の山に入ると監視されているのを感じましたし、ここに近付くにつれて敵意も感じましたよ？」

そしてクロンさんの言うこともまた本当。干渉する気がないならなぜそんなことをするのか。矛盾している気がするのだ。

「それが、族長の意思だからよ」

族長の意思……つまり、シェルメルホルンの意思だからってことかな？

「逆に言えば、族長だけが他種族に干渉しているの。私や他のハイエルフは、誰も関心すら持っていないのにね？」

「それは、つまり他のハイエルフたちは他種族に関心がない、と言うことですよね？　でも、私たちを受け入れて、貴女は関わろうとしてくださるのは何故です？」

確かに関心がないのなら、こうして私たちを郷に、しかも家にまで招いて話そうとなんかしないはず。それなのにこの人は自ら色々と教えてくれているみたいだもんね。そんな疑問にクロンさんは切り込んでくれたわけだけど。

「そうね、私も何もなければあなたたちと話そうとは思わなかったと思うわ」

そう言ってハーブティを一口飲んだマルティィネルシーラさんは一呼吸置いてこう告げた。

「他ならぬ、イェンナリエアルから頼まれたからよ。もしもあなたたちのような者が訪れたら、話をしてあげてほしい、と」

「……イェンナは、なぜ自分で話さぬのだ」

何だか、嫌な予感がしてきた。きっと、この場にいるみんながふと脳裏に過《よぎ》ったんじゃないかな。

マルティィネルシーラさんはそこでようやく椅子から立ち上がると、扉の方へと向かってこう言った。

「案内しましょう。イェンナリエアルの元へ」

ついておいでなさい、と柔らかく微笑んだマルティィネルシーラさんは、そのまま振り返ることなく外に出て歩き始めた。

私たちは無言で、その後ろ姿を追ったのだった。

4　イェンナリエアル

「ここよ。綺麗な場所でしょう？　白き聖域と呼んでいるのよ」

ハイエルフの郷の中でも最も空気が澄んでおり、魔力も満ち溢れた場所なのだと説明されたそこは、小さな泉を中心に真っ白な花が咲き誇る神聖さを感じさせる場所だった。そして、所々に並ぶ――墓石。その一際新しいであろう真っ白な墓石にはこう刻まれていた。


〈誰よりも美しく勇敢《ゆうかん》なハイエルフ　イェンナリエアル　ここに眠る〉


やっぱり、亡くなっていたんだ……。

「イェンナ……そんな」

魔王さんがフラフラとその墓石に歩み寄り、両膝を地につけた。あまりにも痛々しく見えたその背中に、誰も声をかけられずにいた。

「魔王との間に出来た子の出産。リスクは心得ていたでしょう？　あの子だから、産んだ後も数年生きていられたの。貴方には知られたくなかったそうよ。でも、私は知って欲しいと思うから伝えたわ」

項垂《うなだ》れた魔王さんは反応を示さなかったけれど、ちゃんと聞いているんだろうな。握りしめていた拳に、微かに力が込められた気がしたから。

「本当はね、もう少し長生き出来たはずなの。今も生きていたと思うわ」

「……何故」

マルティネルシーラさんの言葉に、絞り出すような魔王さんの一言。悔しさと怒りが込められているような声色だった。すると、マルティネルシーラさんは私の方に身体を向けた。それから近付いてくると、私に目線を合わせて屈み、私の頬にそっと手を触れる。

「貴女を守るためよ、メグ。母親として、イェンナは自らの命を削る覚悟で貴女を守ったの」

「私の……」

私のせい、と言いかけたところで、綺麗な人差し指が私の唇に当てられた。マルティネルシーラさんだ。にこりと微笑み、私の言いかけた言葉を訂正する。

「貴女のため、よ」

「私の、ため」

「そう」

私のせい、と私のため、では大きく意味が異なる。それをこの人はわかっているんだ。つまり、イェンナさんは自分でそう決めて、後悔はしなかったってことになる。そして、後々私が自分を責めないように、こうして暖かい言葉をかけてくれたんだ。

「くわちくく、教えてくだしゃい……」

ほろほろと流れる涙を拭うことも出来ずに私はそうお願いした。ちゃんと知りたい。私の産みの母親が、どうやって私を守ってくれたのか。そして、なぜそうしなければならなかったのか、ちゃんと知りたいと思ったのだ。私が今、こんなにも幸せを感じられるのは、きっとイェンナさんのおかげなのだから。

柔らかな手が私の頭を撫でる。白い綺麗なハンカチが背後にいる大きな手から渡されて、私はそれをギュッと握りしめた。

「貴方も、ちゃんと聞いてくださるかしら？」

マルティネルシーラさんは、魔王さんの背中にそう呼びかけた。数秒置いて、ようやく立ち上がった魔王さんは、その表情に悲痛さを携えながらもしっかりとした口調で返事をする。

「……お聞かせ願いたい。よろしく、頼む……」

しっかりと頭を下げて頼むその姿は、何かを必死で堪えているみたいだった。

【マルティネルシーラ】

イェンナは郷を出ていくのも突然だったけれど、戻ってくるのも突然だったわ。私たちにとってはほんの僅かな期間の家出。子どもの反抗期みたいなものね。シェルメルホルン以外はみんなそう思っていたから、誰も何も咎《とが》めなかったの。ハイエルフの掟《おきて》？　そうね、確かに家出は禁忌とされているけれど、誰もそんなこと気にしたりしないわ。一人を除いてね。

そう、だから帰ってきたあの子はすぐにシェルメルホルンにこっ酷く叱られて、反省部屋で数年過ごすようにと命じられたのよ。私は食事を運ぶために、あの子の元へ行っては少しの間あの子とお喋《しゃべ》りをするのが日課になっていたの。

「族長の考えには賛同しかねますわ。人をその辺の石くらいにしか思っていないくせに、人の不幸を見て楽しみたいがために人の世でギルドを作るだなんて。趣味が悪いにも程があるのですっ！」

「そうね、確かに趣味が悪いわ。それに幼稚。そう、シェルメルホルンはまだ子どもなのよ」

自分よりも遥かに長生きしているというのに？　とイェンナは苦虫を噛み潰したような表情でそう言っていたわね。え？　ああ、そうよ。あの子が人の世でギルドを設立したのは、人を支配下に置くことで自らの優位を感じるため。幼稚でしょう？

あらあら、まぁそんなに怒った顔をしないでちょうだい？　あなた方からすれば迷惑極まりないかもしれないけれど、あの子にとっては真剣な問題で、私たちにとってはただの子どものワガママに見えるの。どんな物事だって、見る者が違えば感じ方も違う、ということよ。

「あの子は絶対に認めようとしないでしょうけれどね、あの子は人に憧れを持っているのよ」

「嘘ですわそんなこと！　誰よりも人を忌み嫌っているのに！」

イェンナもまた、子どもだと思ったわ。物事を、自分側の目線からしか見られないのだもの。この子は外へ出て何を学んで来たのかしら？　と思ったものよ。けれど、これもきっと個体差なのでしょうね。

「あの子は真面目なの。ただ真面目で、族長としてハイエルフの郷を守ろうと必死なの。だから、本当は心の奥底で人に興味を持っているのに、人を害虫だと思うことでその思いを否定しているに過ぎないのだわ」

「そんなこと……信じられませんわ。人を簡単に虐殺しようとしますもの。もう、時代は変わるべきですわ。ハイエルフが神にだなんて……そもそも人を見下しているような神になどなりたくありません」

確かに、あの子の心情は他者にはわかりにくいでしょう。あの子自身、それを否定しているのだから余計に。人を虐殺しようだなどと、考えること自体人に執着していると言っているようなものなのに。悲しいことだわ。イェンナリエアルの言うことは一理あったけれど、神を冒涜《ぼうとく》するような発言はいただけなかった。神が全てそうとは限らないのだから。

「イェンナリエアル、不謹慎よ」

「……ごめんなさい」

その点について、彼女はすぐに反省の意を示したの。だけど、その後にとんでもないことを言ったわ。

「でも、私はこう思うのです。神は、きっと複数存在するのですわ。そうでなければ、人の世はもっと混沌としたものになるはずですもの。私たちの祖先は、人に対して愛情を持たない神だったのでしょうね。いくら祖先がそうだったとしても、同じ思想を持つ必要はないと思いますのよ。私は人を愛する神を信仰したいのですわ。祖先ではなく」

ハイエルフとしては驚くべき若さでそこに気付くとは。やはりこの子は優秀な個体だと改めて思ったの。え？　若いでしょう？　たったの三千年ほどしか生きていないのだもの。あなた方の常識からするとおかしいのかもしれないけれど、ハイエルフ基準だとそんなものよ。

私の知る真実もまさにそこだったわ。けれど、同じ意見だからと言って、必ずしもそれが正解とは限らないものなの。だから、私はこう答えることにしたわ。

「イェンナリエアル。私は頭ごなしにその意見を否定したりしないわ。自分で考えて自分で導いた、貴女だけの答えなのですもの。素晴らしいことだわ。ただ、今は貴女の周りの小さな世界を守りなさい」

「え……？」

「私はね、貴女と、貴女のその子どもには幸せになってもらいたいと思っているのよ？」

「……知っていたのですか」

イェンナリエアルが帰ってきた理由は、その時の顔つきと、雰囲気で何となく察していたの。彼女は、外で子を身籠《みごも》ってきたのだって。もちろん、相手が誰なのか、気にはなったわ。でも彼女のことだから心配はしていなかったし、何よりも……。

「子を成せるだなんて、貴女はやはり特別なハイエルフよ」

「……でも、相手はハイエルフではないのですわ」

そりゃあそうでしょう、と私は答えたわ。だって、外にハイエルフがいるとは思えないもの。シエルメルホルンがいるけれど、まず考えられないことだものね？

「いい？　貴女が外で子を身籠ったというのは、確かに問題が山積みな事案よ？　だけどね、まずは貴女の身体に新しい命が芽生えたことを何よりも喜ぶべきなのよ」

「……っ‼」

きっと不安でいっぱいだったのでしょう。他種族との間に出来た子が生まれた場合について真っ先に調べて、呪いのことを知って……悲しみと不安でいっぱいだったはず。それを一人で抱え込もうとするなんて、無理に決まっているのよ。

イェンナリエアルはその日、私がその場を立ち去るまでずっと、私の服の裾《すそ》を握りしめて泣き続けたわ。私は、落ち着くまで彼女の手を握りしめていたの。思い切り、吐き出せばいいと思って。


こうして、私は毎日イェンナリエアルの話を少しずつ聞いていったの。時間はたくさんありましたからね。お相手が現魔王だと聞いた時はさすがに驚いたわ。まさかこの歳になって驚くことがあるなんて、貴重な体験をさせてもらったわよ？

月日が経って、イェンナリエアルのお腹が少しずつ目立ってきたわ。幸いなことに、彼女はお腹が目立つ方ではなかったし、反省部屋に籠もりきりで会う人もいなかったから誰にも気付かれることはなかったけれど。それでも、出産する時はとてもヒヤヒヤしたわ。シェルメルホルンは近頃ここにあまり帰ってこないから、あの子がいなくて本当に良かったと、幸運に感謝したものよ。

出産はね、とても厳しいものだったわ。私も出産なんて経験がないし、誰かの出産する様子なんて見たこともなかったから。そりゃあたくさん調べたわ。数千年前の記録や、子を産んだことのある同胞にそれとなく話を聞いてみたりしてね？　様々な文献《ぶんけん》を読んでみたり、それはもう必死だった。勉強なんてそれこそ何年ぶりだったかしら。

　でも、だからこそよくわかったの。あの子は、いわゆる難産というものだった、って。あの子が苦しみだして、とっくに生まれてもいいはずなのに、そこから丸二日かかったのよ。イェンナリエアルはずっと苦しんでいたわ。私が防音の結界を張っていたというのに、大声をあげることもせず、ひたすら涙を流して耐えていたの。頑張って、頑張って、私の赤ちゃんって。繰り返しそう呟いて。

　魂がなかったのだもの。自ら生まれてくる、ということがまず難しいのよ。苦しむ彼女を見続けている内にそこに気付いた私は細心の注意を払って魔術を行使し、出産を手伝ったわ。合っているかなんてわからない。だけど、やるしかないと思ったの。だってそうしないと、イェンナリエアルも赤ちゃんも、命はないと思ってね？　こっちに向かってきなさい、と魔力で赤ちゃんを誘導して。少しずつ、少しずつ。

　そうして、二度目の夜が明ける頃、貴女が生まれたのよ、メグ。イェンナリエアルの最初の言葉はこうだったわ。

「……やっぱり、女の子でしたわね。ありがとう、頑張ってくれて。これから、精一杯生きましょうね。……メグ」

　名前は、すでに決まっていたようだったわ。あの時の幸せそうな顔を、私は一生忘れないと思ったの。それほど、出産を終えたイェンナリエアルは美しかったわ。

　生まれたばかりの赤ん坊は……正直な話、最初は死んでしまったのかと思ったわ。泣きもせず、動きもせず、微動だにしないで寝転がっているのだもの。でも、息をしているのを確認して、よう

やく私もイェンナリエアルもあの呪いが事実だったのだと理解することになった。

——同族以外から生まれたハイエルフの子どもは、魂を宿さない——

「私は、諦めませんわ。魂がなくても、いつかきっと何かを感じ取ることくらいは出来るようになるかもしれませんもの」

「でもイェンナリエアル。貴女は……」

「わかっていますわ。私の力が及ぶ最期まで、諦めないということです。それが母として出来る精一杯のことですもの」

イェンナリエアルはそう言ったけれど、泣きもせず、笑いもせず、何の反応も示さない赤ん坊を、当時の私はあまり可愛らしいとは思えなかった。時間を決めてきちんとミルクを与え、寝かせ、運動させて。そんな同じ日々の繰り返しの中、突然高熱を出したり、嘔吐《おうと》したり。普通の赤子より身体も弱い個体だったからとにかく大変だったわ。体調不良を泣くことで示すこともないから、ずっと付きっきりで見ていないといけないのよ？　少しでも放っておいたら、あっという間に消えてしまう命だったの。

けれどね、イェンナリエアルはいつも笑顔で声をかけ続けていたわ。愛情をたくさん注いで、いつも愛を囁いて。そうやって子育てを手伝っているうちに、私もようやく少しずつ愛情が湧くようになっていったの。彼女が言うなら、事実いつかこの子が自らの意思を示すようになるのかもしれない。そんな淡い期待を抱けるようになったのよ。

メグが泣きも笑いもしない子だったことで、いいこともあったの。時折訪れるシェルメルホルンの目を容易に誤魔化せたことよ。

この子の存在が知れたら、すぐに殺そうとするかもしれないと危惧《きぐ》した私たちは、郷の誰にもメグの存在を秘匿《ひとく》していたわ。幸いイェンナリエアルとともに閉鎖的な空間で過ごしていたし、他の者は誰も気にも止めていなかったから。でも、シェルメルホルンは別。帰ってくる度にイェンナリエアルの様子を見に来たから。その間は私がメグをこっそり預かったりして場をやり過ごしたのよ。

そのおかげで、二十数年ほどはメグの存在が外に漏れることはなかったの。メグは順調に育っていたわ。……ええ、もちろん動く人形のような状態ではあったのだけれど、変化もあったの。

「見てくださいな！　この子、絵が描けますのよ！　やっぱり、少し意思があるのですわ！」

メグは自分から何かをする、ということを一切しなかったけれど、地面に指でぐちゃぐちゃと何かを描くことだけはしたの。意味を成さない落書きのようなものでしたけれど、それは大きな変化だったわ。

「……そろそろ、祝典《セレモニー》をしなければならない年頃ですのね」

「イェンナリエアル、それは……」

「わかっていますわ。それをしてしまえば、魔力が循環してあの人にメグの存在がバレてしまいますもの」

ハイエルフやエルフにとって、何よりも大切な儀式。それさえしてやれないことには、私も胸が苦しかったわ。けれど、メグを守るためには必要な我慢だったの。

そうまでして隠してきたわけだけれど……ある日、ついにその日々が終わりを告げる時がやってきた。

「……ハイエルフが一人増えているな？」

メグの身体が成長することで、人としての気配が誤魔化せなくなってしまったのよ。ついにシェルメルホルンがメグの存在に気付いた。

「どういうことだ！　穢《けが》らわしい……虫ケラとの子など……！」

「この子は確かに他種族との間の子ですけれど、エルフではなく間違いなくハイエルフですわ！　貴方もわかりますでしょう⁉　他種族との間の子でも、ハイエルフとして産まれることが出来るという証拠ですわ！」

「ふん、虫ケラの血が混ざっている時点で虫ケラも同然。中身のない器だけの存在など、生き物としての価値さえなかろう」

「なっ……」

さすがに生き物とさえ見なさないという発言に、イェンナリエアルの怒りが爆発しかけたわ。けれどその時、シェルメルホルンはあることに気付いた。

「む、待て。……そうか、この器の父親は魔王か？　ふむ、それはなかなか面白いかもしれん。虫ケラにしてはなかなかいい。その器、私がうまく使ってやろう。寄越せ」

シェルメルホルンは人の考えが読める能力を持っているわ。ええ、そうよ。ハイエルフなら誰もが持っている、その人特有の優れた能力のことね。だから私たちはいつも読まれないよう、気を張っているのだけれど、イェンナリエアルが感情を荒げてしまった一瞬の気の緩みを突かれて、考えを読まれてしまったようなの。イェンナリエアルは後々までずっとこの時の自分を責めていたわ。

「嫌ですわ！　誰が貴方なんかに……！」

「面倒な娘よ。だが、お前の持ち物であるのは確かだ。私も悪魔ではない。暫し時間をやろう。今宵《こよい》、ソレを私の手に渡せ。良いな？　族長命令だ」

「っ!!」

族長命令。それはハイエルフの血に深く刻まれた呪いの一つ。決して背くことの出来ない命令なの。命令から長い時間が過ぎていれば、郷から出て行った彼女なら打ち破ることも出来たかもしれないけれど、この命令は今、しかも個人的に強く命じられたもの。命令を無視することは不可能だった。去っていくシェルメルホルンを睨みつけるイェンナリエアルの目からは悔しさの涙が止めどなく溢れていたわ。

「私の能力を今こそ使う時。貴女と、その子と。さあ、願いなさい」

もちろん、私も黙ってその状況を見過ごすことは出来なかったわ。力を貸すのに、なんの躊躇《ためら》いもなかった。だからシェルメルホルンが去った後すぐに、私は彼女にそう告げたの。私の能力を活かせると思ってね。

私の特殊体質は、一人につきたった一つだけどんな願いも叶えられるというもの。ふふ、そうね、かなり珍しい能力だと思うわ。さすがに不老不死だったり死者を蘇らせたりなどの無理な願いもあるけれど。

郷のみんなは全員、すでに願いを叶えてしまっていて、最近この能力を使うことはなくなっていたから忘れていたのだけど、ふと思い出したのよ。彼女が未来予知によって、まだ願ってはダメだと知って、その機会が残されているんだってことを。今がまさにその時。来たるべき時が来たのだわ。私のその考えは正しかったようで、彼女は真っ直ぐこちらを見て言ったの。

「この子を、安全な場所に」

「……この子だけ？」

「ええ。だって私も、だとこの子の願いになってしまうでしょう？　この子には、この子の願いを叶えてあげてほしいもの」

メグを安全な場所に。それは彼女の願い。もしそこに彼女も加わってしまったら、二人分の願いとして換算されてしまう。一生に一度しか受けられない恩恵を、こちらの望みとしてメグに使わせる気はないのだと彼女は言ったわ。

「でも、この子は……」

「ええ、魂がありませんわ。でも、わずかに意思のようなものを感じることがあったでしょう？　きっといつか、この子にはこの子の望みが芽生えるはず。その望みを叶えてあげてほしいの」

「そう……わかったわ。それなら少し形を変えましょう。イェンナリエアル、その子の耳飾りを渡しなさい」

そこまで言うのなら、何かしらを視たのだと思ってそれ以上何も言わなかったわ。そして、生まれた時に与えた耳飾りを渡してもらったの。ここに力を込めておくことで、いつか願いが出来た時に自動的に叶うように、と。

「これに、能力を？　そんなこと、出来ますのね……」

「私も初めてやってみたけれど、案外出来るものね。この子とはもう会えないかもしれない。ならばいつでも私の能力が発動出来るようにしておきたいと思ったの。この子自身が強く、何かを願った時に力が発動するように」

「ありがとうございます……マーラおば様」

「いいのよ。ふふ、そう呼ばれるのは久しぶりね？　嬉しいわ。……でも、メグが何を願うかはわからないわよ？　もしかしたら目の前にご馳走《ちそう》を、と頼むかも」

「それはそれで構いませんわ。この子の願いですもの。でも、きっともっと大切なことを、この子は願うと思います」

「未来予知かしら？」

「ええ、それも遠くない未来ですわ。でもあくまでそれは予定に過ぎません。未来は大なり小なり常に変化するのですもの」

こうして、私は魔術を施した耳飾りをメグの耳に着け直したの。そして、今度はイェンナリエアルの願いを叶えるべく魔力を込めたわ。安全な場所とは言ってもどこへ行くのかまではわからない。行く先がわかってしまえば、そこから族長に勘付かれてしまいかねませんからね。族長命令も、ソレを手元にとしか言われてなかったのが幸いしたわ。ソレが何を意味するのかは、こちら次第だもの。彼女の持ち物を適当に渡してしまえばいい。

願いを行使する前に、イェンナリエアルは持てる全ての力を耳飾りに注いだわ。何があっても身の危険があればメグを守るように。強力で絶対的な守護の魔術を。そして、メグを保護してくれるに足る信頼できる者と出会えるように、と願いを込めて。それが魔王であったり、彼女が共に旅をしたという仲間であればいいと、ほんの少し思ったそうだけれど、限定するのはやめたそうよ。まぁ、危険だものね。

こうして、イェンナリエアルの望みを叶える魔術を発動させて、無事にメグはどこかへ転移したわ。別れ際に、彼女は貴女と何かを話していたわね……その時のことは、覚えていないわよね、きっと。仕方のないことだけれど、少しだけ惜しいと思うわ。

それからまもなくして、イェンナリエアルはその生を終わらせたの。……穏やかな表情で、眠りについたわ。

【メグ】

「……メグを逃した後、族長に何か言われたりなどはしなかったのだろうか」

「もちろん言われたわ。でも真実を軽く説明してあげただけよ？　せっかくだからと思って私の魔術を発動させたら消えてしまった、と。私が祝福を与えることに問題など何もないもの」

「しかし、それではそなたが……」

相変わらず優雅に微笑みながら語るマルティネルシーラさん。もうマーラさんでいいかな……絶対上手に言えない自信があるもん。それはそれとして、魔王さんの危惧することもよくわかる。マーラさんが責められたのではないかって心配なんだよね？

「あら、私の心配をしてくれるのね？　平気よ。あの子は私の弟だもの。族長としてあの子を尊重はすれど、私の個人的な行動にそこまで強くは言われないわ。余計なことをって、くどくど嫌味を言われたくらいね」

そっか、姉弟だったよね。なるほど、シェルメルホルンにとってはマーラさんは保護者のような少し特別な存在なのかもしれない。でも、族長としての役割に文句を言うことは出来ないってところかな。小さな独裁社会が築かれているなぁ。

「……メグは、セントレイ国のダンジョンにいた。安全な場所とは言い難いのだが……」

会話が途切れたところで、ずっと黙り込んでいたギルさんがそう口を開いた。あ、確かに。魔物が蔓延《はびこ》るダンジョン内なんて危険だよね？

「ダンジョン？　冒険者が力試しに使う、魔物が湧きやすい空間のことね？　そんなところにいたの？」

ギルさんの言葉を聞いて、マーラさんは軽く目を見開いた。少し驚いたみたいだ。

「……いえ、案外ダンジョン内はメグ様にとって最も安全な場所かもしれませんよ」

そこへ顎《あご》に手を当てて考えていたらしいクロンさんのご意見が。え、ダンジョンが安全？　私の脳内は疑問符でいっぱいである。クロンさんは続けて考えを話してくれた。

「メグ様は特殊な身の上。そして、その時の状態から考えるに、保護者がいなければ生きていくことさえ出来なかったはずです。にもかかわらず、イェンナ様はメグ様をお一人で旅立たせました。……恐らく、すぐに保護者が現れることも願いの内にあった『安全』に含まれていたのではないでしょうか。強力な守護結界があったなら尚更ダンジョンは好都合ですし」

その辺の街道だったり街中にいたりしたとしたら、一般人に保護されかねない。でも特殊な状況にいた私をちゃんと守れる存在が望ましかった。だからこそダンジョンに転移し、イェンナさんの強力過ぎる守護魔術によってダンジョン内に異変を生じさせ、実力者を呼ばざるを得ない状況を作り出した。

な、なるほど……そこまで考えられた上での転移だったのね。マーラさんすごすぎじゃないですかねぇ⁉　本人すら全く知りもしなかったみたいだけど万能すぎるでしょ！

「あらあら、すごいわねぇ。それで本当に安全な場所に保護されたのでしょう？　私ったら、やるわね？」

そりゃもう！　マーラさん、お茶目なところあるのね！　なんだかフッと肩の力が抜けちゃったよ。

「……メグの、願いは叶ったんだな？」

そんなお茶目なマーラさんに、ギルさんは真剣な眼差しでそう問いかけていた。私の、じゃなくてメグの願いだよね。マーラさんの特殊体質のことかな？

「そうね。そう思うわ。貴方は魔術の痕跡を調べるのが得意なのかしら。根拠は耳飾りに魔力が残されていなかったから、かしらね？」

マーラさんがそう淀みなく答えると、ギルさんはそうだと首を縦に振った。……メグの願いか。メグに意志が芽生えたってこと？　私がこの身体に来る前に？　一体何を望んだんだろう。私は腕を組んで首を傾げた。

「メグ本人は何もわかっていないようね。私にも本当のところはわからないわ。実際目の前で魔術を行使したわけじゃないから、願いの内容までは、ね。ただ、今のメグを見ていると、何となく想像はつくわ」

えっ、今の私？　どういうことだろう。

「……魂を望んだ、か」

「ええ、同じ意見よ。きっと、僅かに芽生えた意志が強く思ったのだわ。自分も考えたいと。望みたいと。いえ、望めたわよね。自らの力で。ハイエルフの呪いを跳ね返す程の意志の力で」

メグが望んだのは、魂。確かに、そうかもしれないと思った。それと同時に私の中のメグがそうだと肯定している気がしたから間違いない。そういえばさっきマーラさんに、願いが叶ったのねって言われたけど、このことだったんだ。

環は過労死で死んだ。そのタイミングで私はこの身体に宿ったんだと思ってたけど、違う気がした。だってあまりにも都合が良すぎるもの。メグが望んだから私が都合良く死んだっていうのも違うと思う。マーラさんのこの能力は、人の生き死には干渉出来ないっぽいからね。

そして何より、時差だ。環の世界では数年しか経ってなかったけど、お父さんがいなくなってから、つまりお父さんがこの世界に来てからは二百年以上も経っている。最初は二つの世界の時の流れが違うんだろうと思ってたし、そういう部分もあると思うけど。たぶん、マーラさんの魔術が時間を超えたんだ。時間と世界を超えて、私を呼び寄せた。そう考えるとしっくりくる。

私があの時過労死したのは、自業自得の運命で、その魂をメグが望んでくれたおかげで私は今こうしてここにいることが出来ている。本当なら何もわからないまま終えていた一生。それがメグのおかげでこうして再び生きられて、お父さんにも会えた。

ああ……メグ。ありがとう。望んでくれてありがとう。これからも、一緒に生きていこうね。私は胸の前で両手を握り、心の中でメグに感謝を告げた。

と、その時。この場に突風が吹き荒れた。

風が強すぎて息も出来ない。私は小さいから本当ならあっという間に天高く飛んでいただろうけど、突風が来るより僅かに先にギルさんの腕と魔術に守られていた私は無事である。ただやはり少し息苦しいので脳内でショーちゃん伝いにフウちゃんを呼ぶ。みんなの呼吸を楽にしてあげたい、と。

『ごめんなのよ、ご主人様ー！　風の上位精霊による魔術だから、フウじゃ太刀打ち出来ないのよって言ってるの！』

見ればショーちゃんたちは私の側にはおらず、どうやらこの突風で吹き飛ばされてしまっているらしい。精霊にまで干渉できる魔術ってこと？　声が届くのはショーちゃんが私の契約精霊で、その上声の精霊だからか。上位精霊の使い手がわざわざこの突風を？　何のために……？　その疑問はすぐに解消される。

「我らが神聖な郷に……なぜ虫ケラがいるっ⁉」

人がここまで憤怒している様子を私は初めて見たかもしれない。目はギラつき、全身が怒りに震えている。美しい顔立ちが怒りの形相になるとこんなにも恐ろしいのか。白銀の長くサラサラな髪がフワフワと逆立っているのはその感情によって魔術が漏れ出ているからなのかな。ブルリと思わず身震いをしてしまう。

怖い……！　人を見てここまで恐怖を感じられるとは。私はギルさんにギュッとしがみついた。

「マルティネルシーラ！　貴様か！　いくら姉とて許せぬ境界線を越えたな……⁉」

「……申し訳ありません」

そんな！　マーラさんが怒られるなんて……！　マーラさんはイェンナさんの頼みを聞いてくれただけなのに！

「イェンナリエアルと子どもの時といい、今回といい……いい加減お前には罰を与えなければならないようだな‼」

そう言った白銀髪の男の人は目にも留まらぬ速さでマーラさんの目の前に来た。私には移動するところが見えなかったほどだ。

「去《い》ね」

マーラさんは目を閉じてただ全てを受け入れているように見えた。え、え……⁉　待って、なん

で……お姉さんなんでしょ⁉

「だめっ‼」

思わずそう叫んだ声は激しい轟音《ごうおん》に掻き消され、と同時に男とマーラさんの間にはいつの間にか濃紺色の人物が立ちふさがっていた。

「我らが無理矢理押し入ったのだ。彼女は脅されていたに過ぎぬ」

「はっ、脅された？　ハイエルフである我が姉が虫ケラごときに遅れを取るわけがないだろう。そんなこともわからぬとは、やはり脳まで虫ケラ並みだな？」

マーラさんを背に庇《かば》うように立ち、白銀髪の男の人と相対するのは魔王さん。男の人のマーラさんへの攻撃を余所の方向に弾いたみたいだ。何が起こったのかわかんなかったけど、たぶんね！

「ならばその虫ケラを倒すことなど簡単であろう？　家に虫が入っただけで騒ぎ立てるなど狭量《きょうりょう》な男よ。ハイエルフの族長は、自分で虫も追い出すことが出来ぬのか？」

魔王さんが威圧を放ちながら挑発する。二人の間に火花が散った。

5　戦闘の激化

魔王さんと族長の姿はあっという間に消えてしまった。消えた、というのは違うよね。所々で爆発が起きたり風が舞い上がったりしてるから、たぶんあれだ。速すぎて見えないってやつだ。絶賛バトル中なのだろう。見えないけど。

「……徐々に村の方へ向かっているわね。白の聖域で戦うよりマシだけれど。みんなに知らせておかないと」

マーラさんは軽くため息を吐くとそう言って精霊に声をかけた。郷の入口から案内してくれた例の大きな犬の精霊である。同じ水の精霊を持つ同族に伝えてもらっているのだろうな。

『主殿《あるじどの》よ。かの者の気配を感じ取れずに申し訳なかった』

「あら、それは私もだもの。言いっこなしよ。ごめんなさいね、ディロン」

「……俺も、気付かなかった。すまない」

「俺もだ。来た意味がないなぁ」

精霊と謝り合っていると気付いたらしいギルさんとニカさんが同じように口を挟んだ。ギルさんでさえ気付かなかったなんて。族長さんて、本当にとんでもない人なんだってことがわかる。

「あら、金髪の貴方はあの子の攻撃の軌道を変えたじゃない。それに黒髪の貴方がギリギリで結界を張ってくれたおかげで、誰も吹き飛ばされなかったし、墓所が荒らされることもなかったわ。お礼を言いたいくらいよ。人の中でも特に凄腕なのね？」

すごいな、ギルさんとニカさん！　私の知らないところでそんなことをしていたとは！　やっぱり攻撃を食らう前に対策をしないといけないよね。私には到底無理だ……ぐすん。

「いやぁ、それしか出来なかったのは不甲斐ないとしか言えねぇからなぁ」

ニカさんが照れたように頭を掻きながらそう言った。でもその顔は悔しそうだ。十分すごいと思うんだけどなぁ。私基準じゃこんなものである。

「……魔王がこの場から離れたがっているな。ならばここに結界を張ろう」

「大切な人が眠る場所だからかしらね。貴方もかけてくれると助かるわ。私だけの結界だと心許《こころもと》なかったから。あ、あと入口はまだ開けておいてもらえる？　郷の者をここに避難させたいわ」

「わかった」

そうして簡単な会話を終えたマーラさんとギルさんの二人は、それぞれの魔術でこの白き聖域に結界を張り始めた。どんな魔術でどんな作用があって結界を作ってるのか、私には全く理解が追いつかないけど、何やらすごいことをしているんだな、ということだけはわかった。なんだこの頭悪そうな感想は。

それからしばらくして、マーラさんが呼んだであろう郷に住むハイエルフさんたちがこの場に集まり始めた。もっと、私たちの存在に戸惑うかとも思ったけど、マーラさんが予め伝えてあったのもあって反応は薄い。いて当たり前のように受け入れてくれているのかな？　ううん、どちらかというと興味がなさそうに見える。

何より違和感を覚えたのは、その静かさだった。族長と魔王がここでドンパチ始めたというのに、誰一人として慌てていないのである。ただ、呼ばれたから集まっただけだ、というような感情の希薄さを感じる。そして、集まったから何か話すでもなく、各々無言で好きな場所へと行き、好きなようにリラックスし始めた。横になって寝てる人もいるけど、どことなく不気味だ。それに……。

「これ、だけ……？」

全員集まったわ、とマーラさんが言い、結界を閉じるよう伝えたから間違いないだろうけど、集まったハイエルフたちは数えるほどの人数しかいないのだ。族長とマーラさんを入れたらみんなで、たったの十四人である。その事実に愕然《がくぜん》とした。

「私たちはね、緩やかに滅びゆく種族なの。それを私たちは受け入れているのよ。だから、今更命の危機が訪れたとしても、何も感じることはないわ」

でも痛いのは嫌だから、戦いに巻き込まれて死ぬ気はないのよ？　とマーラさんはウインクしながら付け加えた。……って、え⁉　サラッと軽やかに言われたけど結構重たい話じゃなかった⁉

滅びゆく種族……それを受け入れている？

「同族としか子を成さないというハイエルフの呪いが、ハイエルフを滅亡の危機へと導いたのか」

「その通りよ。でもね、私も含めてみんな、それについては何も思うことはないの。長過ぎる生に飽き飽きもしているから。若い頃は他の種族に興味を持ったりもしたけれど、ここの生活は穏やかで幸せだし、それで満足する者が大半。このまま穏やかに死んでいけるなら不満もないわ。……でも、このままは嫌だと行動を起こした者が今の郷の中では二人いたの」

「二人、ですか？」

黙って腕を組み、魔王さんの方を見守っていたクロンさんが、視線はそのままに疑問を口にした。

「ええ。一人目はシェルメルホルン。そして二人目はご存知の通りイェンナリエアルよ」

「あの者ですか……まぁ、そうかもしれませんね。忌み嫌うのも執着ですから」

確かに。族長は人を見下して自分が優位に立つことで心の平穏を保っているように思える。話に聞いた限りだけどね？　わざわざ人の世界に混ざってギルドまで立ち上げちゃって？　しかも特級の称号までもらっちゃって。人の世で上手いことやってさ。色々とキナ臭いこともやっているらしいけどバレもせずに長いこと暮らして……って、あれ？　イェンナさんは人の世に飛び出したから重罪人扱いなんだよね？　それって、いいの？

「ぞくちょーしゃんも、郷を出てるでしゅ。母しゃまと同じで、じゅー罪人じゃないんでしゅか？」

むしろ、見ようによっては人の世界を満喫してるよね？　シェルメルホルンさん。自分の中のちっぽけな自尊心を満たすためだけの娯楽に、色んな人を巻き込むのは許せることではないけど、見事にエンジョイしてるような気がしてならないんだけど。

「確かに、そうね……。あの子は族長だから、気にしたことがなかったわ。あの子も重罪人じゃないの。郷にもあまり帰ってこないし。今、ハッとしたわ」

えっ⁉　だ、誰も気付かなかったの⁉　こんなに長年⁉　それはあまりにも異常だよね。そこで一つの考えに至る。

「特殊体しちゅ、でしゅか？」

あぁもうなぜここでも噛んだ私！　特殊体質な！　マーラさんも緊張が緩んで少し笑っちゃってるじゃないか‼　いいんだ、私はいつでもどこでも笑いを提供する幼女……。

「そうね。それも関係しているかもしれない。あの子は人の心を感じ取ることが出来るから、それを利用してそれぞれに合った微弱な精神干渉魔術を放出していたのだわ。微弱なら私たちは余程気を付けないと気付かないし、長年の蓄積で知らない間に思い込むようになった……？」

なんだか頭がクリアになったわ、とマーラさんは言う。そしてなぜか感謝されてしまった。え？　私何もしてないよ？　戸惑う私をよそに、マーラさんは一人で何度も頷きながら独り言を呟いていく。

「イェンナリエアルやメグと関わることで、私は少しずつ影響が薄れていたのだわ。やだわ、大変！　みんながあんな様子でぼんやりしているのも、精神干渉されているせいよ。外からのお客様がきていたり、周囲で戦闘が起きたりしているというのに、いくらなんでも反応を示さな過ぎだわ！　思慮深い種族とされるハイエルフがあの子一人の言動に誰も何も疑問を抱かないなんて変よ。私たちは、知らない間に意思のない人形になりかけていたんだわ！」

え、え？　なんか話が急展開でついていけないんですけど!?　さっきまでののんびりゆったりとした雰囲気が嘘のようにシャッキリしている姿に戸惑いを隠せない。えーと、整理しよう。つまり、他のハイエルフさんたちがどこか不気味な様子だったのは、族長による魔術のせいってこと？　そしてそのことに、たった今ふと気付いた？　あ、あれ？　よくわからなくなってギルさんの顔を見上げた。

「……精神干渉系の魔術を解除する基本は、『気付くこと』にあるんだ。その手伝いを、知らずにメグはしたことになる」

私の疑問符を見事に汲《く》み取ったギルさんがそう教えてくれて初めて納得。そ、そうなんだ……なんだかよくはわからないけど、結果オーライ？　再びマーラさんに視線を戻すと、慌てて他のハイエルフの元へと走り回っている姿を確認した。どうやら、仲間たちにさっき気付いたことを説明して回ってるみたいだ。これなら私もお手伝い出来るかも、と私もギルさんと一緒に付いて回ることにした。みんな目を覚ましてー！

解除の基本が気づくことにある、という通り、私たちが説明すれば、みんなすぐに我に返ってくれたようだった。ギルさん曰く、長年干渉を受けていたにしては立ち直りが早過ぎる、とやや引き気味だったけど、そこはさすがはハイエルフってところかもしれない。要するに、ハイスペックである。

気付いた人も他の仲間に説明しにいったりしていたために、元々人数も少なかったからあっという間にみんなが我に返ってくれたようだ。ひとまずは良かった、のかな。

「あぁ、可愛いなぁ……我らの新しい命だ」

「ハイエルフが滅びるのも少しだけ伸びたのかしらねぇ？」

ちなみに、私のことはみんなこんな感じであっさり受け入れてくれた。それどころかむしろ歓迎されている節もある。ギルさんやニカさん、クロンさんには少しだけ驚いた様子を見せていたけど、取り乱したり敵視したりということもなく、ちゃんと話も聞いてくれたから、元々穏やかな種族なのかもしれない。外で聞いていたハイエルフのイメージは、イメージだけが一人歩きしてたんだなぁって実感したよ。ところで、ハイエルフにとっての「少し」というのがどの程度なのか聞くのが怖い。

「……こんな反応なら、イェンナリエアルと必死で隠す必要もなかったかしら……ううん、精神干渉されていたから、シェルメルホルンにもっと早く知れていたかもしれないし、結果としては最善だったわね」

マーラさんは顎に手を当てて一人思案しながらまた独り言を呟いている。

「で、でも私は、父しゃまが魔王しゃんでしゅ。ちゃんとしたハイエルフじゃないでしゅよ……？」

あまりに歓迎されるので、自分から素直に素性を話すことにした。父親が魔王と聞いたみんなはそれぞれ驚いた表情である。そ、そうだよねぇ……。

「混血でもハイエルフは産まれるじゃないか！」

「……え？」

けど、驚きの理由は私が思っていたのとは違った。なんでも、混血となるとハイエルフはエルフになってしまうと信じられていたのだそう。だから自分たちの種族を守るためにも大昔のハイエルフは、他種族との交わりを禁じ、呪いをかけるに至ったという。だけど私は紛れもなくハイエルフ。それは見ただけで同族には感じ取れるものだから間違いないんだって。そこは私にも何となくわかるけど。

とまぁ、そんなわけでみなさん、私がハイエルフであるという事実に一番驚いた模様。今まで信じていたことはなんだったの⁉　ってことだよね、きっと。

「そうは言っても、出生率が限りなく低いのは変わらないけれどねぇ……」

「でも、我らハイエルフは途絶えることがなくなる。その希望が生まれたじゃないか！」

「そうよね。私たちはもっと、他の種族とかかわるべきだったんだわ！」

そんな声があちらこちらから聞こえてくる。なんだ、みんな事実がわかれば基本的には人と関わることについては前向きな人が多いじゃないか。もちろん、尻込みして自分はずっとこの郷でいいという人もいるみたいだけどね。

「確か、この郷の環境が特殊なんですよね。ここの空気が清浄で、満ち溢れた魔力が美しいためにハイエルフはより長命なんだそうです。ザハリアーシュ様がイェンナ様に教えてもらったのだと話していたのをお聞きしたことがあります」

「あら、そうなの？　初耳よ？」

「それはそうでしょう。郷の外に出て生活して初めて身を以てイェンナ様も実感したことのようですから。郷にずっとおられる方には気付けないことです」

元々長命で強い力を持つハイエルフ。加えてここの環境がより長命にさせてたんだね。私からしてみたら、亜人《あじん》ってだけでもう充分長命だし、大事な人を見送るばかりになりそうだからあんまり長生きは嫌なんだけど。

「……余計に外の世界に行きたくなってきたわ。余生は外で過ごそうかしら」

「お、俺も……」

「私も!!」

要するに寿命が短くなるということなのに、それを望むハイエルフが一定数いるという驚き。でも気持ちはよくわかるよ。今後はハイエルフも物語上の存在ではなくなる日も近いのかな？　数が少ないから無理かな？

それにしても、思った以上にみなさんノリが軽い。閉鎖的な空間で偏《かたよ》った考えで長年生活していたはずだから、もっと宗教的で凝《こ》り固まった危険思想の集団かと思ってたよ。まぁ偏見だけどさ？

けど、そういえば入り口の看板からしておかしかったもんね。あれを読める人はハイエルフのみだし、族長以外は見る人もいないだろうに。あれか、ハイエルフジョークってやつか。やはりノリが軽い……。

「これだけ永《なが》く生きているとね、色々と見えてくるものがあるのよ。私たちの生活がきっと不自然なのだろうって。知ってはいても、変えようとは思わなかったわ。精神干渉がなくても、ね」

元来ハイエルフとは平和主義なのだそうだ。そして陽気な者が多いという。族長の様子や、他種族を容赦なく処分するという大昔の事実からいって全く想像がつかないんだけども。

「細かいことを気にしないのよ。誰が誰と結婚したとか、誰かが外の世界に行ったとか。族長が人を虐殺しようとしているだとか、族長の娘が家出したとか。あなた方にとっては許されざることも、私たちには細かいことでしかないの。悪気はないのよ？　ごめんなさいね、みんなそういう性分なの」

それによって人々がハイエルフに対して偏見を抱き始めたことや、すでに存在すら怪しまれている種族であることなんかも、彼らにとっては些細なことなんだって。なんだか……人類を超越しているよね。族長さん、頑張らなくてもすでに神に近い存在なんじゃないの？　仙人みたいな。

「自然と共にただ生き、そして終える。それだけが私たちの存在意義」

外の世界に未だに興味を示さないハイエルフたちはその考えを今も持ち続けているそうだ。誰が何をしようと、あまり興味を持たない。自然と同化するように存在するその姿は、正気に戻った今でさえ、人としての気配を感じにくい。一方で、余生は外の世界でという意見に賛同した者は、自らの意思を持つハイエルフたち。同族同士で交配を繰り返し、濃すぎる血を持った者が前者で、それ以外が後者なのかもしれないとマーラさんは語った。

「私は、すでに外の世界へ行きたいと、ずっと前から思っていたのかもしれないわ。私もイェンナリエアルと同じ、罪深いハイエルフ。もう、永遠とも思える生の時間をここで過ごすのに、疲れてしまったの」

もっと早くに行動に移していたら何かが違ったかしらね、と呟いて、マーラさんをはじめとする同意見のハイエルフたちは、揃って目を伏せた。

「……今後のことは、それぞれの好きにしてみるといい。だが今は、あちらを何とかしなければならない。すまないが、考えるのはその後にしてもらえないか」

暫くの間を置いて、ギルさんがそう切り出した。そうなのだ。今も絶賛、族長対魔王の戦いの最中なのである！

「ハイエルフたちとの全面戦争かぁ、と思ってた分、最悪の事態は避けられたとは思うけどなぁ」

「私たちとの全面戦争？」

苦笑を浮かべて告げたニカさんの言葉に、マーラさんが目を丸くして聞き返す。ここで、私たちがここへ来た経緯と、どのような覚悟で来たのかを初めて伝えることとなった。本当はもっと早く言うべきだったね！

「……なるほどね。でももしそうだったとしても、私たちには戦う力はないわよ？」

自衛の力はあるから自分たちを負かすことは出来ないだろうけど、とマーラさんは言う。なんでも、攻撃に向くハイエルフは二人しかいないんだって。族長と、イェンナさん。親子だな、なんて場違いにも思ってしまったよ。

「ふむ。それはつまり、あれを止められる者がこの場には……」

言葉を濁すように口を開いたギルさん。そしてその言葉を拾ったマーラさんはあっさりと告げる。

「いないわ。あの二人が戦いを止めるか、勝敗がつくかしないと、ね」

どうやら、事態は思ってた以上に深刻だったようです……！　お、お、お父さぁぁぁん⁉


【ザハリアーシュ】


ヤツが手を振り上げると、それだけで我の周囲に風が巻き起こり、ヤツが手を振り下ろすと、その風が竜巻となって我に襲いかかってくる。かと思えばその竜巻は風の刃へと姿を変え、またある時は我の周囲の風を操り呼吸を出来なくしてくる。風が意思を持ち、ヤツの手足のように動いているかのように思えるほど、ヤツの魔術の扱いは賞賛に値するものであった。

だが、我とてこれでも魔王を名乗る者。この程度で後《おく》れをとることはない。竜巻は魔術で軌道を逸《そ》らし、刃は軽く身体を捻《ひね》らせて全て避けてみせた。異空間魔術を応用し、空気を直接取り込めば呼吸に関しても無問題だ。それらの対処法は考えるより早く身体が動く。ユージンとイェンナと共に旅をしたあの頃を思い出すというものだ。やはり戦闘は我の魔王としての本能を揺さぶる良きものだ。たまには身体を動かさねばならぬと再認識したぞ。

「そんなに墓が大事か」

「‼」

さり気なくメグたちから、そしてイェンナの墓所から離れていたのだが、気付かれたか。だが此《こ》奴《やつ》はイェンナの父であろう？　ならば娘の眠る墓を巻き込みたくないと思うのが普通ではないのか。我があの場から離れたのは、此奴にだって好都合であろう。我はそう思い込んでいた。

「あんな恥知らずの小娘、我らの聖域に墓を作ることすら烏滸《おこ》がましい。ハイエルフの恥だ！　存在した事実さえいらぬ‼」

我が油断したほんの一瞬の隙に、シェルメルホルンはイェンナの墓に向かって強烈な一撃を放つ。こんな僅かな間でこれほどの高威力を出すとは……！

「しまっ……！」

「うきゃぁぁぁっ……！」

我が振り返ったのと同時にメグの悲鳴が響き渡った。無事であろうな⁉　影鷲よ！　信じておるぞ‼

「混血など、真のハイエルフとは言えん！　認めん！　だが、使い勝手のいい駒《こま》ではある。生涯有意義に使ってやることこそ、あの子どもにとって最も幸せな生き方だ。大人しく渡してさっさと消え失せろ‼」

目の前が赤黒く染まる気配がした。いかん。負の感情に呑まれては我は……！　だが、この言葉には我慢ならぬ。最愛の妻であるイェンナに対する暴言、そして娘を、我とイェンナの宝を！　人としてさえ扱わぬその思想……！

「黙れ老いぼれがっ!!」

半魔型《はんまがた》となった我は龍の咆哮《ほうこう》をあげながらそう叫んだ。許せぬ。愛する者たちを愚弄《ぐろう》することは誰であろうと許さぬぞ！　我は一気にヤツの元へ距離を詰め、首筋に牙を立てた。ブチリという嫌な音と共に血の味がする。嫌な味だ。だというのに此奴は一切気にした風もなくそのまま魔術を行使した。

我ではなく、イェンナの墓所に向けて。

「ひゃあっ……！」

「ぐっ……」

「まさかっ、二重の結界を容易《たやす》く破るなんて！」

目線の先にはメグを己の腕の中にすっぽりと抱き、背に攻撃を受けた影鷲と、驚き目を見開くハイエルフのマルティネルシーラ。

そして……破壊された、イェンナの真っ白く美しい墓。

目の前が、赤黒く染まった。我は怒りの感情に飲み込まれ、本来の姿に戻った。暴走する魔力に支配されたのがわかる。それは久方ぶりで、二度と味わいたくないと願っていたあの感覚であった。


【メグ】

「泉の向こう側へ！　範囲を狭めれば結界はより強固となるでしょう！　みんなも、協力なさい！　望むような死を迎えたいならね！」

突如、イェンナさんのお墓が吹き飛んだ。原因となる悪魔のごとき竜巻は、そのまま私たちの方へと向かってくる。それは一瞬の出来事だったけど、この私が目視で確認出来ただけ上出来だったかもしれない。それしか出来なかった、とも言えるのだけど。

「ギルしゃん……！」

「っ大丈夫、だ。掴まれ」

私はいつのまにか視界を黒で埋め尽くされていたから、状況があんまりわからなかったんだけど。小さな呻《うめ》き声が聞こえてきたから、ギルさんがどうも攻撃をくらったのだということだけは理解した。僅かに息を詰めた声色に、あのギルさんが軽い怪我程度でこんな声を出すわけがない、とわかって怖くなった。当然自分にも結界を張っていただろうし、戦闘服だってあるというのにダメージを負うなんて。

どうしよう、とオロオロするしか出来ない自分に、悔しさで唇を噛んだ。泣くもんか。

「先に奥へ行ってくれ！　俺ぁ少し目眩《めくら》ましする。絶対《ぜって》ぇ振り返るんじゃねぇぞぉ？　暫く何も見えなくなるからなぁ!!」

背後からニカさんのそんな声が聞こえてきた。と同時に感じた浮遊感。ギルさんが私を抱き上げて立ち上がったようだ。

「外は見えないだろうが、メグも念のため目を閉じていろ」

泣くもんか、泣くもんか。私は言われた通りにギュッと目を閉じた。涙を流さないように。

「奥に祠《ほこら》があるの。そこに集まりましょう。あの場なら、私たちハイエルフもより強固な結界が張れるわ」

「わかった」

マーラさんの声に、ギルさんが答えて進むスピードを上げたのがわかった。

「私はこの場に残ります。ザハリアーシュ様から離れるわけにはいきませんから」

「……気をつけろ」

「言われるまでもありませんが……ありがたくそのお言葉を受け取りましょう」

一方、クロンさんは魔王さんが心配で残るみたい。巻き込まれてしまわないか心配だけど、きっとクロンさんだって只者じゃないはず。今は信じるしかない。

体感的には三分程度でマーラさんの言う祠へと辿り着いたらしい。途中ふわりと熱風を感じたのは、ニカさんの魔術かな？　目眩しするって言ってたもんね。目を閉じていて、しかもギルさんの胸に顔を押し付けられていても、周囲が明るくなったことがわかるのがすごい。

しばらくしてようやく私は下ろされた。辺りを見回しながら目が慣れるのを少し待つ。当然私は無傷である。……だけど。

「ギルしゃ……背中……！」

「大丈夫だ。あまり見るな、気分のいいものじゃないだろう」

目が慣れて最初に確認したのはギルさんの様子。やっぱり攻撃を食らっていたんだ！　戦闘服の背の部分はマントもろとも跡形もなくなっていて、背中全体に無数の深い切り傷が刻まれていた。痛々しくて顔が歪んでしまう。

「手当てしなきゃでしゅ！」

「薬は用意してきたから問題ない。痛み止めもある」

「でも、でもっ!!」

地面に座り、ボロボロになった上の服を、痛みをこらえながら脱ぐギルさん。その周囲をウロウロするしか出来ない私。手当てしたいと思うんだけど、こんなに深い傷を目の前にして何をしたらいいのかわからないのだ。頭真っ白状態である。……何やってるんだ私は！

「自分で背中の手当ては難しいでしょ？　傷口の洗浄と塗り薬があれば私がやるわ」

「……助かる」

そんな私たちの様子を見て、マーラさんがそう名乗り出てくれた。テキパキと処置をするその姿を眺めて、またしても私は己の無力さに打ちひしがれてしまう。

そんな時だった。

目の前に一際大きく、そして美しく輝く精霊の光が現れた。少し濃いめの、水色の光だ。何となく、その精霊が私に何かを伝えたいと言っている気がする。この勘はハイエルフの血が関係しているだろうから多分当たってる。私は迷わずその精霊に声をかけた。

「……水の精霊しゃん、でしゅか？」

どうやら正解だった様だ。水色の光は強く輝き、声を発した。

『ありがとう。突然なのだが、どうか妾と契約してほしい。貴女様をずっと、待っていたのだ』

私を待っていた？　どういうことだろう。私がここに来るって知っていたのかな？

疑問がいくつか出てきたけど、いつのまにか側にいたショーちゃんやフウちゃん、ホムラくんも

『ケーヤク！　ケーヤク！』とノリノリだから為人《ひととなり》は保証されているのかも。精霊に為人って使っていいのかは微妙だけど。

……うん。わからないことは後で聞けばいいよね、という短絡的な考えの元、私は水の精霊の申し出に首を縦に振った。

『では、妾に名を』

そうでした、名前を考えなきゃなのでした。うおー、なんでいつもこんな突然なのぉ⁉　でもそんなことも言ってられない。唸れ、私のネーミングセンス！

「えと、雫《シズク》。あなたの名前はシズクだよ！」

『シズク。……良き名をありがとう、新たな主殿』

嬉しそうにそう告げた水の精霊ことシズクちゃんは、みるみる姿を変えていく。マーラさんの精霊より濃いめの水色毛皮な立派な犬の姿。もしかしたら狼かもしれない。身体はとても大きくて、私なら二人は軽く乗せて走れそうなほど。

そんな凛々しい姿に見惚れてしまったものの、気になる発言に思わず反応してしまう。

「新たな、主？」

シズクちゃんは確かにそう言ったのだ。と言うことは、今までも誰かと契約したことがあったのかもしれない。ハイエルフの郷にいたんだから、それもあり得る話ではあるけど気になったので直接尋ねてみた。

『妾が契約するのは主殿で二人目なのだ。以前の契約者は亡くなってしまったから』

「……そう、なんだ」

『そなたの母親なのだ。イェンナリエアル。前主殿の死後、魂が昇《のぼ》る直前に精神世界で頼まれたのだ。いつかくる娘と契約してほしい、と』

え、イェンナさんの？　死後もなお、娘を想って精霊に託《たく》そうとしてくれたんだね……そっか、契約者がなくなった後、精霊は取り残されてしまうんだ。精霊はいわゆる霊体というか、魂のみの存在に近いから、寿命がないんだもん。

そりゃそうだよなぁなんて思いつつもなんだか寂しい。長命であるハイエルフにとって、精霊という存在はとても貴重な共に永きを生きる者なんだ。それこそ生涯のパートナーで、とっても大切な存在なんだなって改めて思ったよ。

『そうは言われても妾が契約したいと思わなければしないと伝えたのだ。それでもいいと、前主殿は言ったのだ』

「……契約ちたいと、思ってくれたんでしゅね。ありがと」

『……頼りなさすぎて心配になっただけなのだ。妾が見てないと危なっかしいのだ、主殿は』

なんたるツンデレ。実際その通りなんだけどさ！　思わずこれまで緊張で強張っていた表情が緩む。

「うん。私はまだまだ力がないから、手伝ってくれるとうれしいでしゅ。よろちくね？　シズクちゃん」

『……仕方ないから力を貸すのだ』

顔はそっぽ向いてるのに尻尾をちぎれんばかりにブンブン振っているのがもう、尊い。おかげで肩の力が抜けたよ。

「じゃあ、早速《さっしょく》なんだけど、頼んでいいかな？　ショーちゃん、うまく伝えてほしーの」

『はいなのよー！　シズク！　私がご主人様の指示をわかりやすく伝えてあげるのよ！』

私の呼びかけにすぐさま応えて踊るようにシズクちゃんの前に出てきたショーちゃん。張り切った様子がとっても可愛い！　親馬鹿ですけど何か？

『声の精霊か。……なるほど、これはわかりやすいのだ。まさか声のにこんな能力があったとは驚いたのだ』

『エヘン、なのよ！』

私が説明する前にショーちゃんによって私の意図が正確に伝わったらしい。本当に助かるよ！　言葉にして説明するのもままならないからね！　くすん。

「出来しょーかな……？　水は生命の源で、癒しの力があるんじゃないかなって思ったからなんだけど……」

『問題ないのだ。要は水を変質させればよいのだろ？　こんな使い方はしたことがないが、あまり魔力もいらなそうなのだ。先にもらっても？』

「ありがと！　もちろんだよ。持っていって」

良かった！　うまくいきそうだ。私が手を差し出すと、シズクちゃんは鼻先を私の手に触れさせて魔力を吸い取っていった。うん、確かにあんまり使わないみたい。

『あの者に使うのだな？　共に行こうなのだ』

「うん！　よろちくね！」

私はシズクちゃんを伴《ともな》ってギルさんの元へと駆け寄った。マーラさんは一連の流れを見ていたらしく、それをギルさんにも伝えていたみたい。

「水の精霊と契約したのか」

「あい！　しょれで、早速ギルしゃんの傷を少し治せるでしゅ！」

「え？　水で？　その子はイェンナリエアルの最初の契約精霊だった子よね。癒しの力だなんて、聞いたことないわよ？」

私が意気込んで報告すると、マーラさんが驚きの声を上げた。というか最初の契約精霊だったの!?　私の方が驚いたんだけども!?　いや、だからこそ死後に、魂だけの状態で少しやり取りが出来たのかも。納得はするけどビックリだよ。と同時に、母の愛というものを感じて胸がほわりと暖かくなった。おっと、今はそれよりも治療だ！

「簡単に出来るみたいでしゅよ？　水を変質《へんしつ》しゃせて、おくしゅりにしゅるんでしゅ」

とはいえ、いくらファンタジーな世界でも一瞬で治る、とまではいかないみたいだけどね。ルド医師とか、医療に携わる専門家ならまた話は違って来るのかもしれないけど。私とシズクちゃんに出来るのはこれが限界。それでも自然治癒力を高めてくれるし、ギルさんだし、治りは早いはず。何より、今よりずっと楽になるのならやらない手はないもんね！

「ディロン、貴方も出来る？」

『おそらく出来る。だがあまり原理がわからぬ。この者は精霊にその部分を伝えることに長けているのだろう』

「そう。術者の技量ってことね。すごいわ、メグ」

ストレートに褒められて思わず照れてしまう。環の時のわずかな知識と魔力と精霊あっての物だけど、それも私の力の一つと捉えよう。褒め言葉はそのまま受け取っちゃうのだ！

「じゃあ、シズクちゃん、よろしくなの」

『御意《ぎょい》、なのだ！』

褒められたことによりやる気がぐーんとアップした私は、拳を握りしめてシズクちゃんにお願いした。うん。魔力を渡して伝えたいことが伝わったらあとはもうお願いするだけの簡単なお仕事です！　……何か？

シズクちゃんが宙返りを一つすると、まるで霧のように水が舞った。ただの水ではなく、お薬となる水だ。その霧は私のイメージ通りにギルさんの傷付いた背中に吹き付けられる。霧なら傷が痛むこともあんまりないだろうと思って。

「む……」

「ほわぁ……」

ギルさんと共に私も思わず声を漏らしてしまった。だって、パッと見ただけで深い傷口がうっすらと塞《ふさ》がっているのがわかったんだもん。え、本当にすごいね？

「シズクちゃん、しゅごいの！」

『なんてことはないのだ！』

小さな手でパチパチと拍手を送ると、シズクちゃんは照れたように顔を背けつつもそう言った。尻尾の揺れ方が可愛い。

「かなり楽になった。ありがとう、メグ」

「えへへ。でも、ギルドに帰ったらルドしぇんしぇに診てもらわなきゃめっ、でしゅよ？」

「……ああ。約束する」

痛いのを我慢するような顔はもうしていないことが、何より私を安心させた。そして、私も力になれて、それがすごく嬉しい。もちろん、私だけの力じゃないけど。

でも、私はこれからも色んな人の力を借りて生きていく。一人じゃ何も出来ないもん。もう、一人で何でもする必要だってないんだ。誰かの力を借りることで、私も色んな人の力になれる。

環の時に気付かなかった、そんな簡単なことを今になってようやく理解した。私はもっと、近所の人や、職場の同僚に頼ればよかったんだ。心がしんどいことに気付いていたんだから、病院にだって行けばよかった。やりようはいっぱいあったのに、それをしなかったんだ。

後悔、してる。でも、今になってそれが次に活かせる。今回のことは、私が私の存在を認め、許せると思えたきっかけの出来事になったのだ。

「ギル、大丈夫かぁ？」

遅れてやってきたニカさんが心配そうに声をかけながらこちらに近付いてきた。そうだ、足止めをしてくれたんだったよね。どんな風にあの、目を塞いでいてもわかるほどの眩しい光景を作り出したのか少し気になるけど、見たと同時に目がやられるだろうから私に知る術はない。

「問題ない。そっちは？」

「数秒の時間稼ぎくらいは出来たがなぁ……ちとまずい状況になってきたぞぉ」

まずい状況？　首を傾げているとニカさんが説明してくれた。

「相変わらず魔王と族長の戦いは続いてるんだがなぁ、魔王があの時みたいになっちまってる」

「……戦争の時、か？」

「どういうことかしら？」

戦争の時、と聞いてゾワっと鳥肌が立つ。魔王としての力が大きすぎて制御しきれず、力に呑み込まれて破壊を繰り返していたあの時ってことだよね？　まさか、今も……？

「イェンナリエアルのお墓を破壊されて、怒りに染まってしまったのね。まさに二百年前の戦争が起こりそう、ということかしら」

あまり詳しくはわからないけれど、と言いながらもマーラさんは眉根を寄せた。そんな……どうしたらいいの!?

「想定外のことが起きたなぁ。こいつぁ仲間たちに知らせにゃならん」

「え、えと！　シュリエしゃんとカーターしゃんにならすぐに伝言を届けられましゅ！」

フウちゃんにネフリーちゃんへ、ホムラくんにジグルくんへと伝言を頼めば確かすぐに伝わる、はず。同じ系統の精霊だからね！

『主様っ、お仕事っ？　アタシすぐ行くよっ』

『ご主人、オレっちは他の奴らより少し時間かかるかもしれないんだぞ。でもやるぞ！』

自然に存在する風や、所々で燃えている火を伝って言葉を届けるそうだから、確かに火は風より遅そう。それでも精霊たちが直接移動するより遥かに早いから十分だよ！　あ、ショーちゃんの移動速度は例外ね。ショーちゃんに頼んでもいいんだけど、最近は立て続けにお出かけするお仕事を頼みすぎてるから心配なのと、もし何かあった時に側にいて欲しいので今回はお休みである！

「頼めるか？」

「あいっ！　魔王しゃんが怒りで我を失って暴れてましゅ、でいいでしゅか？　あんまり長いと精霊が覚えられないんでしゅ」

「それでいい。……頼んだぞ」

くしゃりとギルさんに頭を撫でられた私はさらにやる気に満ち溢れた。単純である！

「任しぇてくだしゃい！」

拳で胸を一つトン、と叩いて早速フウちゃんとホムラくんに伝言を託す。お願いね！　と見送っていると、ギルさんが静かに口を開いた。

「メグ。謝らなければならないことがある」

謝りたいこと？　ギルさんが？　何だろう……。

「本当は、お前の母親がもう生きていないこと、その可能性が高いことを知っていたんだ」
「え……？」

チラッと見ると、ニカさんもバツの悪そうな顔をしている。話を聞いてみると、私をダンジョンで発見したあの時、ギルさんは私の耳飾りから守護の魔術が発動していたことに気付いていたそうだ。そして、その魔術が私を見付けた時には綺麗に消えていたんだって。魔力が耳飾りには残されていなかったんだそうだ。その意味するところは……術者の絶命。きっと私を守ろうとした誰か、恐らく母親がその時亡くなったのではないか、って予想してたらしい。そのことは頭領であるお父さんも聞いていたし、知っていたけど、ハイエルフの郷という特殊な場所にいるから魔術が途絶えた可能性があったのと、術を施したのが別の人物であった可能性があったから、結局黙っていることにしたのだとギルさんは話してくれた。たぶん、お父さんも魔王さんにそれを話せてはいなかったんじゃないか、とも。

「不安を煽《あお》るようなことは避けたかったんだ。事実がハッキリするまで、言えなかった。……悪かった」

軽く頭を下げて謝罪するギルさんを戸惑いながら眺めてしまう。当然、私はそのことについて怒ったり悲しんだりしないよ！　だって、私を思って黙っててくれたんだもん。だから私は慌ててブンブンと頭を横に振った。

「今、教えてくれたでしゅ。だから、いいんでしゅ」

そう。結果として教えてくれたんだもん。文句を言うことなど何もないのだ。私が笑顔を向けていると、優しく頭を撫でてくれた。えへへ。

『主様っ！　お返事きたよっ』

「えっ、早っ!?」

そこへ、フウちゃんからの声が上がる。驚くべき早さだ。さすがは風だね。私はギルさん、ニカさん、それからマーラさんにも声をかけて、フウちゃんからの伝言を聞きはじめた。

6　ネーモの調査組

【ケイ】


二日間ほど、ボクらネーモ調査組は順調に情報を集めていったんだ。いやー、なかなかスリル満点だったけどね、やり甲斐のある仕事だったよ？　このスリルがまた興奮しちゃうしね。癖になりそう。

まぁ、ネーモのボスであるらしいハイエルフが不在だったからわけなかったよ。余裕で重要書類がある部屋とかボスの部屋とか侵入出来ちゃったしさ。二回くらい見つかって十人ちょっと眠ってもらうことになっちゃったけど。さすがは特級ギルドってとこかな。あ、もちろん記憶の改竄《かいざん》は抜かりないよ？　ボクは催眠系魔術も得意なんだ。オルトゥスが不利になる情報は消しておかなきゃね。……ボクらと同じように記憶を探られたらバレちゃうけどさ。ま、些細なことだよ。ボクが捕まらなきゃいいのさ。

「何というか、やってくれるだろうとは思っちゃいたけど。まぁよくもここまで集められたな……」

あは、少し呆れられちゃったよ。でもいいでしょ？　仕事に手抜きはしないよ、ボクは。

「さすがはケイですね。こちらもかなり情報が集まりましたよ。ネーモは貧困地域のいくつかの村に金銭的援助を行なってますね」

ボクを褒めてくれたのはありがたいけど、シュリエレツィーノの調査結果だってなかなかのものだと思うけどね。ふぅん、なるほど、ギブアンドテイクってことかな。上手いことやってるんだねぇ、ネーモは。ただの悪どいだけのギルドじゃないってことか。ま、特級だし当たり前だけど、頭領の顔から言っても釈然としないというのが本音だね。

「ただ、泣く泣く能力の高い人物を渡しているみたいではありますね。能力の高い者を引き抜いていくからこそ、村の発展がそこで止まってしまうというのに。そのせいで貧困は続きます。目先の収入に目が眩んでそのことに気付かないようですね」

まさに悪循環。ネーモだってその点には気付いてるはず。なのにそこは指摘せずにただ人材を確保して援助だけをする。……悪いことをしているわけじゃないし、それに見合った、むしろそれ以上の金銭的援助をしているから英雄扱いですらある、という仕組みかぁ。根本的解決にならないって気付く者は、その引き抜かれた優秀な人材だけ。あーモヤモヤするね、全く。

「めんどくせぇな。もう、潰しちまうか」

「短絡的かつ過激ですが、一理ないこともない意見ですね」

結局、何かをキッカケにしてネーモという組織を一度ぶっ壊しちゃうのが楽っちゃ楽だよねぇ。

不幸な事故とか、自業自得の喧嘩《けんか》とか、ね？

「さて、そろそろネーモもうちのギルドに……!?」

「どうしたシュリエ」

シュリエレツィーノが途中で言葉を止めた。何だろう。精霊から連絡でも来たかな？　ボクの予想は的中した。

「……頭領。メグからです」

「メグちゃんから……？」

ギルド待機組かと思ったらまさかのメグちゃんからだった。ハイエルフの郷で何かが起きた？

心配だな……。

「聞かせてくれ」

「はい。『ハイエルフの郷にて、魔王が怒りで我を失っている』と」

「あ、あいつ……!!」

これは、ちょぉっとまずいことになってる？　ギルナンディオがいるから大丈夫だろうけど、みんなメグちゃんの安否が気になるところだと思う。

「……言っても仕方ねぇ。こっちをサッサと片付けねぇことには駆けつけにも行けないからな」

「……つまり？」

そういうこと、だよね？　ふふ、武者震いしちゃうよ。

「乗り込むぞ」

頭領のその一言に、ボクらはそれぞれ口元に笑みを浮かべたんだ。


【ユージン】


「つっても突然乗り込んで攻撃を仕掛けるってわけじゃねぇ。少し待て。じきに訪れる混乱に乗じるぞ」

アーシュが怒りで我を忘れる。つまりは二百年前の悪夢再びってことだ。ったく何やってんだよアイツは。ちょぉぉっとだけ予想はしてたけどな。それは黙っておこう。

この事態は厄介だが、使えるっちゃ使える。どうせ起きちまったことだし、アーシュを押さえ込めるのは俺くらい。暫くはこの状況を利用させてもらおう。……メグが心配だけどな。ギルに耐えてもらうしかないだろう。ニカもクロンもいるわけだし。だが。

「ハイエルフたちがどう出るか、ですね……どうも敵対はしてこないようですが」

「その辺りをメグに聞いてみてくれねぇか？　聞いて急げる訳でもねぇが、心構えが違うだろ」

わかりました、とシュリエは答えながら早速精霊に指示を出す。短文のやり取りしか出来ないのが難点だが、この世界においてすぐに伝言をやり取り出来る手段は限られてるだけに貴重でもある。

しかもシュリエは精霊の中では最速でやり取り出来るらしい風を最も得意とするエルフ。メグからは少し間が空くが、シュリエからの伝言はかなり速い。

こうして待つこと暫し。やり取りを終えたらしいシュリエはやや驚いたように報告をしてきた。

「どうやら、ハイエルフの郷の住民はこちらに協力的なようです。敵対し、今のハイエルフの悪いイメージを体現しているのはシェルメルホルンだけ、だそうです。これはいい誤算でしたね」

そいつぁ驚きの事実だな。ネーモの奴らとハイエルフ達とも戦争になると思ってたからかなり状況は楽になった。……いや。アーシュが暴れてるんだった。二百年前のように魔物達が暴れ、敵味方関係なく襲いかかってくることを考えりゃもっと状況は悪いか。

「それから……やはりイェンナリエアルは亡くなっていたそうです」

「……そうか」

一縷《いちる》の望みは持ってたんだがな。その可能性は高かった。でもまさか、それだけでアーシュがキレたってわけじゃねぇよなぁ？

「シェルメルホルンによってイェンナリエアルを侮辱され、墓を破壊されたことにより、魔王は怒りに我を忘れた、と」

なるほどな。死を知らされた直後のことなら仕方ないとは言える。アイツは元々すぐ感情的になるからな。いいところでもあり悪いところでもあるんだが。

そうなると、一応怒りの矛先はシェルメルホルンに向かっていると考えて良さそうだ。敵味方関係なくなるまで自我が崩壊する前には駆けつけられればいいけどなぁ。そこまでになるとまさに悪夢の再来になっちまう。

「それにしても……限られた短文のやり取りでよくそこまで詳細にわかるねぇ」

ケイが感心したようにそうシュリエに声をかけた。確かにその通りだ。やり取りも三回程しかしてない気がするんだが。

「メグの伝え方が的確なんですよ。声の精霊の力によるところも大きいですね。メグの伝えたいことを声の精霊が精霊の言葉に変換して伝えることが出来るそうです」

「うわ、そいつぁ反則級だな。つまりその分自然魔術もうまく使いこなせるってわけだな」

「ふふっ、メグちゃんもうちの立派な即戦力だねぇ。すごいや」

精霊というのは扱いが難しいというのは昔イェンナに聞いた話だ。ハイエルフはエルフより高位の精霊を使役しやすいというだけで、扱いの部分は他の者と同じ苦労をする。長命だから扱いに慣れきっているという点も加わって、恐るべき力を保持しているに過ぎないらしい。どのみちやべぇ力を持ってる時点で脅威だがな。

しかし、メグはあの幼さでその誰もが躓《つまず》く工程をいとも容易く突破してしまった。これは成長が楽しみでもあり、怖くもある。

「！　来たな」

っと、そうこうしている間にその「時」が来たようだ。

「……街を守る壁もあまり意味を為していませんね。セインスレイ国は特に治安が悪い国ですから」

「んー、金儲けばかり考えているからそういった方面にお金と手間をかけないんだよね。いざという時に甚大な被害が出るっていうのに。ご愁傷様だよ」

その通り。他の国は二百年前のことを忘れず、そしていざという時のために街を取り囲む守護壁はなかなか強固な作りとなっている。そう簡単には突破されない。少なくとも、ギルドの者や冒険者が駆けつけるまで持ち堪えることが出来る。だがこの国はお飾り程度の壁しかない。まぁ、だからこそ簡単に悪事を働けるから治安も悪いんだが。つまりどういうことかってぇと。

「街に魔物が入り込みましたね。まだ待ちますか？」

「そうだな。ギルド内が混乱するまで待たせてもらおう」

アーシュの影響で凶暴性を増した魔物が、普段は近寄りもしない街へ襲いかかってくるのだ。魔物は魔力を感じ取って生命反応を察知し、襲ってきやがる。戦闘本能を極限まで引き上げられた魔物たちは、我を忘れて本能に従うからな。

「んー、街の中心の方からも悲鳴と戦闘音が聞こえてきたね」

いよいよ大混乱も間近だ。だが、この地に住む者たちを助けてやる義理はない。冷たいようだが俺たちの目的は他にあるからな。それに、この荒くれ者の多い国に住む者たちは、多少なりとも自衛の手段を持っている者だ。油断や己の力を過信して魔物に挑み、そこで死んでもそれは自己責任。力量を把握している者は最初から逃げ出しているし、そのくらいの時間と逃げ場はあるんだからな。

「動き出しました。特級ギルドの癖に、反応が遅いですね」

何より、ここには特級ギルドネーモがあるんだ。街の者たちの救助はヤツらの仕事。救助にあたっている間に魔物か何かのせいで本拠地がめちゃくちゃにされても、救助を優先しなきゃならねぇ。

おっと、思わず口元が緩んじまうぜ。

「頭領、完全に悪人顔になってるよ」

「失礼だな、世界を救った英雄に向かって」

クスクスと笑うケイも、やり取りを見て苦笑を浮かべるシュリエも、そして俺も。久しぶりに感じる魔物の荒ぶる気配とこの空気に気持ちが昂《たか》ぶるのを感じている。特にケイは魔族の次に魔王の魔力暴走の影響を受けやすい亜人だからな。どうしても血が騒いでしまうようだ。ただ勘違いはしないでほしい。俺は平和が好きだ。むしろダラダラしながら一生を終えたい。だがやはり、こういった戦場に心を躍らせてしまうのは、亜人やエルフとしての本能なんだろうな。俺？　バカ言え、俺はただの人間だぞ？　同じように心が躍っちまうのは間違いなくアーシュと交換した魂半分のせいだ。

俺たちは引き続き物陰に隠れて特級ギルドネーモの観察をしながら、各々いつでも飛び出せるように軽く準備運動を始めていた。

「出てきました。きっと街の救助隊と魔物討伐隊でしょうね。今ならギルド内が手薄です」

「……今潜入した方が楽に情報集められたのになぁ」

「バカ、今だと魔物の襲撃にも気を回さなきゃなんねぇだろ？」

「んー、それもそうだね」

そんな軽口を叩きながら、視界の端に魔物の姿を捉える。ギルドを守るヤツらが応戦しているようだ。だが、魔物は後から後からギルド目掛けてやってくる。そりゃあ強そうな魔力を放ってるとこに纏めて来るだろうなぁ。自身から発する魔力を抑えもしてないってことは、これはより濃い魔力の元へと集まる魔物の習性を活かした作戦。街に向かわせない囮《おとり》作戦ってとこか。いい考えではあるな。実力さえ伴ってりゃ、の話だが。

「頭領、まだですか？」

いよいよ魔物たちに押され始めてきた様子に、いい加減痺れを切らしたシュリエの声。おー珍しい。

「よし。哀れな押され気味のネーモを助けてやろうか。その際、建物が崩れたり人材が逃げ出したりする事故が起こるかもしんねぇが、それぞれ気をつけろよ」

「「了解」」

返事を聞くや否や、俺は飛び出した。もしや誰よりも暴れたかったのは俺か？　シュリエとケイがクスッと笑ったの、聞いたからな？　仕方ない、これはアーシュの魂のせいだ、アーシュの。

魔物の群れに突っ込んで、サクサク倒していく俺たち。遅い、物足りない、そんな感想が出て来てしまう。おかしいな、俺は元々平和ボケで有名な日本人だというのに。確かにこの世界に来たばかりの時は魔物であっても殺すのを躊躇っていたけどな。だが、戦争の真っ只中で迷ってなんかいられず、いつのまにか慣れちまった。言葉遣いなんかも荒くなっちまってる自覚もある。こりゃ環には聞かせられねぇな。はい、また三匹っと。数秒で十匹ほどの魔物を葬《ほうむ》り去りながらそんなことを考える余裕さえあった。

「相変わらず反則ですよね、その武器」

「ほんとー。ボクも使いたいよ」

「すまねぇな。だがこれは俺専用なんだ」

わかってますよ、と軽口を叩きながらシュリエは風や水の自然魔術をぶっ放している。どの口が反則だと言うんだ。

「んー、でも頭領はそんな武器使わなくても十分強いのに」

「何言ってんだよ。俺もそろそろいい歳なんだから楽させてくれよ」

歳だからこそ身体を動かした方がいいと思うけどなー、とにこやかに話しながらケイは舞うように立ち回り、鞭をしならせる。ほんと、こいつは静かに美しく戦うよな。鞭には毒の魔力も込めてるっつーから厄介。さすがは蛇だ。伊達じゃない。

「手っ取り早く多くの敵を倒すにはちょうどいいんだよ、銃ってのは。それに、魔物は極力触りたくない」

「それには全面的に同意しますが、頭領のおかしいところはそんな小さな魔力の塊《かたまり》なのに一発で急所に当てて仕留めるところですよ」

「んー、確かにこの状態の魔物は特に精神を抉《えぐ》る魔力を放出してるからね。あと頭領がおかしいのは同意ー」

こいつらの俺への認識酷くないか？　まぁいい。そう、俺が使っているのは連射出来る拳銃。とはいえ、込めているのは弾ではなく魔力だから、前の世界にあったものとは作りからして違う。ぶっちゃけるなら銃の仕組みなんて知らねぇしな。完全に俺の想像力だけで作った俺専用の武器だ。

つまり、銃自体も魔力で具現化したものに過ぎない。だから俺が触れていないとすぐに消えちまうんだ。でもこれがかなり使い勝手がいい。ちなみに車も同じ原理で作り出している。

「お、お前らは何者だ⁉」

とまぁ派手に三人で暴れてりゃすぐ気付くわな。むしろ遅かった程だが。ネーモのヤツらが俺たちに気付き始めたようだ。

「まぁなんだ、お構いなく？」

「通りすがりの者です」

「あっ、ほら余所見《よそみ》してたから建物内に入って行っちゃったよ？　魔物」

適当に答えながら魔力を飛ばして魔物を建物内へとさり気なく誘導していく。白々しいケイの発言には少し吹き出しそうになった。自分たちで壊すより暴れる魔物に壊してもらった方が楽だしな。ただ、ネーモにいる人材という名の奴隷たちの方へは行かないよう、細心の注意を払うことは忘れない。

「討伐、手伝うから邪魔するぜー」

「なっ、ま、待て……っ！」

「どいてください、邪魔ですよ」

「お邪魔しまーす」

やや混乱気味の男を押しのけてズカズカとギルド内に乗り込む。嘘は言ってねぇぞ。ちゃんと魔物を退治しながらだし。建物に注意を払ってねぇだけで。

「ボクの後についてきてよ。もう内部は把握してるから」

「お、楽させてもらおうか」

「んー、ダメだよ頭領。ちゃんと進行方向の掃除は手伝ってね」

魔物を蹴散らしながらの先導かと思ったのにそりゃ残念だ。全く倒さないわけじゃないけどな。一人で楽するなよ、と暗に言われた気がする。生きた蛇のようにしなる鞭が的確に魔物の急所を狙い打ちしてるし、一掃《いっそう》するのも無理な話じゃないだろ？

「頭領は怠け癖がありますからね。あ、ほら、回り込んで来ましたよ。魔物とギルド員」

「おいこら、シュリエ。お前が風でヤツらの進む道を導いてんじゃねぇか」

何か問題が？　と笑顔で言われた。ここは黙っておくのが正解だろうな。まったくおっかねぇ！

さて、ついにネーモのギルド員も俺たちの敵に回り始めた。ようやくか。やはりこのギルドは連携や考察、その他諸々の教育が行き届いてない。ウチのギルドだったら建物内に不審者が入ってきた時点でトラップの餌食だというのに。むしろ建物に近付いた時点で目を付けられるからな。用心深い？　備えあれば憂《うれ》いなし、だ。

「止まれ！」

「うぉっと」

おお、やっと骨のあるヤツが登場か？　コイツらは見覚えがあるぞ。確か見たのは戦争の時だ。強さには一目置いていたんだが、いかんせん思考が危険な奴と野蛮人だったからスカウトは見送った二人だった気がする。そしたらなぜ自分たちが呼ばれないんだと逆恨みされたんだよな。……あの恨みがましい目付きを見るに、未だに根に持ってやがるな。名前は……あー、忘れたけど。

「なんでオルトゥスのヤツらがここにいるのか知らないが、作戦に参加出来なかった鬱憤《うっぷん》を晴らすのにちょうどいいぜ！」

「おや、作戦ですか？」

「ふんっ、教えてやらねぇけどなぁ！」

ニヤニヤしながら勝ち誇った笑みを浮かべる二人。馬鹿すぎて逆に愛着が湧きそうなレベルだ。俺らが知らずに来たと思ってんだろうなぁ。良かったなぁ。なんで俺らがここに来たのかもう少し考えような？

「教えてほしいとは思ってもいませんけど」

「てめぇ……スカした顔しやがって……！」

加えて沸点が低い。やはりスカウトしなくて正解だったな。

「表へ出ろや！」

「嫌ですよ。大体、今がそれどころではない状況だとご存知でしょう？　早く魔物退治したらどうです？」

「あはは、無理だよシュリエレツィーノ。この人たちの頭でわかるわけないだろう？」

「……本気でやろうってのか」

お、シュリエとケイの挑発にあっさり乗って、二人の纏う雰囲気が変わったな。そのオーラはやっぱり強者のそれなんだがなー。ちょろ過ぎるのがトータル的にダメなヤツらなんだよな。

「男か女かわかんねー二人に負けんじゃねぇぞ」

「当たり前だ」

おいおい、しまったな。そりゃ地雷だお前ら。ほーら、見ろ。俺は今二人の後ろ姿しか見てねぇから作られた笑顔のオプションは見られないが、ただならぬ冷気が漂っている。正面にいるお前らはさぞ恐ろしかろう。一瞬固まってるのを見逃さなかったからな？

「ほ、本当のことを言っただけだろうがぁ!?　男なら男らしく拳でやりやがれ!!　魔術しか脳のねぇひょろ男が！」

「……だ、そうですが。構いませんか？　頭領」

「……はぁ、好きにしろ」

振り返らずにそう言ったシュリエにため息を吐きながら許可を出す。つまり魔術で建物破壊は望めないったことだな。なんだよ、楽しようと思ったのに。

「じゃ、ボクはこっちの小さい人が相手でいいのかな？」

「誰がチビだこの野郎ぉっ！」

「チビだなんて言ってないし、ボクは野郎でもないんだけどな」

どうやらシュリエもケイもやる気満々のようだし、俺は地味に魔物を誘導しながらのんびり観戦と洒落込みますか。コイツらも、そろそろ怒りを発散させたいだろうし。

「うちの仲間《メグ》に手ぇ出そうとしてんだ。遠慮はいらねぇよ」

「話のわかる人で助かりますね」

「あは、じゃあ遠慮なくやらせてもらうよ」

建物内の狭い廊下にて、オルトゥス、ネーモという二つの特級ギルドの主戦力であろう二組の戦いが、今始まった。


ケイと向かい合って立つのは小柄な男。たぶん蜥蜴《とかげ》とかその辺の亜人だと思われる。詳しい種族は知らん。正直うちのギルド員の種族すら怪しいくらいだ。それも仕方ねぇこと。これぱっかりは前の世界の常識が抜けきらねぇんだもん。まぁ昔から人の名前を覚えるのが苦手なんだ。察してもらいたい。


「くっ……スルスルと避けやがるなぁ？　逃げてばかりで攻撃しないのかぁ？　男女《おとこおんな》はよぉ！」

小柄な男はナイフに魔力を込めて投げることで攻撃をしてくるが、ケイには当たらない。踊るような足さばきでケイは難なく全てのナイフを避けてみせている。何気にすげぇな、おい。投げる方も必ず急所を狙ってやがるし、その数は一度に三十本だ。恐らく一本でも当たれば即死級のやつだぞありゃ。それを平気で投げてるとこを見ると、やはり奴もそれなりの腕を持っているってことがよくわかる。はーぁ、もったいねぇ。

「え？　攻撃していいのかい？」

「あぁん!?」

ま、ケイには意味のない攻撃だ。肉弾戦でなければケイは大概のやつには負けないからな。にしてもすぐに攻撃をしないあたり、ケイもイラついてるんだなぁ。全て容易《たやす》く避けてやることで、相手にお前の攻撃は無駄だと暗に示し、その自信満々な鼻っ柱をへし折っている。小柄な男は苛立ちを隠そうともしない。ありゃ、このギルドではトップクラスだからって持て囃《はや》されてんだろう。小さいのは身体だけじゃねぇってことだな。

「じゃ、小手調べといこうか？　はい、右手。次は左肩」

「なっ、ぐっ……ぐぁっ!!」

わざわざ攻撃場所を宣言をしてやってるというのにケイの操る鞭に翻弄《ほんろう》されている。それもそのはず、ケイの攻撃は目視することすら常人には難しいレベルだからな。宣言されたと同時に攻撃されているように思うかもしれんが、あれは確実に宣言してから手を動かしている。あー、ケイには遊び相手にもならんようだな。ご愁傷様。

「こ、このっ……女は女らしく大人しくしてりゃいいものを!!」

散々おちょくられてついにブチ切れたか。小柄な男は魔物型へと姿を変えた。おぉ、デカい。二メートルくらいの蜥蜴だ。だがこの場では動きづらくねぇか？

「おらぁっ!!」

「んっ」

おおー、デカい割に素早い。狭い廊下の壁や天井を伝って、一気にケイとの距離を詰めた。そのお陰で華奢《きゃしゃ》なケイは大蜥蜴に組み敷かれてしまったようだ。

『へっへっへっ……これで身動き出来ねぇなぁ？　さて、どう料理してやろうかぁ？　お嬢ちゃんよぉ？』

舌舐めずりをしながら勝った気でいる大蜥蜴。うーわ、引くわ。おっさんの俺から見ても気持ち悪い。ケイの不快指数はマックスを通り過ぎてもう振り切ってるな、ありゃ。

「ボク、近距離での戦闘は好きじゃないんだよね」

心底嫌そうに眉を顰《しか》めて呟くケイ。それを見て大蜥蜴はなぜか大喜びで下品な笑い声を上げていた。

『なら女らしく可愛らしい悲鳴でも上げて助けを乞《こ》うんだなぁ？　その前に潰してやりゅ……っ⁉』

大蜥蜴は最後まで言うことが出来なかった。何故なら魔物型へと姿を変えたケイが見事なまでの絞め技を決めているからだ。ケイは魔物型になる際、その大きさもある程度自在に変えることが出来る。今は恐らく最大まで大きいサイズだろうな。あの大蜥蜴が、ケイに巻き付かれることで身動きはおろか、声すら出せないのだから。

やがて、大蜥蜴はパタリと動かなくなった。……落ちたな。南無。白くしなやかな華蛇《はなへび》は、いつものケイの姿へと戻っていく。

「男らしくとか女らしくとか……そんな誰が決めたかもわからない曖昧《あいまい》な基準で人を量るなんてくだらない。何より自分らしくあろうとすべきだろう？」

ヒュー痺れるね。俺は思わず口笛を吹いた。

さて、もう一方ではシュリエが殴りかかってくる大柄な男の攻撃を風の魔術と軽やかな身のこなしで躱《かわ》していた。男の重たくも素早い拳。当たれば吹き飛ぶだろうなぁ。振り回してるだけで周囲の壁や床が抉れていく。このまま建物破壊しつくしてくんねぇかな？

「エルフってのはっ！　魔術ばっかでっ！　なよなよしたやつがっ！　多いよなぁっ⁉」

「まぁ魔術特化であることは事実ですし。得意分野を駆使するのは当たり前のことでしょう？」

「ふんっ！　それしかっ！　能がねぇっ！　てことだなっ！」

攻撃を繰り出す度にいちいち喋る大男。あれか？　雑魚はお喋りという方程式でもあるのか？

「貴方も同じ攻撃しかしませんね。能がないのはどちらでしょう。しかも掠《かす》りもしてませんよ？」

「余裕ぶってられるのも今のうちだっ！」

突如、大男はシュリエに向けていたその拳を足元に向けた。床にヒビが入り、そこから壁、天井にまで亀裂《きれつ》が走った。おっ、いいぞ。そのまま建物破壊してくれ。

「吹き飛べぇっ！」

「！　少しはやりますね」

遅れて崩れた瓦礫《がれき》が一つ一つ爆発し始めた。あーこれだよこれ！　この能力ありゃ一瞬で建物潰せるのになぁ。こいつは多分岩と大型獣の亜人だろう。崩すのも戻すのも自由自在。でもこいつは魔力の扱いが雑だから、戻すのは苦手とみた。まぁ、どうでもいい分析だが。

「ありがとう、頭領。ボク自分でも防げたのに」

「いいじゃねぇか。お前らは戦えたんだからいいだろ。このくらいやらせてくれよ」

「暇つぶしにもならなかったよ？」

「……言うね」

流れ岩が当たらないように簡易の結界を俺とケイに張ってみた。当たったところで俺たちにとっちゃ大したダメージにゃならないがな。わざわざ食らうのも癪《しゃく》だし。シュリエには何もしてない。手を出したら後でお小言が怖いからな！

「なっ……無傷だと!?」

「おや、防がれた経験がないのですか？」

涼しい顔で立っているシュリエに驚愕の表情を見せる大男。普通は無数の瓦礫を避けることも出来ねぇし、結界を張っていても多少のダメージが残る程の威力でもあったしな。もう一度言うが、普通は。

「この程度、呼吸をするように対処出来る者ならウチのギルドにまだ何人もいますよ？　随分と狭い世界でお山の大将を気取っていたんですねぇ？」

「て、めぇ……っ！」

相変わらずシュリエの挑発は天下一品だな。美形の笑顔付きってのがまた……わかってて微笑んでるんだろうな。怖い、怖い。

「では。いい加減終わりにしましょうか」

「なんだ、と!?」

瞬殺、とはこのことだ。

シュリエはそう言うや否やその姿を消した。次の瞬間には、大男の右頬にシュリエの白い拳がめり込んでおり、そのまま地面に向かって大男ごと殴りつけた。その衝撃で周囲の壁や天井がガラガラと崩れ落ちていく。自身や俺たちに瓦礫が降ってこないように、風の魔術で対応さえする余裕。濛々《もうもう》と立ち昇る砂塵《さじん》が収まると共にシュリエが立ち上がる影が見えた。

「私はあえてご要望にお応えして拳で解決しましたよ？　男らしく、ね」

い、嫌味が冴え渡ってるぅ！　だが、聞こえちゃいねぇだろうな。シュリエの足元には白目を剥いて気を失う大男が転がっていたのだから。

魔物の襲撃も少し落ち着いたようだし、ひとまず俺らは転がる二人組の前で話し合いを始めた。

「そもそもコイツら、俺の存在を無視しすぎだろ。まず勝ち目がないことに気付かないとか、脳内花畑かよ」

それを抜きにしても、ウチのギルドの主要メンバーは、己の弱点を熟知しており、対応策も持っている。その辺りの考えが至らないのが雑魚なんだよな。やれやれ。

「ま、でもなんだかんだでコイツらのお陰で楽に建物の破壊は出来たから良しとするか。後は国王に連絡しつつ、これ見よがしに非合法の証拠書類を置いてとんずらだな。奴隷たちは国の者に見つけてもらおう」

「……頭領。これを見てください」

思ったより簡単な仕事だったな、と欠伸《あくび》をしていたところにシュリエの声がかかった。見れば倒れている大男の側に伝達用魔道具が落ちている。これは二つで一つという対になっている魔道具で、見た目は脆《もろ》いガラス板だが、そう簡単に割れることのない不思議な素材で出来ている。仕組みとしては、片方に書かれたメモがもう片方にも浮かび上がるというだけの簡単な物だが、使い勝手がいいから世の中に流通している道具だ。そのガラス板にはこう記されていた。

〈目的の子どもは我が手中に〉


「コイツらの余裕はこれか……！」

「……ダメですね。メグからの応答がありません」

風の精霊で連絡を試みたのだろう。シュリエがやや焦ったようにそう告げる。

「頭領、すぐに向かおう」

「ああ。こうしちゃいられねぇな」

俺たちは事後処理をさっさと終わらせると、すぐさまハイエルフの郷へと向かった。一体何があったというんだ……!?

第2章・絆

1　オルトゥス待機組

【サウラディーテ】

「よぉし！　準備は万端ね！」

みんなが旅立ってから、私たちギルド組は急いで準備を始めたわ。居残りギルド員をかき集めての作業。そして何より大切な事柄についてはミスも許されないから確認作業は私自ら駆け回ってやったわよ。

「サウラ、街の避難は大丈夫だったろう？」

「ああ、ルド。大丈夫だったわ。貴方の確認なら間違いないのはわかるけど、確認作業っていうのは何度したっていいものなのよ。万が一なんて考えたくないもの」

「直接現場に行っての確認は無駄ではないさ。その意見には同意するよ」

そう。最も重要なのは街の人たちの安全。この街は私たちオルトゥスによって治安が保たれ、生活に不便なく過ごせる代わりに、いざという時に身の危険にさらされる可能性がある。この街に住む人たちはそれを了承した者でないと住む権利を得られないから、理解はあるんだけど……。

「あらかじめ襲撃が来るのがわかってるんだもの。街の方まで被害は及ばないとは思うけど……もしもの備えは絶対に必要だわ」

私はこの街が好き。街に住む人たちが好き。だから、みんなに被害が出来るだけないように最善を尽くすのは当然のことよ。建物の被害も最小限に抑えたいから簡易の結界魔道具を街の至る所に設置もしたの。何のための予算よ。こういう時に使わなくっちゃ！

「これで襲撃なんて来なかったりしたら、骨折り損ですねー」

いつの間にか隣に立ち、会話に参加して来たのはオーウェン。焦げ茶の短い髪がサラリと揺れた。

「それはそれでいいのよ。避難訓練ってことで」

「けどよー、何もなかったじゃん！　って文句言うヤツが絶対いるよなー？」

オーウェンの後ろからヒョコっと顔を出して淡い茶色の髪をガシガシかきながら、弟のワイアットが横から入ってきた。うーん、双子だっていうのにやっぱり似てないわぁ、この二人。あ、でも瞳の色は同じ緑よね。ワイアットの方が薄いけど。

「あのね、文句を言う人っていうのはどんな状況でも文句を捻り出して言うものなのよ」

「そうだね。そういう輩は文句を言わなきゃ心の平穏が保てないんだよ。ある意味病気なのさ」

ルドの言うことは間違いじゃないわ。何に対してもいちゃもんをつける人って、不安な気持ちを文句にして誰かに吐き出しているに過ぎないと思うのよね。そう思っていれば何を言われても大らかな心でいられるわ。不安なのねー？　ボクちゃん、よしよしって。

「なるほど。勉強になりますねー」

納得したようにオーウェンが頷くから少し悪戯《いたずら》心に火がついたわ。

「そうよ。誰かさんみたいに、好きな子の気を引きたいからって不特定多数の女の子と遊ぶってのも似たようなものじゃないかしら?」

「あははっ!　それって兄貴のことじゃん!?　なー、なー、いつ告白すんの?　なー!?」

「うるさいっ!」

僅かに頬を染めて、からかってくるワイアットに拳骨を食らわしてるから、一応自覚はあるのね。全く、いつになったら直接アプローチするのかしら?　そんなんじゃメアリーラちゃんだって逃げちゃうんだから!

「っと。そろそろお喋りはおしまいのようだよ。避難訓練が始まりそうだ」

ルドが街中に張り巡らせた糸に反応があったみたい。鋭い目つきで遠くを見てる。いよいよ、ネーモの連中がやってくるのね。意識を集中させてみれば、殺気を隠しもしない団体がこちらに向かって来るのを察知出来た。もう、野蛮なんだから!

「久しぶりの実戦だから緊張するなぁー」

「嘘つけ兄貴。ワクワクしてるくせに!」

とはいえ、こちらにいる人たちはなんのその。うんうん、いい感じの緊張感を持ってるわね、頼もしいわ。特に双子のこの二人。まだまだ未熟な部分も多いけど、いずれオルトゥスの重要な戦力になる子たち。せっかくだから経験値を稼ぐといいわ!

「!　伏せろ!!」

突如、ルドが叫ぶ。私たちは反射的にその場に伏せた。と同時に激しい爆発音と熱を感じる。視界が真っ青な炎と煙で埋め尽くされた。反射的に目も瞑《つむ》ってしまう。うぅっ、熱い！　でも結界を張っていただけあって、熱は感じるけれど被害はなさそう。状況確認を感覚でしていると、街全体に聞こえたんじゃないかってほどの大声が耳に入ってきた。

「人攫いギルドよ！　ハイエルフの子を取り戻しにきた！」

砂塵が晴れたその先に立ち、声高らかにそう叫んだのは蒼炎鬼《そうえんき》のラジエルド。青い髪を襟足で尻尾のように靡《なび》かせた大男が静かに佇《たたず》んでいる。やっぱりあの熱はヤツの仕業だったのね。守護魔術の結界を通してなおあの威力。侮れないわ。あと相変わらず目つきが悪い！

そして聞き捨てならないのがアイツの言葉。なるほど、そう来たか。私たちがメグちゃんを攫った悪人って設定なのね。全く、以前エピンクには論破してやったというのにそれで押し通すつもりってことかしら。

「身に覚えがないわ。証拠も提示せずに突然の破壊行動。迎撃されても文句ないわね？」

オルトゥスの代表として、私がギルドの前に歩み出て、大きな声で言い返す。こういう時、小人族って不利なのよね。身体が小さいからどうしても迫力にかける。でも、気持ちと覚悟だけは絶対に負けないわ！　怖がったりもしないんだから。余裕を見せて堂々と振舞うことが大事なのよ！

「はっ、小人ごときが代表とは、このギルドも大したことがないのだな。証拠の提示？　そんなものは必要ない。うちのボスがそう言ってるのだ。それ以上の証拠はいらないはずだが」

オレンジ色の三白眼《さんぱくがん》の瞳をギラつかせて静かに語るラジエルド。声量こそそこまではないものの、よく通る低い声。ボス至上主義、それを通り越して盲信者だわね。一番関わりたくない相手だわ。こういう相手って、話しても無駄なのよね。鬼っていうのは強い者ほどえらいって考えだから、弱い個体である私を貶《けな》したりボスであるシェルメルホルンを崇《あが》めたりするのはわかるけど……度を超えると性質の悪い宗教団体に成り下がるってことね。覚えておきましょう。

「……話しても無駄なようね」

「無駄だな。どけ」

「え……っ!!」

一瞬だった。いいえ、瞬きすら出来なかったわ。ラジエルドが手を振り上げたのだけは辛うじて判別出来た。油断したつもりはなかったの。でも私は元々トラップ以外はまともに戦えない非戦闘員。戦闘のプロの前には一般人にも劣るわ。……戦闘前のお話しすらまともに出来ない相手なのだと、失念していたわね。私、死んだかも。そう思った。

鳴り響く轟音と感じる熱、それに衝撃。……ん？　でも、どこも痛くないわ？

「っ……大丈夫スか。サウラさん」

「れ、レキぃぃぃっ!!」

私はいつの間にかレキの腕に抱えられていた。あの一瞬で私を安全な場所まで運ぶなんて！　いつまでも子どもだと思ってたけど、頼もしくなっちゃってぇっ！　このっ、このぉっ!!　思わず首筋に抱きついてレキの頭を撫で回しちゃう。

「ちょ、離せ……！　ばっ……！　あ、当たってるから!!」

あら、ごめんなさい。何が当たってたか？　ご想像にお任せするわ。そこんとこはまだお子ちゃまね。

「助かったわ。ありがとう、レキ！　頼もしくなったわね！」

「べ、別にこのくらい……それに、僕の任務だから当然だっ……」

任務？　レキの？　そう思って少し離れた位置に避難していたルドを見やる。少し苦笑を浮かべながらルドはこう言ったわ。

「重症の怪我人がいない限りはサウラの護衛を、と。余計なお世話だったかな？」

「そんなことないわ！　ありがとう、ルド！　レキもね！」

レキは私と一緒で非戦闘員だけど、虹狼《こうろう》だから素早い動きが得意。だから敵の攻撃を避けることにかけてはこのギルドの中でもトップクラスなのよ。私は小さくて軽いからレキが抱えて逃げるのも容易。よく考えれば適任だわ。さすがルド！　任務を遂行したレキももちろん素晴らしいわ！全部終わったらご褒美をあげなきゃね。

「ふん。一度攻撃を避けたくらいでおめでたいやつらだ。……消えろ」

っと、私だって油断ばかりじゃないのよ。当然、次の攻撃は私たちには当たらない。それが分かってるからこその余裕なの。ラジエルドが手を振り、先程も放ったであろう蒼い炎の槍《やり》を飛ばしたその時。赤い影が飛び交って全ての炎の槍を手刀《しゅとう》で払い飛ばす。

「お前の！　相手は！　オレだぁっ!!」

そうして降り立ったのは、オルトゥスの最大火力を誇る赤い髪のルーキー。私たちやギルドを背にして立つ、小柄ながらも心強い背中。私たちからはその表情は見えないけれど、闘志をメラメラと燃やしているのがよくわかった。きっとその金色の瞳は今、ギラギラと輝いてるのでしょうね？

「強ぇヤツと戦った方が、お前も楽しいだろ？　なぁ、ラジエルド？」

「強いヤツ、ね。お前がそうだとでもいうのか？　最弱の鬼と名高い天翔鬼《あまとき》、鬼一族の恥よ」

目には目を、鬼には鬼を！　実力的にはラジエルドより遥かに下回っているのでしょうけど……信じてるわよ！　ジュマ！


一方で、ギルドの両サイドから攻めてくる他のネーモのギルド員に、うちのメンバーが応戦している様子もチラホラ見え始めてきた。

「ぎゃぁぁぁぁぁ!!」

やってきたネーモのヤツらの半数くらいが、次々と面白いくらいに私のトラップにはまっている。うふふ、いい眺めだこと。この辺一帯に仕掛けたトラップは、簡単に言うと落とし穴ってやつ。当然、このサウラさんが仕掛けているんだもの、ただの落とし穴ではないけどね！　魔力を吸い取るものや、中は泥沼になっていて抜け出せないもの、腹痛を引き起こすものや幻覚を見せるものまで種類は豊富。どんな効果の落とし穴に落ちるかは落ちてみないとわからないドッキリ仕様よ！　プレゼントをお気に召してくれたようでなによりだわ。落とし穴って聞くとみんな侮ってかかるんだけど、実はこれ、至って単純な作りな上に思いの外あっさりとに引っかかってくれるから、集団が相手の時のお気に入りなのよ。やっぱトラップの原点を忘れちゃダメよね！

「ワイアット！　空だ！」

「オッケー！」

もちろん、みんながトラップに引っかかるってわけでもないわ。トラップを上手いこと避けた者たちは、オーウェンとワイアットの双子や他の人たちが相手してくれてる。双子は連携プレーで難なく追い払えているわね。二人とも補助系魔術を得意とする支援職ではあるんだけど、そこはさすがオルトゥス所属。自分たちでも戦えるだけの実力は持ってる。心配なんてしてないわ。他のメンバーも少数チームを組んで迎撃することでしっかりと対処してるみたい。本当に頼もしいメンバーだわ！　おかげで今のところギルド内に入ってくる者はいない。ルドが特に焦る様子もなく楽しそうに参戦してるってことは、張り巡らせた糸がそう示してるってことだもの。……本当に、楽しそうねルド？　やっぱり亜人は本能的に、戦となると血が騒ぐのかしら。

ちなみに私はレキに守ってもらってる。時々こちらに向かってくる攻撃の余波なんかはレキが避けてくれてるわ。助かるーっ！　おかげでオルトゥス周辺で起きている戦いの全体を把握しながら、横目でジュマの様子も見守ることが出来るの。けどもう、心配で仕方ないわ。だってジュマったら……！

「なんだ。やはり口だけか」

「うるせぇ……っ！　まだまだだっ！」

すでにボロボロなんだもの。一方、ラジエルドは無傷。心配にもなるってものよ！　ジュマのスピードと重さの込められた大剣の一撃は相当なものなはずなんだけどねー。それを見切ることさえ難しいのは確かなの。それなのにラジエルドはそれらの攻撃を全て受け流し、尚且《なおか》つ反撃のオマケまでしている。ジュマは身体が丈夫だから普段から防御をしない癖がついてる。防御をするくらいなら攻撃に全力を、と思っているみたいなのよね。ほんと、脳筋。だからラジエルドからの攻撃も全てそのまま受け止めてしまっているんだけど……。

「があっ……！」

「ガキの頃から変わらない。お前はずっと、弱いままだ」

「くそっ……まだ、まだぁぁぁぁっ!!」

相手は鬼族の中でも特に強いと噂される人物。火力だけならジュマも負けてないんだけど……しかもラジエルドは対人戦を特に得意とするヤツだって聞いたことがあるわ。対してジュマは対魔物戦に特化してる。要するに単調な攻撃パターンになってしまいがちなのよね。当然、ラジエルドはそれを全部見切ってる。ジュマが大剣を大きく振り回しながら足技を繰り出してくることも、頭上からの一撃を狙ってるのも、全部お見通し、とばかりに避けていく。そりゃそうよね、私にだって予想がつくもの。でも、ラジエルドじゃなかったら、来るとわかっていても避けられないんだけどね。その威力とスピードこそがジュマの持ち味なんだもの。

でも、ラジエルドは隙の出来た部分を的確に狙ってくる。蒼い炎を拳に纏わせて、ジュマの腹部や顎《あご》目掛けて一直線。そんな攻撃をくらい続けてたらボロボロにもなるってのよ！　それは、一方的とも言える戦いに見えた。うーん、仕掛ける手の数はジュマの方が多いのに！　あぁもう！　だから防御や攻撃を受け流すことも少しは覚えなさいっていつも言われていたのに！　でも、さすがのラジエルドも素早いジュマの動きを止められないみたい。勝機を見出すとしたらそこかしらね……。

ハラハラと見守っていたらギルド内から人の近付く気配を感じて振り返る。あら、カーターにマイユ。非戦闘員の二人がここまで来るなんて珍しいわね。そう思って何の用かと問いかけた。

「メッ……れっ……！」

「レディ・メグから精霊を伝っての連絡が来たそうだよ」

「メグちゃんから？」

なるほど、マイユは通訳のために来たのね。不思議なもので、誰もが何となくしかわからないカーターの言葉をなぜかマイユはちゃんと理解出来るのよね。っと、それどころじゃなかったわ！

「私から説明しましょう。道中聞いて来ましたからね。さすが私！　美しい上に仕事も早」

「はいはい、すごいから報告早く！」

マイユは確かに有能なんだけど脱線すると長いから困るわ。私はマイユの自己陶酔《とうすい》をバッサリぶった切って報告を聞いた。

「ま、魔王が暴走ですって⁉」

何やってんのよあの残念親馬鹿デレデレ魔王！　あー、いや、メグちゃんは超絶可愛いし、気持ちはわからなくもないけど！　ったく、色々と計算が狂うじゃないの！

ううん、でもハイエルフがシェルメルホルン以外協力的なのは嬉しい誤算。起きてしまったことは仕方ないと思わなきゃ。よし、切り替え切り替え！　今一番やばい問題について考えないと。

「魔物の暴走が始まるわね……街には簡単に入ってこられないとは思うけど、強い個体が集団で来たらわからないわ」

　絶賛迎撃戦中なのに、魔物を食い止める人員の確保だなんて。キャトルの手も借りたいくらいよ！　街の人たちを郊外の方へ避難させておいて良かったわ。あそこは特に強い結界を張ってあるもの。強い個体も近寄れないはず。

「まっ……おっ……」

「え？」

「魔物の対応は自分たちがやる、と。えっ!?　私も入ってないかい!?」
　カ、カーター！　貴方、実は頼りになる男なのね！　で、でもどうやって？　そう思っていると、カーターは私たちには聞き取れない言語で何かを呟いた。
『ジグラドナイド』

　聞き取れないということは、たぶん精霊の名を呼んだのだわ。それも真名《まな》を。その瞬間、カーターの周囲にブワッと火が燃え広がったもの。熱は感じるけど、優しい火の熱。悪《あ》しき者のみを燃やすカーターの精霊の炎は美しく揺らめいていた。

「ジッ……だいっ……」

「えっと、火の精霊ジグルが仲間を引き連れて街を守護するから大丈夫だそうですよ。ああ、なるほど。カーターと私は精霊が対応しきれない魔物討伐の加勢ってことですか。いいでしょう。やりましょう！」

　カーターの周りで揺らめいていた炎がチラチラと揺れながら散っていく。早速向かってくれたのね。それにしても、すごい数の炎……あれ一つ一つが精霊なのかしら。魔力を帯びた精霊は誰もが視認できるっていうからたぶんそう。真名で魔術を行使した効果なのかカーターの元々の力がすごいのか……きっとどっちもね。頼もしい限りよ。

「助かるわ！　あと数人適当に連れて行って構わないから。……くれぐれも気をつけて！」

「わっ……そっ……」

「了解ですよ！　貴女方もお気をつけて！」

それだけを言い残して二人は颯爽《さっそう》と立ち去っていく。当然、ギルド内の地下道からね。さすがにこんな戦地を駆け抜けさせるわけなはいかないもの。余計な戦いは極力避けるのが一番。地下道は街の方にまで繋がっていて、地下で働く者たちだけが使える特別な道になってる。今の状況ではまさにうってつけの道ってわけ。

それにしても、二百年前の悪夢が再びだなんて、冗談じゃないわ。こちらに連絡が来たなら頭領たちにも伝わってるわよね。シュリエがいるし、先に情報を受け取ってるはず。きっと頭領が向かってくれるから、それを信じることしか出来ないわ。

つまり、私たちのやることは変わらない。ギルドとこの街を守ること。むしろさっさとネーモの連中を追い返して魔物の対応を急がなきゃ！　だから結局はこれに尽きるのよ。

「こらぁぁあっジュマ！　しっかりしなさいっ!!　メグちゃんに情けなかったと報告するわよぉぉおっ!?　さっさと立って！　お兄ちゃんでしょぉっ!?」

ジュマに、さっさと決着をつけてもらわないとね！　んもう、いつまで手間取ってるのよ。サクッとラジエルドなんか倒しちゃって！

「そ、それは嫌だぁっ!!　兄ちゃんは勝ぁぁぁぁっ!!」

私が激励を送ったジュマは、その時まさに瀕死《ひんし》状態で倒れてた。ラジエルドに踏みつけられて、まぁまぁ無様ね。でも、見なかったことにしてあげるわ。だって、私の言葉を聞いてジュマがガバッと立ち上がったもの。アイツも大概メグちゃんが絡むと馬鹿になるのよね。兄馬鹿。元々馬鹿だけど。さて、どれだけ効果があったかしら？

「おぉぉぉぉらぁぁぁぁっ!!」

「馬鹿の一つ覚えみたいに……ぬっ!?」

ラジエルドの足を撥《は》ね退けて、勢いよく立ち上がったジュマは宙を翔ける。は、速い……！　さっきより速くなってない!?　ラジエルドも目で追うのがやっとみたい。

「っ!?」

瞬間、ラジエルドがブレた。そう、ブレたのよ。おそらく、とんでもないスピードと威力で何らかの一撃をジュマが食らわせたのね。それは今までと同じようでいて、全く違う一撃。さすがにやばいと感じ取ったのか、ラジエルドもジュマがいる方向に無数の蒼い炎を放ってた。たぶんそれらは全部、ジュマも食らっていたはず。避けたらその分スピードも落ちるものね。でも、それは攻撃が当たっていても同じはずなのに……ジュマの勢いは止まらなかった。身体中にラジエルドの炎が矢のように突き刺さっているから、まるでジュマが蒼い炎を纏っているように見えた。本人はそのことに気付いていているのかしら？

「……ジュマって本当に馬鹿なのよね。馬鹿だから、攻撃のパターンも決まっちゃってる。だからギルやシュリエ、ニカにはなかなか勝てないわけなんだけど」

「……それ、毎回同じことを言われてるよな。あの鬼」

戦う様子を遠くから見つめながら、隣にいるレキについついぼやく。レキでさえ、そんな認識なのね。

ジュマの大剣が初めてラジエルドの腹部にめり込んだ。ビリビリと空気が震える程の咆哮。これはジュマのもの。それだけで、周囲で戦うみんなが敵味方関係なく硬直した。そこ、味方も巻き込むのはやめてほしいんだけど、まぁそれはいいわ。

何軒かの家々を犠牲にしながら吹っ飛んでいくのは——ラジエルド。丈夫な鬼と言えど、ジュマほどの丈夫さはないだろうから、骨がバッキバキでしょうね。ご愁傷様。でも種族柄、回復も早いでしょうから大丈夫でしょ。これでしばらく大人しくしていてくれるのならそれでいいわ。

「どこまでも馬鹿なのに、何かキッカケがあると同じ攻撃でもとんでもない威力を発揮する、ってことか……馬鹿なの？」

「そう。馬鹿なのよ」

レキが呆れたように吹き飛ぶラジエルドの行方を目で追ってる。気持ちはわからなくもないわよ？　今回のキッカケは兄のプライドを守るためだけなんだもの。思った以上の成果をあげてくれたわね。喜ばしいやら呆れるやら。

「馬鹿は最強なのよ。色んな意味でね」

「色んな意味で、ねぇ……」

思わず二人で遠い目になってしまったわ。ガラガラと崩れ落ちる瓦礫の音はしばらく鳴りっぱなしだった。はぁ。貫通した家の修理代はジュマの給金から天引きするんだから！　なんのための保護魔術だと……それさえ吹っ飛ばしてくれちゃって！　高くつくわよぉ。

けど、勝った。ジュマが、勝ったんだわ。力尽きてその場に大の字で倒れて拳を突き上げるジュマを見て、ようやく実感が湧いた。じわじわと嬉しい気持ちが膨らんで、私は隣にいるレキに小さく手をあげる。それに気付いたレキは少しだけ眉を顰めたけれど、同じように軽く手をあげてくれたわ。ギルドの入口付近で、私たちは小さく手を打ち鳴らしたの。まだ戦いは完全には終わってないけど、このくらいならいいわよね？


ふと、背後から近づいてくる何者かの気配を察知した。

「……見つけたんだし。えげつない小人族ぅ」

聞き覚えのある声ね。レキがさっと私を背に庇ってその人物と対峙《たいじ》する。

「あら。ご機嫌いかが？　エピンク」

「おかげさまで！　借りを返しに来たんだし！」

あらあら、根に持つタイプなのね。再戦ってことかしら。そう思って構えていたんだけど、

「……僕がやる」

私が何かを言う前に、レキが一歩前に出てそう呟いたの。

「はぁっ⁉　小人の次はガキかよっ！　オイラ萎《な》える相手ばっかだしぃっ！」

面倒なことはやりたがらないレキ。こういう場面では私を連れて逃げていたはずなのに、どういう心境の変化かしら。……ひょっとして、メグちゃんを攫おうとしたことを、この子もいまだに怒ってるとか？　まさかねぇ……？　でもあり得るわね。

「どのみち僕らを倒さなきゃいけないんだからいいじゃん。うるさいヤツだな」

「お、お前こそうるさいんだし！　生意気なガキがっ‼」

こう見えてレキは成人済みなんだけど。まぁいいわ。レキにとってもいい経験になるはず。いざという時の為のトラップを準備しつつ、私はレキとエピンクの戦いを離れた場所から見守ることにした。

エピンクは以前と同様、泡を周囲に飛ばし始めた。触れただけで小爆発したり、泡の中に閉じ込められたり、何かしらの罠が仕込まれてるこの泡。くぅぅっ、この能力研究したい！　私の作品《トラップ》にも取り組みたいわぁぁぁっ！　っと、そうじゃなかった。レキはどう戦うのかしら？　この子、魔物よりは強いけど群れになってたり強い個体相手だと苦戦する程度の力量だったはずだけど。普通に戦えば、エピンクはまず間違いなく勝てない相手なのよね。

「ほぉらほら！　このオイラ相手にどう勝つつもりなんだぁ？　ボクちゃんは⁉」

エピンクのわかりやすい煽りにもレキは動じない。あら、それだけでも随分と成長したわよね。

少し前だったら簡単にプンスカしちゃってたのに。

「別に。僕はお前と戦う気すらないんだけど」

「はぁぁ⁉」

レキの発言には私も首を傾げたわ。当の本人は我関せずで突如、魔物型に姿を変えた。うーん、相変わらずステキな毛並み。角度によって色が変わってまるでシャボン玉みたい。うっとりしちゃう。見ればエピンクも少し見惚れてるわ。ははーん。レキの意図がわかったわよ？

『お前、なんでネーモにいんだよ？　別にお前はネーモのボスに盲信してるわけじゃないんだろ？』

魔物型になったレキが、念話でエピンクに問う。美しい毛並みと真っ直ぐ見つめてくる灰色の瞳に思わず見惚れてしまっていたエピンクは、慌てて頭をブンブンと振り、眉間に皺《しわ》を寄せた。

「ふんっ。オイラはお育ちってやつが良くないんだし！　でも、そんな世の中のはみ出し者でも構わず受け入れてくれるのがネーモなんだし。だから、ネーモには恩があるんだ！　恩は返さなきゃならないんだし！」

なるほどねー。確かにネーモはどうしようもないゴロツキが多いイメージがあったけど、そうやって人望を集めていたのね。ちゃんと仁義があるところに少しだけ好感度が上がったわね。ほんの少しだけ。自分の頭で考えられない部分がダメダメだけど。

『ふぅん。でも勘違いしてない？』

「な、なんだと？」

レキの言葉は不思議と人の心にザックリ刺さっていく。たぶん、魔力を乗せた念話。だから普通に会話するよりもずっとエピンクの心に浸透していく。

『恩返しするのと何でも言うことを聞くのは違うよ。都合のいい駒になることは恩返しじゃない。

ただの対価だよ。救ってやったんだから言うことを聞けって、言われてるだけでしょ』

ぐっ、とエピンクは言葉に詰まる。思い当たることがあるってところかしら。

「で、でも、救ってもらった対価だったとしても、支払うのは、当然なんだし……！」

『そもそも、善意で救ってくれた人は恩返しなんか求めない。それでも何かしてやりたくて、自ら考えて相手のために何かをすることが恩返しなんだよ。義務感を覚えるなら、それは恩返しじゃないんだ』

ブツブツと反論するエピンクだったけど、レキの言葉は止まらない。

「……それでも、オイラは従うしか道がないんだし。助けてもらったのは事実。自由に生きられる対価に働くんだし!!」

お前に何がわかる、自分だってどうしたらいいのかわからない。そんな心の叫びが聞こえた気がしたわ。ギリギリと歯を食いしばり、拳を握りしめたエピンク。ふむー。信者じゃないネーモのギルド員は大体似たような状況なのかも？　ラジエルドのように盲信的な人は難しいけど、エピンクみたいに訳もわからず信じて従ってるだけの人なら絆《ほだ》されるかもしれないわね。

『それなら、ウチだっていいじゃん』

「……は……？」

『力のあるヤツで、信用出来るならウチにだって来られるよ。そりゃ、信用されるような努力は必要だけど。でも、上から押さえ付けられる重圧に耐えるよりマシだと思うけど？』

レキの作戦はつまるところオルトゥスへの引き抜き。ま、性格に難はあるけど、そんなことを言ったらウチのメンバーはまともな人がいないくらいだものね。エピンクはまだ一考の余地がある。どう思うか、とレキに視線で聞かれた私は軽く頷いた。

「仲間を尊重すること。努力をやめないこと。それさえ出来れば可能性は高いわよ？　能力は高いんだから」

「な、何言ってるんだし……！　同情か？　気持ち悪い……な、何か裏があるんだし！　かわいそうなオイラに手を差し伸べようとしてんだろ？　善意の押し付けはやめるんだし！　どうせオイラはこんな生き方しか出来ないんだし!!」

少し揺れてるわね。今の立ち位置に疑問を持っている証拠だわ。仕上げとばかりにレキは全身から淡い虹色の光を放った。あー！　これこれ！　癒されるー！　この光は心を癒してくれる。敵味方関係なく、無条件にね。あまりにも闇の深い者には効果が薄いけど。でも精神面での癒しの効果を持つレキのこの能力は、本当に貴重だわ。はぁ、ついでに日頃のストレスを癒してもらっちゃおうっと。

『僕らを疑うのは別に構わないけど、自分を否定する言葉は良くない。自分ならやれるって思った方がいい。いつもの自信は、あれは嘘なの？』

「なっ！　そんなわけないんだし！　オイラの能力は強力で使い勝手がいいんだし！　これまで追い出されなかったのも、オイラの実力があるからなんだし!!」

虹色の狼はわずかに口角を上げた。これぞ、レキのカウンセリング。言葉は粗かったり素っ気ないけど、人の心に響く言葉を選んで紡ぎ、癒しの光で、刺す。

『なら何も問題ないじゃん。ちょっとはウチに来ることも考えてみてよ。頭の片隅にでも置いといてさ』

絶対お断りなんだしー！　と叫びながら髪の毛を逆立たせるエピンクはなんというか、わかりやすいわよねぇ。動揺しているのが丸わかりよ。

エピンクがもしも本当にウチに来るってことになったら、かなりオルトゥス内では揉《も》めるでしょうね。ギル辺りがものすごく嫌がりそうだし。でも、彼の態度によっては一考の余地はある。まぁ、でも……エピンクは来ないでしょう。それはレキにだってわかってると思う。ただ、選択肢を広げてあげただけ。これしか道はないと思い込んでいたエピンクに、もしかしたら他にも道があるんじゃないかって、少しでも思わせられたならそれでいいのよね。

『……ま、今はさ、疲れてるんだろ？　ちょっと休んだら？』

「な、何、言ってるんだし……」

ほら、レキが話題を変えた。引き抜こうとするのなら、もっとやり方があるものね。

『誰も眠りの邪魔はしない。突然叩き起こして用件だけを突き付けたりもしないし、出来なかったり休んでたらペナルティとかも言ったりしないからさ』

「……！」

エピンクの眉がハの字になる。そっかそっか、随分こき使われてきたみたいね。彼に今、最も必要なのは休息。仕方がないからサウラさんがおまけをプレゼントしようじゃないの！

「あなたの周りに結界とトラップを仕掛けておくわ。安眠を保証するわよ」

「で、でも」

『疲れた頭と身体じゃ、任務もろくにこなせないだろ。そういうのが効率を悪くするんだよ？　いいからさっさと休めよ。お前の身体は休息を求めてる。医療者の言うことは素直に聞くことをオススメするね』

レキが癒しの光を一層撒き散らし、エピンクを包み込んだ。それによって癒しを感じたのなら、エピンクが放出した攻撃の泡も……ああ、ほら。この光に当たってすうっと消えていく。ある意味最強よね、この光。

心が平和なら、人を攻撃しようとも思わないのだから。

光に包まれたエピンクは、ゆっくりと地面に倒れていきながらその真っ黒な瞳を閉じた。心身ともにかなり疲れていたのでしょうね。睡魔に抗《あらが》うこともなくあっさりと眠りの世界へと旅立っていったようだわ。はー、もったいないわよねぇ。レキってば、性格が災いして滅多にこのカウンセリングが出来ないんだもの。

「人型でもこれが出来れば完璧なのに」

スヤスヤと本当に安らかな顔で寝息をたてるエピンクを見下ろしながらそうボヤく。レキは魔物型にならないとこの癒しの光を放てないのが本当に惜しい！

『別に……出来ないってことは、ない』

「!?　何よ、それ！　初耳よ!?」

やりなさいよ！　普段から！　と捲《まく》し立てると、鬱陶しそうに尻尾を振り、プイと顔を背けるレキ。あ、可愛くない。

『……だって、どんな顔すりゃいいんだよ』

……前言撤回。この子、可愛いわ。つまりあれよね？　人型だと、どんな顔したらいいのかわからないから、わざわざ魔物型になってるに過ぎないってことでしょ？　素直じゃないにも程があるわね？

「そんなんじゃ、頭領に一人前と認めてもらうのもまだ先かしらねー？」

『！　や、やれる！　いつか……いや、近いうちには、きっと……！』

少しだけ意地悪を言ってみると、レキはムキになって反論してきたわ。ふふっ、扱いやすいわねー。

「ふーん？　ま、期待しないで待ってるわ！」

『ぜ、絶対だからな!?　僕は言ったことは必ずやるんだ！』

レキを奮い立たせるには頭領の名前を出すに限るわね！　メグちゃんという下の存在が出来てからというもの、レキはかなり成長したわ。今後もとても楽しみね。

「さて、と。ネーモの襲撃の方は何とかなりそうね。ジュマの馬鹿さとレキのおかげで」

もっと厳しい戦いになることも想定していたけど、案外早く片付きそう。手が空いた者から魔物対策に向かってもらいましょう。レオとチオリスに軽食も頼もうかしら。脳内で今後の動きをシミュレーションしていく。どう動かすのが最善か、しっかり考えないと。

「……うん、よし！　後は魔王の問題が片付くまで、魔物の襲撃からこの街を守ることに徹するのみ。耐久レースになるわよ！」

これからやることを決めた私は拳を握りしめて気合を入れ直す。まずはみんなに今の状況を教えてあげないと。すると、未だに魔物姿のレキが私の前に伏せてポツリと呟いた。

『……連絡しに回るんだろ。乗れ』

「やったぁ！　いいの？　嬉しいー！」

『無闇矢鱈《むやみやたら》にベタベタ触るなよ⁉』

なんて貴重な体験！　私は軽やかにレキの背に乗り、ふわふわで綺麗な毛を手に巻きつける。頬ずりしたい気持ちをグッと堪えていいわよ、と合図を出した。乗ってるだけで心が癒されていくから、気を抜き過ぎて落ちないように気をつけましょう。さ、気合い入れて行くわよー！　それいけーレキ！　あ、ちょっと速いってばー！

2　最悪な戦況

【メグ】


『片付けたらすぐに向かう。それまで耐えてくれ』

お父さんからの返信は簡単に言うとこんな感じだった。遅れて返ってきたホムラくん経由の伝言も、頭領がすぐ向かうだろうからそれまで耐えて、っていう内容だったし。つまり、今はお父さん待ちなのである。

でも、大丈夫かな？　急ぐことで無理してたりしなきゃいいんだけど……でも正直急いで欲しい気持ちはとてもあるのだ。だって、怖いんだもん!!

「大丈夫だ。ここには入って来られない」

「あ、あいぃぃぃ……」

思わず情けない声を上げてしまう。だ、だって、祠を中心に円状に張ってある結界の周りに魔物がうじゃうじゃいるんだもん！　普通の動物より全体的に黒っぽくて、目に光がなく、牙をむき出してたり、どうにか結界を破ろうと攻撃を繰り返してたり……透明な壁に阻まれてるとはいえ目の前でその光景が見えるからめちゃくちゃ怖いんだよぉっ！　ギュッとギルさんの服にしがみついて恐怖に耐える。泣いてないよ！　涙目なのは認めるけどっ！

「新鮮な反応だなぁ。大丈夫だぞ、メグよ。万が一にも入ってきたところで俺やギルが瞬殺するからなぁ！」

ガハハと陽気に笑うニカさんに少しホッとするけどそれだけじゃないんだ。もちろん、襲われるのが怖いとか、そういう気持ちもあるんだけど……私が怖いって思うのは、生き物が血を流したり、その、死んだりしてしまうのを見ることなのだ。環として生きていた時も、昔から小さな虫でさえ、潰したらグチャってなってしまうのかな、とかリアルに考えてしまうクチでね？　もうそれだけでダメなんだよ！　命が消える瞬間を見るのは虫でさえ怖いのだ！　あと、血とか怪我とかは話に聞くだけでもゾッとしてしまうタイプである。極度のビビりなのは自覚している。

ちなみにギルさんに助けられたあの時、ダンジョンのボスを倒すのを見た時は、驚きが勝ってたから考える余裕もなかったんだけど……実は傷口とか倒れたボスとかを直視することは出来なかった。ダンジョンの魔物が倒されるとすぐに消える仕組みになっててよかったよ。じゃなかったらたぶん、あの時うっかりグロテスクシーンを見ちゃってたと思う。

この世界において、それが甘っちょろい考えだっていうのは重々承知してるんだ。でもね、今は余計に魔物といえど血を流されるのが怖い。他にもちゃんと理由があるんだよ？

『魔物たち、血をくれって言ってるのよー……』

ショーちゃんが魔物の言葉も理解出来てしまうからである。ショーちゃんはさっきから怯えきって震えているのだ。心が苦しんでいるんだって。助けてくれって叫んでいるんだって。それを解消したいがために、本能的に魔力を探し求め、血を求めてしまうのだそう。

危険だから、人が魔物を討伐するのは仕方のないことだ。数が増え過ぎたり、薬の素材だったり。人に害を及ぼすなら討伐する。害のある者を退治するのはどんな生物でもやることだもん。だから、魔王さんの影響で凶暴化した魔物たちを討伐しなきゃいけないのもわかる。わかるけど……そんな魔物の心や事情を知ってしまったら、悲しくて、恐ろしくて、仕方なくなってしまうじゃないか。魔物たちだって、今は好きで暴れてるんじゃないんだもん。中には人と同じでどうしようもない性格の子もいるだろうけど、無意味な殺生《せっしょう》は避けたいじゃないか。

だからと言って、魔王さんが悪いってわけでもないんだ。魔王さんだって言ってしまえば一人の人だし、魔王というだけで心が乱されがちなのもある。今はお父さんと魂を分け合ったからマシになったのかもしれないけど……それでも膨大な量の魔力を持っていて、それを普段制御しているというのはなかなかに大変なことだと思う。……次期魔王は、認めたくないけど私、なんだよね？　人ごとじゃない。私も、こうなってしまってもおかしくないんだ。ものすごく甘い考えだけど、私は魔物たちにも無意味に苦しい思いをしてほしくない。魔王となったら魔物が暴走しない為にも、心の制御が必要になるんだ。それはとんでもない重圧だった。……私に、耐えられるわけがない。

怖い。怖かった。逃げ場がないのが怖い。責任からの、逃げ場が。

結局私は、会社で働いていた時と同じように、自分を追い込んで苦しむことになるのかと思ったら怖かった。今があまりに幸せで、守られていて、甘やかされていて。それが心地良すぎるから余計に。

ギュッと目を瞑る。その時バァン！　と一際大きな音が聞こえたから、全身がビクリと震えた。

「クロン殿ぉ!?」

飛んできたのはまさかのクロンさん。何かしらがあって吹き飛ばされた彼女はこの結界の壁にぶつかってしまったのだろう。ど、どこから飛んできたのかはわからないけど結構吹き飛ばされたってことだよね？　大丈夫かな……？

そんな私の心配をよそに、クロンさんはすぐさま立ち上がると、その水色の瞳で自らを取り囲む魔物たちをキッと睨みつけた。それからその場で魔物たちを蹴散らし始めたのだ。直視するのは怖いけど、すごい、と思う気持ちが勝ってしまう。だって本当にすごいんだよ！　軽やかなステップで魔物の間を縫《ぬ》うように駆け抜け、時に宙返りするアクロバティックな動き！　だというのにキチッと纏められたお団子の髪も乱れることがない。そして何より。

「スカートめくれないの、しゅごい」

「ぶはっ！　目の付け所がそこかよぉ、メグよ！」

おっと、思わず声に出していたようだ。だって気になるでしょ？　あんなに激しい動きをしてるのにスカートがめくれないどころか完璧なメイドスタイルを崩さないんだから！

「ひとまず結界内に入ってもらうか。あちらの様子も聞きたいからな」

クロンさんが蹴散らすことで、一時的には離れていく魔物たちも、次から次へと湧き出てくるように現れるから対応に忙しそうだ。キリがないし、クロンさんもいつかは疲れてしまうかも。ニカさんの呼びかけに応え、ギルさんが隙を見てクロンさんが通れる穴を結界に開けてくれた。

「クロン殿！」

「！」

その瞬間にニカさんがクロンさんを呼ぶ。こちらの意図を理解したのだろう、クロンさんは軽く頷くと、右手で空を切った。その場から水が溢れ出し、近くにいた魔物たちが一気に綺麗に押し流されていく。その間にクロンさんは結界内に入り込み、ギルさんがすぐさま結界を閉じた。お、お見事ー！

「クロンしゃん！」

ふう、と息を吐き、その場に膝をついたクロンさん。やっぱりお疲れ気味だったんだね！　怪我はなさそうに見えるけど……心配だったので私はすぐに駆け寄った。

「メグ様。ご無事で何よりです」

駆け寄った私にクロンさんは不器用な笑みを浮かべてそう言った。それよりもクロンさん！

「どーちてスカートがめくれないでしゅか⁉」

「最初にそれかよぉっ⁉」

ニカさんが離れた位置でズッコケる気配を感じた。ハッ、私ったら！　子どもの精神に引っ張られてしまったようだ。鎮まれ好奇心‼　は、恥ずかしい！　だけど、クロンさんは軽く目を見開いた後に自然な微笑みを見せてくれた。あ、こんな顔も出来るのね。

「魔王様のお側付きとして当然の嗜《たしな》みです」

「答えるのかよぉ⁉」

冴え渡るニカさんの突っ込み。というかね？　それ、理由になってないからね？　プロとして当然だとばかりに言ってるけど、なんか色々おかしいからね？

「あなた方の頭領にそう言われましたから。一流のメイドは失態を表で晒さない、と」

お父さんかーい！　メイド服について一体どんな説明をしたんだ！　そもそもクロンさんは魔王さんの右腕であってメイドではないんじゃなかったっけ？　いや……もう深く考えるのはよそう。

何よりすごいのは、それを実際やってのけるクロンさんなのだから！

クロンさんはお見苦しいところをお見せしてすみません、と立ち上がり、完璧な所作で一礼をしてみせた。服も髪もどこも汚れてないどころか乱れてないのは、どういう仕組みなの？　謎は深まるばかりである。でも怪我もなさそうで良かった！

「では報告させていただきます。状況は、そうですね……控えめに言って最悪ですね」

そんなクロンさんから冷静に告げられた言葉は、あまり聞きたくなかった内容であった。でもちゃんと聞かないとね。私も背筋を伸ばして姿勢を正す。

「ザハリアーシュ様は周囲が見えなくなりつつあるようです。初めはシェルメルホルンにだけ標的を絞っていたのですが。かなり押していて優勢だったのですけど、ザハリアーシュ様が己を保てるのも限界だったご様子で、関係のない方面へと攻撃を向ける回数も増えてきました。シェルメルホルンが隙を見てこちらに来るのも時間の問題かと」

うわ、確かに最悪な状況だぁ。魔王さんも、制御がきかなくなってるってことだよね……結界の外に目を向けると、さっきクロンさんが水で流したはずなのにもう群がってる。獣型の魔物や、鳥型の魔物。大型から小型までの色んな魔物たちが、ひたすら魔力の集まるこの結界の中を狙って向かってくる。目に光がないのがとにかく恐怖心を煽るのだ。この子たちと同じように、魔王さんも目の光を失っているのかな。そう思ったら余計に怖くなって、私は身体を震わせた。

「……メグ。それに皆も、聞いてくれ」

ギルさんの私を抱く腕の力が、一瞬強まった気がした。何か、覚悟を決めたかのような雰囲気を感じ取って、胸に不安が広がっていく。

「頭領が来るまで、シェルメルホルンは俺が相手する」

「……それしか、ねぇよなぁ」

「ええ……申し訳ありません。私がもっと強ければ……」

ギルさんは、とても強い。きっと、今この場にいる誰よりも強いんだ。それはよくわかる。だから、ギルさんが戦うのが一番いいんだ。でも、そうなると……。

「メグ。すまない。ずっと側にいてお前を守るつもりだった。だがこうなってしまっては誰かがシェルメルホルンや魔王を止めるしかない」

うん、そうだよね。わかるよ。ちゃんとわかってるよ、ギルさん。

「ここまで魔物に囲まれては、シェルメルホルンに追われながらお前を無事に逃がすことも難しい。今はこの場所がお前にとって一番安全な場所なんだ」

うん、わかる。だからね、ギルさん。

「お前から離れて、戦いに行くことを許してくれ。必ずこの場所を守ると約束する」

ギリッと拳を握りしめるギルさん。そんな顔しないで。ちゃんと、わかっているから。私はいつものように笑って、ギルさんを安心させてあげなきゃね！

「あい。頼りにしてるでしゅ。ギルしゃん、気をちゅけてくだしゃいね？」

「っ……ああ。ありがとう」

頭を撫でてくれる手がいつも以上に優しい。本当は不安だ。ギルさんがさっきよりも大きな怪我をしてしまわないか。無事で戻ってきてくれるかどうか。

だけど、私に出来ることは信じて待つことだけ。それから足を引っ張らないように指示に従うことだけなのだ。それすら出来ないなんて、情けない真似したくないからね。泣かない。泣かないからね！

「……私は魔物を退けましょう。ザハリアーシュ様がこちらに攻撃を仕掛けてこないといいのですが……」

「なら俺ぁ、メグの側にいよう。俺じゃ頼りないかもしれんが、我慢してくれ、メグよ」

「ううん！　頼もしいでしゅ。ありがとーニカしゃん！」

クロンさんはギルさんのサポートを、ニカさんは私の護衛をと名乗り出てくれた。本当に感謝しかないよ？　ニカさんが、気分が暗くならないようにあえて明るく振舞ってくれてるのもよくわかるんだもん。

「私たちもいますから。……ごめんなさいね。身内のことなのに。でも、私たちはあの子に逆らうことが出来ないの」

「構わない。ここまで良くしてくれるとは思っていなかった。むしろ、感謝している」

少し離れたところで話を聞いていたマーラさんが声をかけてくれた。そっか、族長命令という名の呪いがあるんだよね。

「……後は、頼むぞ」

ギルさんはそれだけ言うと、亜空間から新しい服を取り出してサッと袖を通した。いつもの戦闘服は、ボロボロになっちゃったもんね。シンプルな黒いロングTシャツだから、前ほどの防御力はなさそうだけど、単なる服というわけでもなさそう。だってギルさんだし。

着替えを終えたギルさんは、一度だけこちらに目を向けた。それからすぐに前を向き、得物《えもの》である刀を手にして真っ直ぐ結界の境目へ向かって歩いていく。それに続くクロンさんも迷いのない足取りだ。

「ほう、中から外へ行くには、わざわざ結界を張り直さなくてもいいんだなぁ」

すんなりと外へ出て行こうとする二人を見て、感心したようにニカさんがそう呟いた。なるほど、外からは結界を張り直したりしなきゃいけなくて入りにくいけど、中から出る分には特に何もする必要はないみたいである。きっと、その分は結界の強化の方に力を使っているのだろう。

一歩、ギルさんが足を結界の外に出した瞬間、周囲で待ち構えていた魔物たちが一斉に動き出した。うっ！　怖い！　でも、目を背けているのは余計に怖い！　しっかり見ていなきゃ。ギルさんが無事かどうかわからないもん！

でも、そんな私の不安は要らぬものだった。

腰を低くして構えをとったギルさんは、そのまま抜刀。それだけの動きで辺りに影を撒き散らし、向かってきた魔物はもちろん、ギルさんの半径数メートルにいた魔物たちがみんな吹き飛ばされてしまった。す、すごい……！

右手に刀を持ち、自然体で立つその後姿からはなんとも言えぬ気迫のようなものを感じる。目に見えないオーラとでもいうのかな……少しでも動いたら切られる、そんな感覚があった。もちろん私たちは守られる立場だから危機感はないんだけど……対峙する魔物たちは生きた心地がしないだろう。

「相変わらず、すげぇ男だなギルは。よく見ておけ、メグよ。あれが頭領に次ぐ実力の持ち主、影でオルトゥスを支え続けている男だ」

お父さんの次に強い、か。正直、私からしてみたら、みんながすごいからそのすごさがわからないんだけど。でも、一つだけわかったのは、ギルさんでこの場を乗り切れなかったら、私たちはもう終わりなのだということだった。

「……来たわ」

マーラさんの声に目を凝らす。ギルさんが見つめる先にも見えていたのだろう。自身に風を纏わせた、美しいハイエルフ。その風のせいで、魔物は近寄ることさえ出来ないようだ。真っ直ぐにこちらに向かってくるシェルメルホルンの姿が私の目でもハッキリと確認出来た。

「くだらぬ」

シェルメルホルンは心底面倒臭そうに一言そう呟いた。くだらない……？　何がくだらないというのだろう。

「もはや子どもを寄越せと言うつもりもない」

「……どう言うことだ」

意外にも思えたシェルメルホルンの言葉に、ギルさんはより一層警戒心を抱いたようだ。身体を斜めに向けていつでも抜刀出来る体勢になっている。

「自ら選んでもらおう。それなら文句はあるまい」

「なん、だと？」

自ら？　私に選ばせようと言うのかな。そんなの、答えは決まりきっているのに。だけどあの余裕のある様子を見るとなんだか不安だ。ニカさんがサッと私を後ろに庇ってくれた。うう、ありがとう！

「ハイエルフ・メグ！」

「はっ！　いけない！　メグ！」

マーラさんが慌てたように私の方へ駆け寄ってきた。でも、たぶんそれは少し遅かったみたいだ。だってね？　シェルメルホルンが私を『ハイエルフ・メグ』と呼んだ瞬間、身体が硬直して動けなくなってしまったんだもん。え、何？　これは、一体どういうことなの？

「こちらへこい。族長命令だ」

「なっ……⁉」

族長命令。それは呪いの言葉だった。私はどうしても身体を思うように動かせなくなってしまったのだ。嫌なのに、行きたくないのに、足が勝手にシェルメルホルンの方へと踏み出して行く。声も、出せない。

「さ、させるかぁ！」

ニカさんが慌てて私を抱き込み、私の歩みを止めてくれた。私は尚も向かおうとするけど、所詮は幼女。無駄な足掻《あが》きとなっている。ニカさん、どうかこのまま私を止めていて！　だけど、私の願いはまたしてもシェルメルホルンの一言により打ち砕かれることとなった。

「ハイエルフの郷の住人たちよ。……子どもの歩みを阻むものを抑えよ。族長命令だ」

シェルメルホルンは、この場に避難していた他のハイエルフたちにも声をかけたのだ。

「うぉっ、は、離してくれ！　マルティネルシーラ殿！」

「くっ……！」

「やめてください！　皆さん！」

結界の中にいたニカさんはもちろん、外に出ていたギルさんやクロンさんまでも、マーラさんたちハイエルフの皆さんに魔術で身動きを封じられてしまった。戦いには向かない人たちとはいえ、ハイエルフの高度な魔術を複数人でかけられては拘束を解くのも難しいようだ。それに、みんなは私たちに協力してくれた人たち。力づくで攻撃をしかけるわけにもいかない。まさか味方だと思って安心していた人たちから拘束されるとは思っていなかったから、三人ともあっさりと捕まってしまった。

「ごめんなさい……逆らえないの。でも、暴力的な指示までは出来ないのが不幸中の幸いだったかもしれないわね……」

「いや、油断したこちらに非がある……！」

「だがこれは、ちとまずいなぁ……っ！」

もちろん、ハイエルフのみんなも悪意があるわけじゃない。誰もが申し訳なさそうな顔をしているから。これは全て、呪いのせいなんだ。それが、わかっているからギルさんたちも悔しそうなのだろう。拳を強く握りすぎて、手から血が出てる。

「くっ、メグ……!!」

そして、遮る者がいなくなってしまった今、私はゆっくりとシェルメルホルンの方へと歩いていた。嫌だ、行きたくない……！　止まれ！　私の足！

「ふん。イェンナリエアルが逃した後、色々と面倒な手順を踏む羽目になったが……まぁいい。ようやく我が手に入ったか」

そしてついに、私は結界の外へ出て、シェルメルホルンの手に渡ってしまった。悔しい。悔しい。悔しい！　無力な自分が許せない……！　涙が一粒だけ転げ落ちる。

「未来を予知し、魔物を総《す》べ、世界を操る力を得た。ようやく世界は私のものとなり、私は……神となるのだ！」

な、何を言ってるんだこの人！　その力は自分の力じゃないくせに！　私が素直に言うことを聞くとは、聞く、とは……ううっ！　呪いさえ、なければいいのに……！

それに、世界を支配したって神になれるわけじゃないのに。なんて、哀れなの。

「そのためには、まず……魔王に世代交代をしてもらわないとな」

「⁉」

世代交代……？　それって、まさか。

「自ら退く気がないのなら、死んでもらうしかあるまいな、現魔王よ」

「っ！　させません‼」

クロンさんが暴れ出した。でも、拘束からは抜けだせないみたいだ。どうしたらいいの……⁉

「安心せよ。今すぐではない。もう少し魔王には暴れてもらい、世界を疲弊《ひへい》させる。この子どもを取り戻そうと小蝿《こばえ》が寄ってくるのも鬱陶しいからな」

そう言ってシェルメルホルンは私を風の魔術で浮かび上がらせると、そのまま一緒に移動を始めた。ま、待って！　どこへ行くの？

「メグっ！　メグーーーーっ!!」

ギルさんがあんなに叫んでる。嫌だよ、行きたくない。ギルさん！　ギルさん!!

もうダメかもしれない。そう諦めかけた時、大地を揺るがすほどの咆哮が響き渡った。

「ザハリアーシュ様っ！」

クロンさんの目線の先には、限りなく黒に近い、深い紺色の鱗を纏った大きなドラゴンの姿。魔王さんが口から炎を吹いていた。ふおぉ、ドラゴンブレスだ！　ファンタジーっぽい！　そのままその炎はこちらへ……こちらへ!?　待って！　死ぬ！　死ぬからぁぁぁっ!!

「ちっ、邪魔をしおって！」

シェルメルホルンが強くて良かった。この時、この瞬間だけ喜んでしまったよ。私を包む風がより強固なものとなり、かなり強力な結界になっていたのだから。

「意識が呑まれたり戻ったりを繰り返しているようです！　メグ様を救おうとなさったのでしょう。ですが、やはり自我が持ちそうにないようですね……」

え、じゃあ、魔王さんは、私のために暴走する自らの魔力に抗ってくれていたのかな？　ありがとう魔王さん！　このままどこかへ連れて行かれるところだった。心臓だけがずっとバクバク鳴ってる。

「ちっ、面倒な」

シェルメルホルンは舌打ちしてるけどね！　でもおかげで時間稼ぎにはなったみたい。その間に、みんなの身動きが取れるようになってくれたらいいんだけど……助けてもらいたいのはもちろんだけど、あのままじゃ魔物たちに囲まれた時に抵抗できなくて危ないもん。今はシェルメルホルンがいるから魔物たちも近寄れないみたいだけど、この場から離れたらまた魔物たちが集まってくると思うし。

ハラハラと見守っていたら、急に浮遊感を覚えた。お、おお？　結構な高さまで飛ばされてるよ、私⁉　そして、ある程度の高さまで上ったところで、その場で停止。こ、これはシェルメルホルンの仕業？　怪我をされても困るし、近くにいても邪魔、そういうことかな⁉　おかげで戦いの様子がよく見えてしまうじゃないか。う、うわーん怖い！　あ、ドラゴンな魔王さんがこっち見た、ってまたドラゴンブレス⁉　いやーっ、私を包む風魔術のおかげでノーダメージだけど怖いよぉ！

「メグ‼」

炎が収まったところで、ギルさんの私を呼ぶ声。わ、あれ？　自由になってる！　さすがはギルさん、どうにか拘束を解いたようで、すぐに大きな黒い鷲の姿になってこちらへと飛んでこようとしてくれた。だけど。

「甘い」

「ぐっ……！」

魔物型に変わりきるより前に、シェルメルホルンが風の刃をギルさんの背に斬り付けた。

口から血を吐く、ギルさん……え？　待って。何が、起きたの……？

「ギ、ギルしゃぁぁあんっ‼」

状況を理解した私は、我に返ってギルさんの名を叫ぶ。えいっ！　えいっ！　この風！　どいてよ。邪魔だよ。ギルさんの元へ行かせて……！　どうにか出ようと風の結界の中で暴れてみるけど、この小さな拳ではなんの意味もなさない。嫌だ、嫌だ、ギルさん……！

「待っ、てろ……メグ……！」

「ふん、しぶといな」

背中や、口からも血を流しながら、まだ立ち上がろうとするギルさん。だというのに、無慈悲に再び風の刃を構えるシェルメルホルン。

やめて、やめてよ。言うことを聞くから……お願い。これ以上ギルさんに怪我を負わせないで!!

『うぉぉぉぉっ!!』

「っ、小賢しい!!」

シェルメルホルンの動きを止めようと大きなライオンがその腕に噛み付いた。あれはたぶんニカさんの魔物姿だ。きっと、力ずくで拘束を解いたんだろう。それが出来るだけでもさすがと言えるんだけど、あっさりと風の刃の餌食となって、血飛沫《ちしぶき》と苦しそうな咆哮を上げながら吹き飛んでいってしまった。そんな……！

「ニカしゃんっ……！」

飛ばされていくニカさんを、目で追うことしか出来ない。どうか……。

「動きを、封じますっ！　ああっ!!」

「邪魔だ」

続けて、拘束されたままのクロンさんが、その状態のまま洪水《こうずい》を起こし、シェルメルホルンを押し流そうとしたようだ。だけど、シェルメルホルンの風の魔術によって、その洪水は竜巻へと姿を変え、クロンさんや龍の姿の魔王さん、そして拘束魔術を行使していたハイエルフたちをも呑み込んで空高く吹き飛ばされてしまう。仲間たちもいるのに、どうして⁉

圧倒的な力量差。ギルさんも、ニカさんも、クロンさんだって、強者の部類に入るはずなのに……あんなにもあっさりとシェルメルホルンは吹き飛ばしてしまう。まるで、子どもを相手にしているかのように。

「まだ、だ……っ！」

「ぬっ……！」

だけど、この人は諦めない。きっとみんなだって、まだまだ諦めてなんかいないんだ。刀を手にしたギルさんは、怪我を感じさせない動きでシェルメルホルンに斬りかかる。感じさせないだけで、怪我はしてるし、治ってない。だからどうしても、背中からボタボタと流れる赤が目に焼きつく。

「……まずは、お前をどうにかするしかないようだからな」

「出来ると思っているのか。ゴミの分際で」

目にも留まらぬ速さで刀と風の刃がぶつかり合う。ギルさんが垂らす血の跡だけが、かろうじてギルさんがまだ無事なのだという証でもあった。あんなに大怪我をしているのに、あのシェルメルホルン相手に一歩も引かずに攻撃の手を緩めないギルさん。シェルメルホルンからの攻撃もあれ以降は当たってないみたいだけど……でも、さっきの傷が深すぎるよ！　心なしか、ギルさんの息が上がっているように見えるもん。

満身創痍《まんしんそうい》で戻ってきたクロンさんとニカさんが、援護しながら大量の魔物の相手をし、時折暴れるドラゴンである魔王さんを抑えている。戦いの初心者である私の目から見ても、明らかに劣勢なのはこちらだった。

「血が、あんなに、いっぱい……」

私は、上空からそれをただ眺めるだけ。勝手に滲《にじ》んでくる涙が視界を歪ませていく。

「傷つけ合うのは、嫌だよぉ……！」

ショーちゃんに聞かなくとも、みんなや魔物たちの叫び声が聞こえてくる気がした。戦争は嫌だ。怖い。苦しい。なんて無意味なの？　戦う必要があるの？　戦う理由は……私？

何か、私に出来ることはないの……？


――――あるよ。


ポタリと涙の雫が膝の上に落ちたその瞬間。微かに聞こえたか細い声にゆるりと顔を上げると……世界が変わっていた。

「あ、あれ……？」

音もなく、ただ真っ白な世界。え、何が起きたの？　ギルさんは？　みんなは？　キョロキョロと辺りを見回しても、見えるのはひたすらに真っ白な空間に座り込む私だけ。……ううん、向こうから誰かが近付いてきた。あれは……。

「メグ……？」

無表情だけど、間違いなく私と目を合わせているメグが、ゆっくりと手を差し出して私の前で立ち止まった。私に、何か伝えたいことがあるの……？　私はその小さな手に、そっと自分の手を重ねた。

真っ白な世界で私とメグが手を取り合う。メグの手は少し冷たい。私が手をぎゅっと握ると、微かに握り返してくれた感触があった。確かな意思を感じる。

「さっきの声は、メグ……？」

私がそう問いかけてもメグからの返事はない。表情にも変わりはない。だけど肯定の意思が、心を伝って感じ取ることが出来た。何だか不思議な感覚だ。

「私にも、出来ることがあるの……？」

再び肯定の意思。それは何だろう。こんな無力な私に出来ること……？

考えていると、繋いだ手から映像が脳内に流れてくる感覚があった。私はその映像に集中するべく、反射的に目を閉じる。見えてきたのは……輝く薄桃色の長い髪を靡かせた美しい女性。イェンナ、さん？

『メグ。貴女を一人で旅立たせることをどうか許して』

私、というかメグの両肩に手を置いて、真剣な眼差しでそう告げるイェンナさん。その瞳は少し濡れているように見える。

『私は、貴女を産むことが出来てとても幸せですわ。愛する人との間に出来た大切な宝物。本当ならずっと側にいたかったけれど……』

グッと、言葉に詰まるイェンナさん。決して涙を流すまいという決意が見てとれた。

『私の代わりに、貴女を見守ってくれる人物ときっと出会えます。困難が待ち受けていたとしても、信じて。必ず光が射しますわ』

光が射す。この言葉はとても大切な意味を持っている。そんな気がした。

『貴女にも、いつかその光が見えるでしょう』

私にも？　でも、私はただの人間。ただの環。私に出来るのかな。だって私は、偽物のハイエルフなんだよ。魂はただの人間なの。

『最期に……これだけでも貴女に伝わったらいいですわね』

最期に？　ああ、そうか。これはメグの記憶。イェンナさんがメグと離れる直前の記憶なんだ。

『メグ。愛していますわ。これからも、ずっと』

ギュッと抱きしめられた暖かさと切なさを私も感じることが出来た。伝わってくる母親の愛情。

ああ、これがあったから。これがあったからメグは望んだのね？

魂《私》を。


ゆっくりと目を開けると、そこには変わらず無表情で佇むメグがいた。ただ、一つだけ変化がある。

「メグ、悲しいの？」

静かに涙だけを流すメグ。私の言葉に否定の意思を示してきた。

「……そっか。嬉しいんだね。そして、悔しい」

返ってきたのは肯定の意思。そして、覚悟だ。

わかった。ようやくわかったよ、メグ。私も覚悟を決める時がきたんだね。ふふ、貴女の方が先に覚悟を決めたね？　度胸のある子なんだ。でも私だって負けないからね。

「じゃあ、そうしようか」

そう伝えるとすぐに肯定が返ってきた。僅かに微笑んだように見えたのは、気のせいかな？

座り込んでいた私はメグの手を握ったまま立ち上がる。気付けば私は環の姿になっていたから、すぐにメグの目線に合わせて屈むことになったけれど。

「私を呼んでくれてありがとう。また生きられて、嬉しかった」

メグの目をまっすぐ見ながら、出来るだけ笑顔を心がけて私は言う。

「生まれ変わろう。一緒に」

スッと目を閉じたメグに合わせて、私も目を閉じ、両手でメグの手を握る。額と額を合わせて、互いの存在を深く認識し合い、溶けて、混ざり合う。

私たちの願いは一緒だ。大切な人たちの元で、笑って日々を過ごしたい。でも私たちは不完全で、あやふやな存在のまま。身体と魂が別々の意思を持っていて、どうしても本来の力を発揮できていなかったのだ。メグの秘めたる力も、環としての心の強さも。だから、私たちは一人になる。二人で一人だった私たちが、魂と心をきちんと融合させないといけない。

どんな感じになるんだろう。今の私はどこかへ行ってしまうのかなって不安はあった。でも、きっと大丈夫だという変な自信もあったのだ。だから怖くない。メグが一緒だもん。

さぁ、生まれ変わろう。新たな『メグ』として。

眩い光が閉じた瞼《まぶた》からも感じ取れた。ポカポカと、心と身体に温もりを感じる。心地いい感覚だ。

光が収まった頃、ようやくゆっくりと目を開けた。

「……これからも、末永《しゅえなが》くよろちく。メグ《私》」

メグとしての記憶、感情、そして環としての記憶と感情も残して、私たちはようやく一つになった。うん、やっぱり大丈夫だった。むしろ、未だかつてないほど心身ともに軽やかで、これまでどれだけ心にも身体にも負担をかけていたのかがよくわかった。そりゃすぐ倒れるわけだ。

「！　これは……」

そして、生まれ変わってすぐの私は、未来を視た――――。

3　メグの力

ふと気が付けば私は風の結界内で上空から戦闘を眺めていた。どのくらい時間が経ったのかな……？　わからないけど、みんなの顔に疲れが見て取れたから、それなりに時間が過ぎているのかもしれない。相変わらず誰もが血を流して必死に戦っている。その光景にはやっぱり胸が痛むけど、不思議と恐怖は感じなくなっていた。それはきっと、さっき視た未来のおかげだ。

メグが持っていた未来予知の特殊体質は未来を視ることが出来る。一つになった今、その力を私も身に付けたことになる。視た未来は、ほぼ変わることのない確定の未来だけど、努力次第で変えることが出来なくもないものだ。それが、なんとなくだけどわかるようにもなった。

でも、今回はその未来を変える必要はない。だからといって何もしないわけにはいかないよね。光射す未来へ導くために。だから、自信を持って動こうと思う。私はただ、私の思うままに行動すればいいだけなんだからね！　私の視た未来が、私に勇気を与えてくれている。

「ショーちゃん」

『はいなのよ、ご主人様！　顔色、良くなったのよ？』

「うん。もうだいじょぶ。ね、他の子たちとも話したいんだけど……」

風の結界が強固すぎるから、最初の契約精霊以外の子たちは入れないみたいなんだよね。でも、ショーちゃんを通じて話をすることは出来る。本当に助かるよ、ショーちゃん！

「結界は、中から外には簡単に通れたでちょ？　この風の結界も、中から力を加えたら外から入るよりも少ない力で外に出られたりするかなぁ？　と思って」

『わかったのよ！　フウに聞いてみるのよ！』

風の結界だし、特に詳しいのはきっとフウちゃんだ。だからショーちゃんもフウちゃんに聞きに行ってくれた。

『ちょっと厳しいかもしれないけど、魔力を放出すればいけると思うって！』

「うっ、私の少ない魔力でだいじょぶかなぁ……」

いくら内側からだって言ってもシェルメルホルンの結界だし、ちんちくりんな私の魔力で足りる気がしない！　そう思っていたらショーちゃんから意外な言葉が。

『ご主人様、さっき魔力量が突然増えたのよ？　ビックリなのよ！　何かあったのかなって心配だったのよー！』

「え？　しょーなの？」

なんでも、これまでの私の魔力量の十倍くらいは増えてるのだそう。ひぇー！　そんなに!?　まぁ、心当たりはありまくるけどね。いやはや、メグったら潜在能力半端ないわ……！

「言われてみれば……感じるよ、魔力。あ、何かがあったのは確かだけど、悪いことじゃないから心配しないでね」

その原因についても、詳しくはまた今度話すね、とショーちゃんに告げると、何となくはわかるけど待ってるのよ、とのお返事。声の精霊だもんね。うっすらとわかるのかもしれない。でも、ちゃんと話したいし、その時は他の精霊たちも一緒にね！　とにかく今は、やらなきゃいけないことがあるから。

「よぉし。いっちょ、やりましゅかー！」

『行け行けご主人様ーっ！』

結界から出た後のことをショーちゃんから他の精霊たちにも伝えてもらって準備は万端。どうなるかはわからないけど、どうにかしてみせる！　ここからは、反撃タイムだーっ！　私はお腹にグッと力を入れると、足元に両手をかざした。全身を巡る魔力をしっかり感じ取り、溜めて、溜めて……！

「いっけぇぇぇっ‼」

一気に魔力を放出するっ！　おりゃー‼

すると、淡いピンクの眩い光が結界内を埋め尽くした。この色は私の魔力の色。ショーちゃんと似ているのがなんだか嬉しい。なかなか打ち破ることの出来ない風の結界。けど諦めるもんか！　ギリギリまで魔力使っちゃうもんね！　そうして放出を続けていたら、ようやくキシキシと結界が軋む音が聞こえてきた。あと、少し……！

「えぇぇぇいっ‼」

とどめとばかり一際力を込めた瞬間、バリィンとガラスの割れるような音と共に、風がものすごい勢いで上空へと昇っていった。私はその場に取り残され、そして落下していく。うひょお！

「フウちゃぁぁん！」

『任せてっ、主様っ！』

フウちゃんを呼ぶとフワリと私の周りを風が包む。貯魔力を保存したかったのと残された魔力の関係もあって、飛ぶことまでは出来ないけど落下速度が緩やかになった。はふぅ。

「なっ……⁉」

シェルメルホルンの焦った声が聞こえた。彼だけでなく、みんなが私に気付いたのかこちらを見上げている。えーと、着地予想場所は……うわーい！　魔物の群れの中だね！　ひえっ。

「メグ！　くっ……！」

ギルさんやニカさん、クロンさんも私を受け止めようとこちらへ向かおうとするけど、シェルメルホルンや魔物、それからドラゴンの魔王さんに阻まれてこちらに来られないご様子。ん、どちらかというとシェルメルホルンも来ようとしてるのを、ギルさんが止めてるって感じかな。あれ？

私、魔力だけじゃなくて動体視力も良くなってない？

「ホムラくん！　フウちゃん！」

『任せろなんだぞ、ご主人！』

『いっくよーっ』

おっと、そんなこと考えてる場合じゃなかった。大丈夫。こっちは私が自分でなんとかするからね！　打ち合わせ通りにホムラくんが着地点にいる魔物に向けて炎の塊を落下させる。地面に着いた炎は激しい爆風とともに燃え広がり、半径五メートル程の炎の輪を作り上げた。魔物たちが可哀想なので、殺傷能力は低めである！　よし、中心には誰もいないね。

「よっ、着地！　ホムラくん、フウちゃん、ありがと！　バッチリだったよー！」

こうしてフウちゃんの風のクッションにより安全に炎の輪の中心に私は降り立った。すぐさま二体の精霊に労いの言葉をかける。

「よち。じゃあ次は、シズクちゃん。よろちくね？」

『本当に良いのだな？』

「うん。きっと大丈夫」

保証はないけどね！　未来を視た私は少し気が大きくなっているんだ！

『ではやるのだ！』

シズクちゃんが体勢を少し低くし、足を踏ん張って口から水を吹き出した。そのままグルリと一周回ると、あっという間に火が消えていく。となると、当然周囲には魔物の群れ。目の光をなくし、獲物を見つけたというように、今まさに私に飛びかかろうとしている。うっ、さすがに怖い。けど、負けるもんか。

「ショーちゃん、よろちくね」

『いつでもいいのよ！』

ここからは、上手くいくかどうか、賭けである。でも、きっと勝てる！　私は大きく息を吸い込んだ。

「魔物たちぃっ！　しょこを！　どきなちゃぁぁぁい!!」

ザ・説得である！　もはや説得ですらないただの命令だけどね！　でも、私にはショーちゃんがついてる。ショーちゃんが、私が叫んだ言葉以上の内容を魔物たちに一斉に伝えてくれているのだ。私の、心の声を。必ず苦しみから救ってあげるから。お願いだから今は邪魔をしないで欲しい。無駄に傷付いて欲しくない。だから、私に時間をちょうだい。そのような内容を。

キリッとした目つきで魔物たちを見つめる。キリッとして見えるかどうかは別として、目に意思と力は込めた。ど、どうかな……？　少なくとも、今にも襲いかかろうとしていたあの体勢は崩しているみたいだけど。ちょっぴり不安になり始めた頃、魔物たちが反応を見せ始めた。

「んにゅ？」

変な声が出た。いや、だって……魔物たちが一斉に道を開けて、頭を下げているんだもん。あまりの素直さに驚くよね。うぉぉ、すごい光景だ。ありがたく通らせてもらおう。

「ありがと。もうしゅこち、待っててね」

そんな風に魔物たちに声をかけながら、私はトコトコと歩いていく。道の先にはギルさんたち。みなさん、呆気にとられた顔をしてらっしゃる。シェルメルホルンでさえ、だよ？　うん、気持ちはわからないでもないけど。

「魔王の、威圧……？　まさか、まだ世代交代をしていないというのに……」

「血の繋がりってヤツかもなぁ……」

ギルさんとニカさんが、こちらを見つめたまま呟き合っている。威圧？　そんなものはした覚えがないんだけど……いや、命令したし、あれが威圧になったのかも。これまでは魔王同士で血の繋がりがなかったからこうはいかなかったけど、私には魔王の血が流れてるから、世代交代前でも威圧が使えたってことだろうか。うーん。でもたぶん、偶然だよ。同じことをやれって言われてもきっと無理！

さて。近くに来てみたらみんなの傷だらけ具合が良くわかる。うぅ、痛々しい……よし！

「シズクちゃん。さっきのお薬の霧《くしゅり》、みんなにかけてあげてほちーの」

『魔物や、アイツにも……？』

「うん。ダメかなぁ？」

シズクちゃんの言うアイツとは、シェルメルホルンのことである。嫌な人だけど、やっぱり傷ついているのを見るのは嫌なんだもん。一応、私のお祖父ちゃんなわけだしさっ。

『ダメじゃないのだ。御意なのだ！』

少し納得がいかない感じが伝わってきたけど、私の言った通りにこの周辺に霧の薬を撒き散らしてくれた。範囲が広くて渡す魔力が多いのと、さっき魔力をたくさん使ったのとで、いくら魔力総量が増えたといえどややフラフラである！

あ、そうだ。魔力回復のお薬を持ってきてたんだった。バナナ、じゃなくてナババ味のお薬を水筒に入れてもらったんだよねー。一人亜空間からいそいそと水筒を取り出し、コップにお薬を注ぐ。

「んちょ、んちょ……よち。いただきましゅ。……んー、ちょっと苦いけどおいちー！」

ふぅ、魔力も少し回復したよ！　コップのお薬をグビッと飲みきって亜空間に水筒をしまったところでみんなの視線にはたと気がつく。な、なによぅ、その微妙な顔。呆気にとられたような、微笑ましげなような、驚いたような、なんか色んな感情ごちゃまぜになったような顔！

「メグ……」

そして脱力したような呆れたような安心したような声をもらすギルさん。えぇい！　細かいことはいいんだよ！　ってことでギルさんの腕の中にダーイブ!!

「ただいまでしゅ！　ギルしゃん、ケガだいじょぶ？」

「……ああ」

ギルさんは優しく抱きとめてくれる。たくさん血が出てたから心配で、上を向いて話しかけた。

でもすぐにギュッと抱きしめられてしまったので、一瞬しか顔が見えなかった。

だから、気のせいだったかもしれないけれど、ギルさんは眉間にシワを寄せて、今にも泣きそうな顔をしていたような気がしたんだ。

「怖い思いをさせて、すまなかった……」

「ギルしゃん……？」

「二度と、離れない。俺が護る。あまり、説得力がないだろうが……」

背中に回された手が震えているのを感じた。そっか、怖かったんだ。言ってたもんね、怖いって。

私の方こそ、ごめんなさいだよギルさん。

「信じるでしゅ。私も、ギルしゃん怖がらせて、ごめんなしゃい」

小さな手で、ギルさんの背中をポンポンと叩く。

「もう大丈夫でしゅよー。頼りないかもちれないでしゅけど」

そうあやすように言うと、フッと小さく笑う気配がした。

「いや、十分すぎるほど頼もしい」

そう言いながら見せてくれたギルさんの顔は、今まで見た中で最高のイケメンスマイルでした。

眩しい！

「再会が喜ばしいのはわかりますが、今はそれどころではありませんよ」

「根本的問題は解決してないからなぁ」

「わかっている」

クロンさんとニカさんの言葉にハッとしたのはどうやら私だけの様子。ギルさんはちゃんと、警戒を怠ってなかったようだ。さすがである。

「ドラゴンブレスが来ますよ！」

「おっと、あっちもすげぇオーラ放ってるぞぉ」

おお、あっちもこっちもほのぼのした再会なんか構ってられないってことかな？　よし。問題は一個ずつ解決しようね。というわけで、提案します！

「魔王しゃん……父しゃまの方は、何とか出来ると思いましゅ」

「何……？」

「どういうことです？」

ま、そうだよね。こんなちびっ子が何をって思うのが当たり前だ。でもさっきも今も、魔物たちを大人しくさせている事実があるから、聞く耳を持ってくれているようだ。

「ショーちゃんがいるから、ちゃんと父しゃまに声を届けられるでしゅ」

私の精霊事情をよく知らないクロンさんに、ショーちゃんの能力を簡単に説明すると、クロンさんはすぐに表情を明るくさせた。

「！　なるほど、それはやってみる価値ありですね。メグ様の声なら尚更、ザハリアーシュ様の心に響くでしょうから」

正確に意図を読み取ってくれたクロンさんがすぐに賛同を示してくれる。理解のある人はやはり違う。

「でも、シェルメルホルンは今もメグを狙ってるぞぉ？　うぉっと」

こうして打ち合わせしながらも、シェルメルホルンや龍の攻撃を躱していく皆さま。私？　ギルさん抱っこですよ、そりゃ。ギルさんは私を抱っこしてるから片手しか使えないけど、攻撃を仕掛ける訳じゃないから大丈夫だって。軽やかに無駄のない動きで避けるギルさんに尊敬の眼差しを向けてしまう。

「このままでも、声は届けられるんだろう？」

「あい！　でも出来れば、でしゅけど……もう少し近くに寄りたいでしゅ」

ドラゴンになっている今、とても大きいから私を見つけるのは困難だと思うんだ。いくら声が届けられるからって、私の姿が見えるのと見えないのとじゃ大きく変わってくる気がするしね。

「では、私とニカさんで時間を稼ぎましょう」

「だが、あまり長くは無理だぞぉ？」

「だそうだ。いけるか？　メグ」

そうだよね。でも、魔王さんが正気に戻れば一気に楽になるはずだ。出来るか出来ないかではなく、やらなければ。

「あいっ！」

「よし。じゃあ、頼むぞ！」

私の返事を聞いたギルさんは、少しだけ口角を上げて頷くと、二人に合図を出してすぐに駆け出した。ニカさんとクロンさんは逆方向、つまりシェルメルホルンに向けて走り出す。

「ショーちゃん、お願い！」

『いつでもオッケーなのよー！』

ギルさん抱っこの状態ですが、ギルさんは攻撃を避けながら移動しているのでなかなかにハードな動きである。せめて噛まないように気をつけねば！　では。いざ！　説得第二弾だー‼　私は再び息を大きく吸い込んだ。

「暴れる父しゃまなんか、キライでしゅーっ‼」

ふぅ、大声で叫ぶのってスッキリするね！　ショーちゃんもキチンと仕事をこなした模様。魔王さんの脳内に直接この声を届けてくれたはずだ。……ん？　なんかやけに静かじゃない？　不思議に思ってギルさんの顔を下から見上げた。

「メグ……！」

口元を押さえてプルプルと震えるギルさん。あれ？　笑ってる？　すごい、貴重だ！　じゃなくてー。

「なんで笑うでしゅかー」

解せぬ。そう思ってプンスカしているとギルさんはさらに震えだした。何かがギルさんの笑いの琴線に触れたのかもしれない。なんでー？

「ものすごい威力ですね！　効果は抜群ですよ、メグ様っ！」

少し離れた位置からは嬉しそうなクロンさんの声が聞こえてきた。え？　効果は抜群？　ふと視線を巡らせるとその言葉の意味がわかった。

「い、い……嫌だ‼　それだけは嫌だ‼　娘に嫌われたら生きてはいけぬっ‼」

いつの間にか人型に戻っていた魔王さんが、あちこちから血を流しつつもそう叫び、嘆き悲しみながら地面に両手両膝をついておりました。

あ、戻ったわ。


落ち着きを少しだけ取り戻した魔王さんは、ポツリポツリと言い訳を話し始めた。

「暗闇の中で我は葛藤《かっとう》していた。怒りに意識を奪われてはならぬとわかってはいたのだが、どうしても許せぬ所業だったからな。そうしたら、そうしたらメグが……！」

「パパなんか嫌い発動《はちゅどう》？」

「ぐあっ！　やめるのだ……！　それだけは死んでも嫌であるぞ‼」

胸を押さえて苦しむ魔王の図。死より恐れるのは娘からのキライ発言。ひょっとすると娘な私は最強なのかもしれない……やや遠い目になっているとようやく笑いの発作から立ち直ったギルさんが口を挟んだ。

「ともあれ正気に戻ったのなら、まずは魔物をどうにかしてくれないか。恐らく各地で暴れている」

「む、そうであったな。少し待て」

そうだよね、問題はまだあるのだ。ギルさんの発言を受け、魔王さんは再びドラゴンの姿になった。それから天に向かって咆哮する。

世界の隅々まで響き渡るんじゃないかというほどのその咆哮は、近くにいる私にとっては大ダメージ！　……というわけでもなく、不思議と耳にこない。何というか、直接心に響いてくるというか？　そしてそれは魔王の復活を意味していて、それだけでもう大丈夫なんだ、という安堵感をみんなに与えた。ほぉぉ、こういう姿は素直にカッコいいって思うよね！

「これで大丈夫であろう。残る問題は……やはりヤツか」

すぐに人型に戻った魔王さんは、鋭い目付きでシェルメルホルンを見つめた。まだ目には怒りの色が見えるけど、大丈夫かな？

「……こわい父しゃまに、ならない？」

ちょっぴり不安になったので、ギルさんに降ろしてもらった私は側に駆け寄り、魔王さんの服の裾をチョイチョイ引っ張ってそう問いかける。私に気付いた父しゃまは、一瞬だらけきった笑みを浮かべたけど、すぐに片膝をついて私に目線を合わせて答えた。

「イェンナは……もういない。そしてヤツのしたことを我が許せぬのも変わらぬ。だが、我には我を思う家族のような仲間がおる。そして、実の娘も」

魔王さんの大きな手が私の頬に触れる。……あったかい。

「それを思い出させてくれたのは其方《そなた》だ、メグ。感謝している。愛しき娘よ」

やだ、ちょっとカッコいいぞ⁉　イケメンパパだぞ？　なんて嬉しいことを言ってくれるのだこの人は。だから私は心から笑って、魔王さんの手に頬擦りしながら返事をした。

「あい！　私も父しゃま、しゅきでしゅ！」

「！　……ぐふぉあっ！　我慢してはみたがダメだ！　何だこの可愛らしさは⁉　我が娘は世界一可愛いぞ！　うぉぉぉぉっ！　父は早急に問題解決してみせるぞ、刮目《かつもく》せよ！」

悶え苦しんだかと思ったら突然やる気に溢れて物すごい勢いで駆けて行った魔王さん。その場にポカンと立ち尽くすギルさんと私。

「……締まらないな」

「まぁ、でも、父しゃまらしーでしゅ」

思わず顔を見合わせてクスッと笑い合う。まだ最後の強敵がいるけど、きっと大丈夫だ。何とかなる。

「行くか」

「あい！」

遅れて私たちも歩き始めた。危ないからって少し離れた位置にはなるけど、シェルメルホルンの元へ、ギルさんの抱っこで、ね！

風を中心としたあらゆる魔術が飛び交っている。シェルメルホルンの風の刃や竜巻、それらを魔王さんが様々な魔術で打ち破り、軌道を逸らし、時に消滅させていく。どちらもその場からはほぼ動かず、これといって息も上がっている様子はない。私なんかさっきの魔術連続行使だけで精神的にヘロヘロになったのに！

「馬鹿は馬鹿らしく暴れていれば良かったものを」

「ふっ、確かに我は馬鹿である。それは認めよう」

あぁ、親馬鹿ですものね、と魔王さんが来たことで戦線離脱したクロンさんが無表情で呟く。思わず吹き出しちゃったじゃないか！　なんだこの緊張感のなさは。今もなおシェルメルホルン対魔王さんで激しく魔術バトル中だというのに。でも、何となく魔王さんが押してる気がするんだよね。どことなく安心感があるというか。

「だが、そのまま我に暴れていて欲しかったと望む時点で、我の方に勝機があるということであろう？」

「……ゴミが何を言う」

でも、どちらも決定的な一撃を打てずにいる感じだ。魔王さんはその身体能力によって、シェルメルホルンは人の考えを読むという特殊能力によって、相手の攻撃をうまく交わしたり受け流したりしているのだ。高度すぎる。きっともっと複雑なやり取りをしてたりするんだろうな。永遠にわかる気がしない。

それからどれほどの時間、そうしてやり合っていただろう。いつまでも決着がつかないまま時だけが流れていく。じゃあその間、何の変化もなかったか、といえば否である。

「大体人が神になれるわけがなかろう！　生まれた瞬間からその種族のままだ！　其方は駄々をこねる幼子のようであるぞ！」

「黙れ小童《こわっぱ》が！　知った風な口を叩きおって！　運命は変えられるのだ！」

「拗《こじ》らせハイエルフめ！」

「拗らせてるのはお前の方だ、デカイだけのミミズめが！」

罵《のの》り合いが激化しております、はい。何というか低レベルになってきてない？　魔術だけは無駄に高レベルだからこそのこのギャップ。実は二人とも疲れてきてるんじゃないのかな。主に精神的に。みんなもそろそろ呆れモードである。

「其方にメグの将来を奪う権利などない！」

「ふんっ！　私のために力を行使することほど幸せなことはないわ！」

おや？　私の話になってきたぞ。

「せっかく持って生まれたスペックが高いのに……生温《なまぬる》い環境で育ってその能力を生かせぬようでは生きてる意味など皆無！」

シェルメルホルンのその言葉には嫉妬の色が混ざっていた気がする。でも、いい加減に私もイライラしてきた。人を道具かなんかと思ってるその考え！

「このままでは役立たずに成り下がる！　どうせ今も自分では何も出来ない穀潰《ごくつぶ》しが。大人しく私の指示に従っていればいいのだ！　食うにも着るにも困らない生活を与えるのだから文句もないだろうがっ!!」

人を、何だと思ってるんだ。

「子どもなど、生かしてもらってるだけ、ありがたく思うべきだ！」

長引く低レベルな罵り合いですでにイライラし始めていた私は、ついに爆発してしまった。

「……うるっちゃぁぁぁいっ!!」

もぉーっ怒った!!　みんなが目を丸くしてこっちを見てるけど、気にしないもんね！

「さっきから聞いてればっ、何しゃまなんでしゅか？　ハイエルフしゃまでしゅかっ!?　結局、まだ神しゃまになれたわけでもないのに図々しいでしゅっ！」

「なっ、なっ……！」

私がキレたのがあまりにも予想外だったのだろう。シェルメルホルンは二の句が告げられずにいる。辛辣《しんらつ》ですね、という冷静なクロンさんの声が耳に入った気がしたけど気にしない。一度爆発してしまった私の叫びは止まらないのである！

「しょれに、族長命令なんて絶対聞かないでしゅからねっ！　私をちゅかまえても、言うこと聞かない子どもにイライラちたらいーんでしゅっ！　大体ハイエルフなんて……ちょっとしゅごいエルフなだけでしゅ！」

「ちょっとすごい、エルフ……」

やはり冷静なトーンでクロンさんが私の言葉を繰り返して呟いた。魔王さんもニカさんも揃って呆気にとられた顔をしている。

「区別なんかつけるからいけないんでしゅ！　私は、ハイエルフじゃなくていい！　エルフでいーでしゅ！　オルトゥしゅ看板娘のちっちゃなエルフでしゅーっ!!」

ぜぇぜぇと肩で息をする。そう、私はエルフだ。そもそも最初はそうだと信じてたわけだし。ハイエルフの血が混ざってるからこの郷に入れたわけだけど、それって結局エルフ族のハイエルフさん家《ち》の血筋ってだけだ。親戚だから入れた。そういうことでしょ？　だから私はハイエルフだと認識されたに過ぎないんだ。氏がハイエルフ、名がメグってだけの話なのだ。

「しょれに、ハイエルフよりエルフの方が言いやしゅいし……」

あ、これはどうでもいいかな。でも私にとってはかなりの重要事項なんだもん。

……沈黙が流れた。かと思ったらなんか揺れてる⁉　地震⁉　と思ったけど違う。これ、ギルさんが揺れてるんだ。

「なんで笑うでしゅかー！」

私がそう叫ぶと余計に笑い出すギルさん。やっぱり笑い上戸《じょうご》よね。すると、その光景を見ていた魔王さんやクロンさん、ニカさんも大きな声で笑い出してしまった。なぜ！

「敵わぬな、メグには！」

そう言って笑顔を向けてくれたのは魔王さん。それから全身の力を抜いて佇まいを直し、シェルメルホルンの方へと身体を向けた。

「シェルメルホルンよ、もう辞めぬか？　くだらぬとは思わないか？　幼子を利用しようとするのも、我らがそれで争うのも」

魔王さんは、諭《さと》すようにシェルメルホルンに語りかける。けど、当然聞き入れようとはしない。

「我らがハイエルフの長年の夢をくだらないというのかっ‼」

「違うよ！」

声を荒げてそう言うシェルメルホルンに、思わず口を挟んでしまった。ふと、前にお父さんに聞いた話を思い出したのだ。

「聞かせてくだしゃい。なんで、神になりたいんでしゅか？」

「……愚問だ。人という低能な生物にはわかるまい」

んもー、頑なだな。

「でも、そのていのーな人がいなければ、神にはなれないんでしゅよ？」

「……なんだと？」

そう。神というのは信仰を向けられる対象だ。人が心穏やかに過ごせるためのいわば縁《よすが》なんだって聞いたのだ。幼い頃、神様はいるの？　っていう子ども特有の質問をした時にお父さんがそう教えてくれて、幼心にものすごく納得したのを今も覚えてる。だから、真実はどうあれ、私はこの考えを信じ続けていたりするんだ。

「人に感謝されたり、信仰されたりしないと、神しゃまとは呼べないんでしゅ。それでも神と名乗るなら、それはただの名前に過ぎないんでしゅよ。……あなたは、そのてい、い、い、いのーな人から感謝されてるんでしゅか？」

もちろん、これは私なりの考えだ。神は神としてその存在が確立しているって思う人もいるだろうし、他の考え方の人もいると思う。シェルメルホルンは、私とその辺りの捉え方が違うだろうから、聞く耳を持たれないかもしれないとは思ったんだけど……なんだか、どうしても伝えずにはいられなくなってしまったんだ。

ジッと見つめた先にいるシェルメルホルンは、眉間にシワを寄せてとても嫌そうな顔をしてたけど、口を開くことはしなかった。呆れてるのかな？　こんな子どもが何を、って。でも、黙っているならこれ幸いと、私は再び言葉を紡ぐ。

「神しゃまはえらい人じゃないんでしゅ。神しゃまは、人が勝手に頼って、祈って、時にすがって。信じたいから信じるんでしゅ。人を支配出来る存在じゃない。そんなの、私は神しゃまって信じたくないでしゅ！」

私は正直、神様に対する信仰心はない。元無宗教派の日本人だからね。強いて言うならお腹痛い時に神に祈るかな？　つまりそんなものである。

でも、神様の存在は信じている。きっと神様は存在するけど、人に対して何かすることはないんだろうなって思ってるのだ。神様は、人がそれぞれの意思で動くのを眺めていろんな思いを巡らせているのかなって。時々気まぐれに手を出したり、何か失敗してしまうこともあったりもするんじゃないかって。そんな風に想像しちゃってる。あれ、私の中の神様は人間味が溢れてるなぁ。

それにね、神様になれたとしてもきっと何も出来ない。出来ることは限られていて、ある意味人よりも制限が多いんじゃない？　会社だってえらい人は自由が少なかったりするでしょ。あれと同じで。……つくづく人間の考え方だなぁって思うけどさ、神様が万能な存在なら、全ての人、全ての生き物が幸せなはずじゃないか。万能なんだからそのくらい出来るでしょって、傲慢《ごうまん》にも思ってしまうんだ。

つまり、だ。こうして神様のことについてあーだこーだと想像を巡らせても、意味はないんだ。だって正解なんてわからないし。結局、私が何を言いたいのかというとね？

「神しゃまを目指すんじゃなくて、なりたい自分を目指してくだしゃい」

そのなりたい自分というのが、人を支配出来る独裁者だったとしたら、それはもう仕方ない。戦争になるしかないよね。でも、そうなったら微力ながらも私だって止める。私はみんなが笑顔になってくれるようなオルトゥスの一員になることを目指しているんだもん。

行く手に立ちはだかる壁を乗り越える権利は、みんなに等しくあるのだから。

私の言葉を最後まで聞いたシェルメルホルンは、数秒の沈黙を挟んでついに口を開いたのだ。

4 ただいま

「……興《きょう》をそがれた」

たった一言。この一言だけをポツリと呟き、シェルメルホルンはくるりと踵《きびす》を返して立ち去ってしまった。……え？

「え？　え？」

私が戸惑っていると、立ち去っていくシェルメルホルンの背中を見ながら軽くため息を吐いたマーラさんが近付いてきた。

「もう、貴女を狙わないってことよ。それどころかたぶん、もう何もする気は無いと思うわ。……人の世のギルドの運営からも手を引くでしょうね」

「それは……そう見せかけて策を練り直すという可能性は？」

マーラさんの言葉にクロンさんが疑問を投げかける。尤《もっと》もな疑問だ。だって、あれだけギルドを大きくしたのに。かなりの時間がかかったはずだよ？　特級の称号まで得たんだから。それに、これまでずっと執着してきた神になるという夢をこんなことで諦めるというのだろうか。

「あの子はね、子どもなの。昔から何かに熱中しては、ある日突然一瞬で熱が冷めてしまって。それから二度と同じことはしないのよ」

それはつまり……飽きてしまった、ということ？　いくらなんでもあんまりだ。確かに子どもだと言われればそうかもしれないけど、なんか釈然としない。

「キッカケはメグの言葉だわ。どう思ったのかはわからないけれど、確かにあの子の心に何かを残したのだと思うの。……だから、ありがとう。メグ」

「えっ、私は別に大したことは言ってないでしゅよ？」

お父さんの言葉の受け売りなわけだし。むしろ生意気言っちゃったなって思ったし！　そう思ってアワアワしてたら頭を撫でられてしまった。て、照れる！

「それはそれで良かったのかもしんねぇが、ネーモはどうなる？　たぶん、頭領たちに壊滅間近まで追い込まれてると思うが……残されたギルド員への責任を放棄するつもりかぁ？」

「全員がしょっぴかれて処罰されるわけではないでしょうしね。事情の聴取はされるでしょうけど」

確かに、ニカさんやクロンさんの言う通りだ。お父さんたちがギルドを壊滅寸前まで追いやったというなら、処罰されるにしろされないにしろ、残されたギルドメンバーは路頭に迷うことになってしまう。ある日突然、倒産したってことでしょ？　なにそれ、怖い。そうなれば、その人たちは今後どうやって生きていくのだろう。ちゃんと次の所属がすぐに決まればいいけど、この世界では転職ってうまくいくのかな？

「私が後を引き継ぐわ」

頭を悩ませていると、マーラさんからそんな声がかかった。見れば、自分も手伝うと意欲を示すハイエルフが他にも数人見られる。

「私たちにも責任はありますからね。私は特に、あの子の姉だし……いい加減、我関せずなのはよくないでしょう？　それに」

そこで一度言葉を切ったマーラさんは私を見て、ウインクをしながら続きを口にした。

「私たちはちょっとすごいエルフにすぎないんだもの。なりたい自分を目指すためにも、外の世界へ飛び出してもいいと思うのよ？」

「はわわっ！」

しまったー！　私の言葉に気を悪くしちゃったかな⁉　と思ったけど、みなさん楽しそうにクスクス笑うのでそういうわけではなさそう？　うう、それでもなんだかごめんなさい！

「ネーモの再建か……？　だが、おそらく特級は剥奪《はくだつ》されるぞ」

ギルさんが難しい顔で言ったけど、まぁそうだよね。こんな風に大事になっちゃったんだもん。これまでの悪事も色々と見つかっちゃうだろうし。だと言うのにマーラさんは全く気にした様子もなく嬉々として答えた。

「その方がいいわ！　メンバーはそのまま引き抜かせてもらったりするけれど、また最初からやり直した方が楽しいもの。名前も変えちゃいましょう。ふふ、久し振りに人生に張りが出てきた気がするわね」

希望者だけを引き抜こうかしら、意識改革もしがいがありそうね、とマーラさんはなんだか楽しそうだ。放っておいたら碌《ろく》な人生を送らなそうな者は無理にでも引き抜こうかしらね、とも。た、頼もしい！

「それに、手伝ってくれそうな仲間もいるもの。きっと私たちは知らないことも多いし、苦労もするだろうけれど。力を合わせて残されたギルドメンバーの性根も叩き直してみせるわ」

マーラさんがハイエルフ仲間の方へ振り返ってそう言うと、何人かが力強く頷いている。うん。仲間がいるって本当に何よりも頼もしいよね！

「……シェルメルホルンは、本当にあのままでいいのだろうか」

ふと、これまで黙っていた魔王さんが控えめにそう尋ねる。気持ちはよくわかる。私だって未だに不安だもん。

「私たちにはもう、暗示は効かないわ。あの子は全てを放棄したの。族長の肩書きもね。郷に残る仲間と連絡を密に取り合って、あの子の様子を見守ろうと思うから、貴方たちは心配しなくて大丈夫よ」

「族長の肩書きも放棄？　わかるのですか？」

「ええ。私たちを縛っていた心の枷《かせ》が取れた感覚があるもの」

心の枷？　言われてみれば？　うーん、わかるようなわからないような。そう言えば私、途中から族長命令に逆らえてたよね？　無意識だったけど。

「メグにはわからないかしら？　だとすると、貴女は自ら枷を外せたのでしょうね。……貴女だから出来たことよ」

「そう言えばメグは途中で自分の意思で動けてたなぁ？」

「なるほど、半分はザハリアーシュ様の血が混じっているからでしょうね。故に拘束力が他のハイエルフよりも弱かったのですね」

きっとそう言うことよ、とマーラさんがクロンさんの見解に同意したので、まぁ多分事実なのだろう。だって、そうでもないとマーラさんたちに出来なかったことが私に出来るとは思えないもん。

そう思うとやっぱり。

「父しゃまが、私の父しゃまで良かったでしゅ」

うん。魔王さんの子で良かった。素直にそう思ったから口にしたしたんだけど……。

「ぐはぁっ……！　そんな嬉しいことを言ってくれるのか我が娘は……!!」

「お気持ちはわかります。今は特に害もないので思う存分悶えてくださいませ、ザハリアーシュ様」

一人の親馬鹿の心臓を射止めてしまったようでした。うぉぉ、と膝をついて胸を押さえ、反対の手で顔を覆い天を仰ぐ姿は相変わらず残念な魔王さんだ。ま、そこが魔王さんらしいんだけどね！

ひとまず一件落着、なのかな？　どうも妙な解決にはなったし、思うところもあるけれど。じわじわと実感が湧いてきて、ついつい頬が緩む。

「……帰るか」

ギルさんのその一言に、もはや笑顔になるのを止められない。帰る。帰るんだ、オルトゥスに。

「そうだなぁ。ギルドも無事か心配だしなぁ！」

あ、そうだよね！　サウラさんやジュマくん、ルド医師やレキ、メアリーラさん……みんな無事かな？

「あなた方の頭領にも解決した旨をお知らせしなければならないのでは？」

「しょーでちたっ！」

クロンさんに言われて思い出す。忘れるところだったー！　早く知らせないとお父さんたちもこっちに来ちゃうもんね。無駄足になってしまう。せっかくだからカーターさんのジグルくんにも同じ伝言を送ろうっと。私は慌ててフウちゃんとホムラくんを呼び出した。そして待つこと数分。シュリエさんからの返信が先に届く。

『向かっていたところですが大丈夫ということならこのままギルドへ帰還します。帰ったら色々聞かせてくださいね？　色々と！　、だそうでーすっ！』

「うわぁ……」

つい漏らしてしまった声とともに伝言をみんなにも伝えると、魔王さんが誰よりも顔を引きつらせていらっしゃった。

「わ、我は城に戻るとしようか……」

「ユージン様は魔王城にまで来て説教するでしょうね。勝手に城へ帰れば嫌味も増えるかと」

「よし、オルトゥスへ戻るぞ」

「理解が早くて結構ですね、ザハリアーシュ様」

ガックリと肩を落として観念した様子の魔王さん。あー、まぁ、叱られるかもしれないよね。がんばれ。

「じゃ、今度こそ帰るかぁ！」

ニカさんがそう切り出したので、私は少しだけ待ったをかけてマーラさんの元へ駆け寄る。最後に一つだけ！

「マーラしゃんも、しゅぐにネーモに行くでしゅか？」

「少しだけみんなと話し合ってからかしら。今すぐには行けないわ」

ほんの僅かに眉を下げて答えるマーラさん。そうだよね、そんなにすぐには郷から出られないよね。わかってはいたけどちょっぴり寂しい。でもいつか郷から出るのなら、また会えるよね！ここにまだいるというのならば、余計にきちんとお願いしておかないといけない。私はマーラさんをはじめとしたハイエルフの皆さんの方へ身体を向けて、ペコリと頭を下げる。

「勝手なお願いだと思うんでしゅけど……母しゃまのお墓を直ちてくだしゃい！　お願いちましゅ！」

「ああ、メグ……」

粉々になってしまったイェンナさんのお墓。そのままなんて、悲しいもん。本当は私が直したいけどそんなに時間はないし……ここは頼むしかないと思ったのだ。すると頭を上げてくれ、と一人のハイエルフの青年が声をかけてくれた。

「それはもちろんさ。私たちは仲間を大切にする」

「あ、ありがとうごじゃいましゅっ!」

「それに……またいつでも来るといい。むしろ手を合わせに来てくれ。君ならいつでも歓迎するよ。さすがにハイエルフ以外の人物が誰でも来られるように、とはいかないが」

思わずパチクリ、と一つ瞬き。また、来てもいいの？　そう思ってついギルさんの顔を見上げた。抱っこのままだったから顔が近い。至近距離で優しく微笑み、頷いてくれたギルさん。

「あいっ!　また来るでしゅ!」

私が元気に答えると、待っているよとみんなも優しく微笑んでくれたのだった。


マーラさんたちにお別れの挨拶をした後、行きと同じように私はギルさんにコウノトリ式で運ばれ、ニカさん、クロンさんはドラゴンな魔王さんに乗って大空へと飛び立つ。いつまでも手を振ってくれるマーラさんたちに、私もその姿が見えなくなるまで一生懸命手を振り続けた。

『メグ、落ちないように気をつけてくれ……』

あまりに身を乗り出しすぎてバランスを崩したらギルさんに懇願《こんがん》されてしまった。申し訳ない……もっと体力と魔力が増えたら、ギルさんの背に直接乗りたいな。メグと一緒になったおかげでかなり魔力量も増えたけど、まだまだ足りないからね。少し成長した私がカッコよく影鷲ギルさんに跨《またが》る姿を密かに想像しながら、私は空の旅を楽しんだ。

世界は相変わらず綺麗で、でもここは日本とは違う異世界で……ううん、日本が異世界になるんだ。だって私の現実はここにある。ここが私の故郷なんだって、自然と受け入れることが出来た。

私はようやく、この世界の住民になれたのだ。

山がだんだん小さくなっていく。今の私が生まれた場所。今度来る時は、ハイエルフのみなさんに何かお土産も持って行こう。……受け取ってもらえるかはわからないけど、一応シェルメルホルンにも。だって私のお祖父ちゃんだし。あの人のせいで散々な目に遭ったし、色々と大変だったのは確かだ。でも、どうも憎めないというか、ね？　いや、酷い人だとは思うんだよ！　だけど良く考えてみたらただの極悪人ではない気がしてきたわけ。なんだかんだで、手加減してくれてたと思うんだよねぇ。みんなかなり血を流したけど、致命的な怪我はしてないし。

チラッと布の隙間から上を見る。影鷲姿のギルさんの腹部がちょうど見えた。羽毛がもっふもふ……じゃなくて、ここからは怪我が見えない。つまり、あの背中から貫かれたと思った攻撃は、貫通まではしてなかったということだ。みんなの手当てをしていた時にギルさんも言ってた。ギリギリ急所は外れているから問題ない、って。きっと、わざと外したんじゃないかなぁ、って。だってあの至近距離であのシェルメルホルンが急所を外すとは思えないんだもん。

それにね？　致命傷を負わせたことはあってもとどめを刺した話は聞いたことがないってみんなが言ってたんだ。人に対して扱いは酷いし暴力は振るうしで、それはそれでどうかとは思うんだけど……でも、ちょっぴり。ほんのちょっぴりだけ、その、人らしいとこがあるんだなって。そう、思ったんだよね。ハイエルフ以外は虐殺だなんだって話を聞いていたけど、あれはただの噂で、本当は人を殺したことまではないんじゃないかなって。

でも、まぁ。本当のところを知っているのは本人だけ。聞いたところで答えちゃくれないだろうし、単なる私の勘でしかないんだけどね。夢を諦めて、私からもギルドからも手を引いた理由も本人にしかわからない。真相は闇の中、ってことになるのかな。

空の旅はいつの間にか終わっていた。え、えへへ。私ったらまた寝ちゃってたみたい。空飛ぶ影鷲籠はゆりかごの如《ごと》し。抗えまい。色々と頑張った後なんだから抗えるわけがないのだ。何もなければたぶん、朝まで起きなかった自信はある。ではなぜ目覚めたのか？

「うおおっ！　メグ！　兄ちゃんはやったぞぉぉぉっ!!」

「んにょっ!?」

「馬鹿ジュマっ！　メグちゃんが起きちゃったじゃないのっ!!」

あれ、デジャヴ？　前にも似たようなことがあった気がする。きっと気のせいではない。と、こんな感じで強制的に起こされてしまったのだ。ちなみにギルさんも魔王さんも人型に戻っており、私はギルさんの腕の中である。みんなが揃ってジュマくんに冷ややかなオーラを放っている。まだ眠いは眠いけど、ギルドの皆さんとも会いたかったし、私は起こされて良かったと思ってるよ！だからほら、許してあげてー！

「頭領たちはまだなのかぁ？」

「たぶん明日の朝には帰ってくると思うわ。シュリエの精霊からカーターの精霊に連絡があったから」

ニカさんの問いに絶賛トラップでジュマくんをお仕置きしながらサウラさんがそう答えた。お仕置きは免れなかったようだ。だ、だけど、逆さ吊りにしているだけなので、たぶん優しい罰だ。たぶん。

でも、そっか。お父さんに会えるのは明日かぁ。安心したような寂しいような。

「わ、我はやはり城に……」

「あらどこへ行くおつもりかしら、魔王様？　ちょぉっとばかり手伝って欲しいことがあるんですよねぇ。な・ぜ・か、街の周囲が荒れているものですから。な・ぜ・か・ね？」

「よ、夜通し手伝おう……」

「話が早くて助かるわっ！」

サウラさんの笑顔が怖いっ！　魔王さんも顔が引き攣《つ》ってるよ。威厳はどこへ。でもまあ、たぶん魔物被害がここまで来ていたのだろう。早めに収束したとはいえ、魔物が集まって暴れたのならそれなりに荒れているよね……。

「城に戻るのはこちらでやることを終えて、各地の魔物被害状況を見て回り、可能な限り後始末をしてからですね。……書類で部屋が埋まらないといいですね、ザハリアーシュ様」

「恐ろしいことを真顔で言うでないクロンよ！」

当分魔王さんの休息はなさそうである。南無。

さて、ギルドに着いたところでお腹も空いたしいざ食堂へ！　の前に寄らなきゃならない場所、それは医務室。みんな大怪我してたんだから当然ですっ！　それなのに。

「よし、まずはメグから診察しような」

ルド医師の言葉には誰もが当然というような顔を見せている。なぜか私がトップバッター。解せぬ。というかみんな過保護なのよね、きっと。

「うん、擦り傷が少しあるくらいで問題ないようだね。ただ魔力総量が一気に増えたみたいだ。身体に負担がかかっているはずだから、今日はしっかりご飯を食べて早めに寝るようにね」

「あい！」

たくさん食べてたくさん寝るのは私も大賛成なので元気よくお返事。だって疲れたのは本当だもんっ。だからみんなその生温い眼差しはやめてっ！

「……今日は医務室で寝ろ」

「う？　どーちて？」

すると、レキからそんな指示が。大変な一日だったから心配してくれてるのかな？　そう思って首を傾げると。

「いいから、黙って言うこと……！」

「レキ。ちゃんと患者に説明しなさい」

「うっ……」

有無を言わさずなレキの対応にルド医師からお叱りの言葉。おぉ、レキが言葉を呑み込んだ！

「……夜中、僕が診ててやる」

「レキが？」

何が恥ずかしいのかレキは顔を真っ赤にしてそっぽ向いたままそれだけを言う。脳内は疑問符だらけである。すると仕方ないな、といったようにルド医師が補足説明してくれた。

「レキの癒しの効果は知っているんだよね？　メグが寝ている間にレキが側で手を握っていてくれる。そうすることで疲れた心を癒し、いつもよりぐっすり眠れるようになるんだ。人型でも癒しの光を出す訓練にもなるから協力してもらえないかな？」

「ふぉぉ、レキ、しゅごい。もちろん、お願いちましゅ！」

「う、わ、わかったらさっさと飯食って戻ってこいよ！」

なるほど、手を握ってくれる辺りに抵抗があった模様。さてはあわよくば私が寝ている間にこっそり握って気付かれないように、とか思ってたな？　全く照れ屋さん！

その後、ギルさんやニカさん、クロンさんや魔王さんも診てくれたルド医師。傷口の処置をした後、暫く大暴れさえしなければ大丈夫だと聞いてすごくホッとしたよ！　たくさん血が出てたのに、みなさんすごくタフですね……！　後は私の、というかシズクちゃんの治療薬の話を聞いてすごく褒めてくれた！　うふふ。今度研究させてくれと言われたので二つ返事で了承しました！

そうして問題なく検査を終え、医務室を後にした私たちはみんなで一緒に食堂へ。ウトウトしながらご飯を食べる私に魔王さんが慌てていたり、ギルさんに世話を焼かれたりした気はする。というのも、ちょっとあんまり覚えていないのだ。ごめんなさい。もう、眠気は限界なの……！

ああ、でも。帰ってきたんだなぁって、しみじみそう感じた。ここが私の居場所だ。

ただいま、オルトゥス。

その後の記憶は本当に曖昧だ。気付けば医務室のベッドの上で朝になってたからね。悔やまれるのは、レキの手繋ぎの記憶がないことだ。おそらく、朝になったからともうどこかへ行ってしまったのだろう。判断をミスるとは考えられないから、レキがいないということは私ももう大丈夫ってことだね。未だ嘗てないほどのかなり清々しい目覚めだったからちゃんと繋いでくれてたんだってことはわかるけど……くっ、恥ずかしがるレキを見たかった！　いつまでも落ち込んでもいられないので、私はすごすごと起き上がり、着替えを済ませることにしました。はぁ、残念。

「おはよーなのですよ！　メグちゃん、起きてますか？　メアリーラなのです！」

ちょうど着替え終わったところでタイミングよくメアリーラさんの声がカーテンの奥から聞こえてきた。すぐさま朝のご挨拶をすれば、メアリーラさんはカーテンの裏からヒョコッと顔を出して私を見、元気そうで良かったと笑ってくれた。うーん、笑顔が眩しい！

今日はそんなメアリーラさんと二人で朝食タイムを楽しんだ。終始ご機嫌なメアリーラさんを見ているのはとても楽しくて、こっちが元気をもらっちゃったよ！　食後は会議室での報告会に行くんだって。まぁ、色々あったもんねぇ。私も一緒に、だそうなのでしっかり食べて元気をチャージしよう。んーっ、卵焼きおいしー！

「ほぉーお？　それで、幼いメグの大活躍で、情けない魔王は我に返り、族長の問題もネーモの今後まで解決したのかぁ。いやぁ、すげぇなメグは！　ご褒美やらなきゃな！　……情けない魔王は何をしに行ったんだろぉなぁ？　んんん？」

「いやっ、待てっ、ユージンよ、話せばわかる……っ！」

メアリーラさんに手を引かれてやってきましたよ、会議室。すでに人は集まっていて、ワイワイとお話の最中だったようだ。ワイワイという表現が適切かは置いておく。

どうやら早朝に帰ってきたらしいお父さんたち。報告はすでに一通り終えたのだ、とすぐに私の元へとやってきてくれたギルさんが教えてくれた。遅くなっちゃったかな？　と申し訳なく思ったけど、最初から私が来る前には難しい話を終わらせるつもりだったらしい。子どもにはつまらない内容だからって。ま、まぁ今は子どもだから問題ないかな？　ともあれ、遅刻じゃなくて良かった！

ではそろそろ会議室の中心で繰り広げられている魔王さんへの説教に目を向けましょうかね。ニコニコと笑顔で魔王さんに凄《すご》んでいるお父さん。笑顔で凄むとか、なかなかやりマスネ……！

「あ、メグちゃんおはよう！　疲れは残ってないかしら？　聞いたわよー？　すごいわメグちゃん！　情けない誰かと違って！」

「ええ、さすがはメグです。見習って欲しいですね、情けない誰かに」

「ふふっ、メグちゃんはとっても頑張ったんだね。情けない誰かの相手も大変だっただろう？」

お、おう。サウラさん、シュリエさん、ケイさんからの怒涛《どとう》の言葉の矢が魔王さんの心に突き刺さっていく！　褒められるのは嬉しいけど、素直に喜べない……！

「まぁ、せっかく全て丸く収まったんだ。事後処理は色々あるだろうが、今日は宴会としようじゃねぇか！　アーシュにお小言は後でたっぷり聞かせてやるとして」

「まだ続くのか⁉」

「やったぜっ！　頭領わかってるぅ！」

絶望の表情を浮かべる魔王さんはちょっとばかりかわいそうだ……でも、仲がいいからこその仕打ちだよね。魔王という立場上、普段は人に説教されることも少ないだろうから、なんとか耐えてもらいたい。

ちなみに、宴会の単語にいち早く反応を示したのはジュマくんだ。見ればあちこち包帯だらけでかなりの重傷である。昨日は気付かなかったけど、そんなに怪我をしてたんだね、あのジュマくんが！　でも、すごく元気そうだからあんまり心配するのも変な気がしてくる。さすがである。

「おいおい、今回のヒーローはメグだ。メグの好きな料理を用意してもらおうじゃねぇか！」

「え？　私？」

ヒ、ヒーローですと⁉　私が⁉　いいのかなぁ？　みんな私を甘やかしすぎじゃないかなぁ？　モジモジしていたら、遠慮なく言っていいんだぞ、とお父さんに促された。みんなが生暖かい目で見守っている。なんだか恥ずかしい。

う、うーん。宴会か。みんなで食べられるようなものがいいよね。……そういえば、日本にいた頃、いつも何かお祝いごとの時に作っていたあれがいいかもしれない。お父さんと環の思い出の食事。でも、この世界で用意出来るかな？　そう思ってチラ、とお父さんを見た。

「ん？」

私の視線に気付いたお父さんは優しい眼差しで私を見た。

――今かもしれない。

そう思った。その目で、環として見られたいと思ったのだ。

「あにょ……」

「どうした？」

お父さんが私の前に片膝をついて目線を合わせてくれる。ど、どうしよう。上手く、言えるかな？　心臓が早鐘を打つ。

「……ちらし寿司が、いーでしゅ」

「……何？」

少し驚いたようにお父さんが目を見開く。この場にいた誰もがちらし寿司？　と首を傾げているから、もしかしたら知らないのかもしれない。この世界には、まだない料理なんだ。

「この世界で、再現出来る範囲でいーでしゅから」

「この世界、って……メグ、お前……」

何となく、私が今から自分のことを話そうとしてるって雰囲気が伝わったようだ。私の言葉を聞こうと、みんなが静かに耳を澄ませているのがわかった。

「デじゃートは、プリンがいいな。手作りの、シンプルなやつ。……しゅきでしょ？」

「そん、な、まさか……っ!?」

お父さんの手が震え始めた。それに気付いたのか、ざわめく気配を感じる。せっかくみんなもいるんだ。ちゃんと聞いていてもらおう。これは、今の私の家族であるみんなにも知ってもらいたいことだから。私はみんなが注目する中、言葉を続ける。落ち着いて、私。

「……ユージン、じゃないでしょ？　名前。ラーしゃんに、見せてもらったよ、名刺を」

お父さんは、目を見開いて言葉を失った。

「誰も読めないって言ってたけど、私はちゃんと読めたよ。それで、しゅごくビックリしたの」

「……言ってくれ」

祈るような眼差しで。どうにか絞り出したのだろう、お父さんのその声も震えていた。

「長谷川友尋《はせがわともひろ》、でしょ？　私の……お父しゃんの名前と、一緒」

「――――っ!!」

激しい動揺が見て取れた。瞳が揺れている。その瞳に映る私の顔も、今にも泣きそうだ。笑顔を作ってみせたつもりだったんだけど、酷い顔だなぁ、もう。

「お……お父、しゃん……」

私もどうにか声を絞り出す。その一言に、ギルドメンバーは息を呑んだ。

「……私、死んじゃったの……過労死で……」

ヒュッと誰かが息を呑む音が響く。ああ。ごめんなさい。ごめんなさい。

「せっかく、お母しゃんが産んでくれて、お父しゃんが育ててくれたのに……」

私は、なんて親不孝者なんだろう。

「じ、自分を、大切に出来ずに……死んじゃっ……!!」

言葉を、最後まで紡ぐことは出来なかった。どうしても泣かずに伝えることが出来なかった。

「ごめ、なしゃい……ごめんなしゃい！　お父しゃ……！」

室内に、私の泣き声だけが響いた。

5　おかえり

「環、なのか……？」
「……あい」
「本当に……？」
確認するように聞いてくるお父さんの声に何度も首を縦に振る。反応が怖い。私は、俯《うつむ》いたまま
お父さんの言葉を待っていた。
「なぜ、謝るんだ……そんな、大変なことになってただなんて……お前、俺が消えてから相当
……！」
途切れた言葉に、ハッとなって顔を上げる。お父さんは最後まで言えずに口を手で覆っていた。
きっと、想像したのだろう。お父さんがいなくなった後の、私一人での生活を。過労死するまで働
いていた私の姿を。自分の方が謝らなきゃならないのに、と言いたいのが伝わってきた。

大丈夫、伝わってるよ。私も同じくらい謝りたいと思ってるもん。でも、そんなことより言いたいことがあるのだ。ずっと言おうと思ってしまいこんでいた大切な言葉。

……よし。少し落ち着いた。ちゃんと言わなきゃ。片手で顔の下半分を覆い、目を見開いたまま震えるお父さんを前に、私は口を開く。

「ずっと、言いたかったことがあるの。……言って、いい？」

あぁ、とお父さんは掠れた声でそう答えた。その表情は、どんな責める言葉でも受け入れると言っているようで、思わず苦笑してしまう。違うよ。お父さん、私が言いたかったのは責める言葉じゃないよ？　あの日、出張から帰ってきたお父さんを笑顔で迎えたかった私は、ずっとこの言葉を言いたかったんだ。お父さんが行方不明になったって知った後も、毎日毎日、この言葉だけを言うために私は家で待ってたの。――一人きりで。

「……おかえりなしゃい」

「っ！」

「おかえりなしゃい、お父しゃん。ずっと……これが言いたかったの」

「……っ!!」

やだなぁ、もう。こんな時まで噛んじゃって、ちゃんと言えないんだから。お父さんの固く閉じられた目から雫があふれている。特級ギルドの頭領ともあろう人が、そんな情けない姿……誰にも見られたくないよね。そう思った私は、震えて下を向くお父さんをぎゅっと抱きしめて、その姿を隠してあげた。身体が小さいから、隠しきれてないかもしれないけど。

「おかえり。これからは、ずっと一緒。一緒に、いて？　お父しゃん……！」

「あぁ……ああ……！　ずっと、一緒だ……！」

お父さんが抱きしめ返してくれる。襟元から覗くヨレヨレのネクタイは、もはや色褪《あ》せていたけれど。君もよく頑張ったね、お父さんのお守りをしてくれてありがとう、という気持ちを込めて、指でそっと撫でた。長くて、辛くて、寂しかった時間が、この一瞬でスッと消えてなくなっていくのを感じた。満たされていくのを感じた。

そんな私たちの様子を、誰もが黙って見守ってくれていたのが余計に嬉しかった。

これからは一人じゃない。お父さんだっているし、何より、家族とも呼べる仲間がたくさんいるのだから。


「出来た！」

「ほぅ、これは綺麗じゃのう」

「メグちゃん、やるねー！」

ちらし寿司を是非教えて欲しいと言われた私は、ただいま厨房にてお手伝い中です！　今日は夕方から宴会だ、とお父さんが言ったことでギルド内はどこか浮き足立っていた。ホールにテーブルや椅子を並べてみんなでパーティーとあっちゃ、ウキウキするなという方が難しいか。

というわけで厨房は準備に大忙し。メイン料理の一つはレオ爺もチオ姉も知らないメニューだということで私が手伝うことになったのだ。宴会の主役にやらせるなんて、と色んな人に言われたけど、お手伝いは私もやりたかったので、必殺「お手伝いちたいでしゅ！」上目遣いバージョンを発動。レオ爺が最初に陥落《かんらく》した結果、一緒に作ろうか、ということに。幼児という強みを最大限に利用させていただいた。えへ。

「環……」

お父さんから呆れたような眼差しを向けられたけど、今の私はこの幼児スタイルにあまり抵抗はない。それどころかすんなり出来てしまう。ごく自然にね！　もちろん意識は環だから計算してる部分もあるけど、メグと一緒になったからか、幼児的思考も現象も受け入れられるようになったみたいなのだ。本当の意味で生まれ変わったんだなぁ、としみじみ実感。まぁでも、後になって恥ずかしくなったりとかはするんだけどね。今まさに体験しているところである。ぐはっ。

「メグちゃん、こっちのプリンはこんなものでいいかい？」

「ふわぁ、おいちしょー!!」

で、私は記憶にある通りにちらし寿司をレオ爺と一緒に作ったというわけ。まぁちらし寿司だから簡単だけどね。それに私がやったのは飾りつけと、フウちゃんにお願いして酢飯を冷ます作業だけである。簡単なお仕事！

それにしてもチオ姉作のプリンはお見事！　プリン自体はシンプルなものだけど、生クリームやフルーツで飾りつけられているからとても豪華な一品となっている。これぞプリンア・ラ・モード！　うぅ、食べたい……！

「ふふっ、つまみ食いはおあずけだよ？」

「うー、わかってましゅー……」

「でも明日のメグちゃんのおやつ用に、ひとつ別でとってあるからね！」

「チオ姉大しゅきーっ！」

我ながら単純である。両手を上げて喜びました。


「お待たせちましたー！」

夕方。出来上がったちらし寿司とともにギルドホールへ戻ると、歓声と共にいろんな人からの美味しそうという声が聞こえてきた。うふふ、なんだか嬉しい。あ、もちろん私は運んでないよ！カートを押すだけとはいえ、まず前が見えないし危ないからね。チオ姉にお任せです。

「すごいですね、メグ。とても綺麗な料理です」

シュリエさんが心からそう思って言ってくれてるのがわかる。目が少しキラキラしてるもん。シュリエさんは見た目も重視してそうな食通だから、これは本当に嬉しいぞ？

「たっ……もっ……！」

「食べるのがもったいない、とカーターは言ってます。確かにもったいないですね！魚や卵などで飾りつけられて宝石箱のように輝いていいます。お米も光沢がありますし、レディ・メグは素晴らしい料理を知っているのですね！美しい私のためにあるかのような」

「え、えへへ、ありがとーでしゅ！」

カーターさんやマイユさんも、褒めてくれたよ。とっても嬉しいけど、マイユさんの自己陶酔が長くなりそうなので遮るようにお礼を言ってみた。シュリエさんが苦笑しながら頷いていたので正解だったようだ。ふぅ。

『ジグルの兄貴ぃっ！』

『おー、ホムラぁっ！　お前も頑張ったようだなぁー!!　よくやったイェェェェイッ!!』

「……兄貴って、精霊に性別ってないんじゃ？」

『まー細かいこと言うなよ嬢ちゃんよぉっ！　あれだろ？　人で言うところのノリってやつだよぉっ!!』

まぁ確かに私もホムラ「くん」って呼んだり、他の子はちゃん付けで呼んでるけどさ。たしかに雰囲気とノリと言えなくもない。

赤いお猿な精霊二人が互いの健闘を讃えあっている。実にテンションが高い。ノリ、良すぎだと思うんだ。シラフで飲み会盛り上げるタイプだ。ホムラくんはあそこまで騒がしくならないといいなぁ、あはは。

『ネフリー先輩っ』

『うふふ、フウも今回はとても頑張ったみたいですわね！』

「せ、先輩？」

『ノリってやつなんでしょっ？　ホムラに教えてもらったのっ！』

あぁ、影響が黄緑の鳥さん精霊たちにまで！　精霊って案外楽しいもの好きだよね。楽しそうなら取り入れる。まぁ、いいんだけどね、可愛いからっ！

『いいなぁ、先輩……私も欲しいのよー』

『ふむ。ならば妾が先輩とやらになってやっても良いのだ』

『えっ、本当っ⁉　嬉しいのよー！　シズク先輩って呼ぶのよっ』

『うむ、悪くないのだ』

こちらはピンクな少女が水色大型犬を先輩と呼ぶようになりました。なんか、あれから精霊たちの仲も深まったみたいで大変喜ばしいんだけど、偏った知識による奇妙な軍団が出来るんじゃないかと懸念《けねん》しているんだよね。まぁ、全ては可愛ければオールオッケーだけどっ！　気分は親馬鹿である。

「新しい精霊は、メグの母君の最初の契約精霊だそうですね」

「しょーなんでしゅ。なんだか、母しゃまが見守ってくれてるみたいで嬉しいんでしゅよ」

「ええ、きっと本当に見守ってくれていますよ」

そう言ってシュリエさんは柔らかく微笑んだ。ああ、癒しの微笑み。

私の魂がお父さんの実の娘だという事実は、あの場にいたギルドの主要メンバープラス数名と、魔王さんとクロンさんが同じタイミングで知ることとなった。でも、ギルド内の他のメンバーや他所の人には秘密だ。ちなみに、私が「おとーしゃん」呼びしていることに関しては、頭領の趣味として片付いているらしい。……なんだ趣味って。

そこまでしてなぜ秘密にするかといえば、私の身の危険を減らすためである。元々狙われやすいのにこれ以上は、って話。まぁ誰にも手出しはさせないけどな、と黒い笑みを浮かべた保護者多数がいたから大丈夫だと思うけどね。最強の盾が何枚もあるので安心感が半端ないです。

そして、何より嬉しいのは、以前シュリエさんが言ってくれた通り、その事実を知った人も前と変わらず接してくれているということだ。変わらず甘やかしてくれるし、味方でいてくれる。

「でも、見守ってくれる家族がたくしゃん増えたから、もっともっと幸せなんでしゅ」

私がそう言うと、シュリエさんはおもむろに私を抱き上げて至近距離で蕩《とろ》けるような笑顔を見せてくれた。くっ、この破壊力！　本当に蕩けるーっ！

「ええ。私たちも、可愛らしい家族が増えてとても幸せですよ」

うふふ、と微笑み合うエルフ二人。絵面的にはシュリエさんと私が一番親子かもしれないな、なんてふと思う。というかここへきて私、父親が何人いるのよって話である。

料理が運ばれたことでお酒も出回り、いよいよ宴会が始まりそうだ。お父さんが立ち上がってグラスを持ったところで、みんなが近くのグラスを持つ。私のグラスはもちろんジュースだ。匂いからして桃ジュース。この世界の桃はなんていうのかな？

「よし。まぁなんだ。みんなお疲れさん！　長ったらしい話は省略だ！　しっかり食って飲んで楽しめよ！　乾杯！」

何とも適当な音頭だなぁ。でも、早く食事を楽しみたかったのはみんな同じだったみたいで、いいぞ！　さすが頭領、わかってる！　などの声があちらこちらで上がっていた。合図に合わせて各々が楽しそうに乾杯と口にすると、ホールが一気に賑やかになる。

みんなの楽しそうな顔。大喜びでジョッキを片手に三つずつ持つジュマくんや、手当たり次第に夜のお誘いをすべくフェロモンを撒き散らすミコさんに軽くひいたりもしたけれど。

「私も、楽しむでしゅ！」

コクリと桃ジュースを飲み込んで、一度シュリエさんたちの元を離れた私は、小走りでギルさんの元へと向かったのだった。


【ユージン】


二百年。それは濃くも長すぎる年月だ。その間で俺は信頼できる仲間と出会い、ようやくホームと呼べる居場所を作り上げた。それでもなお、この胸に吹き荒《すさ》ぶ寂しさと大きく空いた穴が埋まることはなかった。……のだが。

「はぁ、それにしても夢のようだ。可愛い娘と可愛い姿で再会出来るなんてな。当然以前も可愛かったが」

「ぬぅ、我の子なのだ。可愛いに決まっておろう」

「はぁ？　俺の娘だし」

「何を言うっ！」

メグが環であると知り、おかえりと迎えられ、抱きしめ合っただけで一瞬にして俺は満たされることが出来た。まさか本当に環の魂だったとは。何度かそんな考えが過《よぎ》ることはあったが、あまりにも荒唐無稽《こうとうむけい》だと否定してきた。だからこそ、それが事実だとわかった時は、例えようもないほど心が震えた。もう忘れかけていた環との思い出が、奔流《ほんりゅう》のように思い出されて胸がいっぱいになったんだ。

特にハッキリと思い出したのは、環に初めて朝食を作ってもらった時の記憶。あの時は仕事が特に忙しくて、毎日ヘトヘトで帰ってきてたんだよな。そんな日が続いたある日の朝だ。ダイニングに行って朝食の準備をしようと思ってたら、なんと、そこにはすでに朝食らしき物が用意されていた。昨日の残りの白いご飯、インスタントの味噌汁、それから……グチャグチャになった卵焼き。スクランブルエッグではなく、卵焼きなんだろうとわかったのは、どうにかして形を作ろうとした形跡が見られたからだ。そして、傍らには涙目の……環。

『お、おとーさん、ご、ごめんなさっ……おとーさん、いつもつかれてるから、ご飯作りたかったの。うっ、上手に、グスッ……でぎなぐで、ご、ごめんなざいぃっ』

そう言って泣きじゃくる環の姿は健気で、何よりもその気持ちが嬉しくて胸が詰まって、俺の方こそ泣きたかったくらいだ。当然、その後は環を抱きしめて、しっかりありがとうと伝えて……それから一緒に食べたんだよな。今度は一緒に作ろうなって約束してさ。ああ、今思い出しても泣ける。さすがにもう泣きはしないが。

はぁ……だが、メグは今アーシュとイェンナの娘なんだよなぁ。何とも悔し……微妙な気分だ。

「まぁまぁ、二人とも自分の娘ってことでいいじゃない！　それよりも、あーんなに可愛いんだもの。年頃になったらあちらこちらから言い寄られるんじゃないかしら？」

「潰す」

「消し炭にしてくれる」

「……物騒すぎるところで息を合わせないでもらえる？」

せっかく心の隙間が埋まってくれたというのに、サウラのヤツが変なこと言うせいで殺気が漏れたじゃねぇか。一瞬ざわりとホールが不穏な空気に満たされちまった。そんな未来、想像すらしたくないっつーの。

「んー、でもそんなことも言ってられないと思うよ？　早いところお相手を見つけた方が結果として余計な虫がつかないと思うけどなぁ」

「馬鹿野郎、そんじょそこらの男じゃ俺は認めねぇからな！」

「ならどんな条件があるんだい？」

ケイの言うことはわかる。わかるが今そんなことを聞く必要あるか？　だが、まぁ、俺も分からず屋じゃないんだ。将来の相手のことなんか考えたくもないが強いて言うなら……。

「まず強さは必要だろ」

「……それだけならそこそこクリア出来る人いるわね」

そう言ってサウラは視線を移動させた。その先には……ギル。ギル!?　いや、いやいやいやいやや！

「い、一途じゃなきゃ許さんぞ！」

「相手を思いやれる、優しさも必要であるな」

アーシュも参加してきた。まぁそれも必要だな。大切に出来ねぇならやはり潰すし。

「……未だかつて女性の気配すらないわよねぇ」

相変わらずギルを見ながらサウラが呟く。くっ、違う！　違うぞぉ！

「そういえば自分を犠牲にしてまで守ろうとしたり、気遣ったりしておったな」

おい、アーシュ！　裏切り者め、お前までやめろっ！

「金も持ってなきゃ話にならんし、何より、本人が好意を寄せてなきゃ意味がねぇからなっ!!」

そう言いながら腕を組み、乱暴に背凭《もた》れに寄りかかる。すると、遠くからメグの声が聞こえてきた。

「ギルしゃん、戦闘服、新ちく買うんでしゅか？」

「ああ、さすがにあれじゃあな。今度ぬいぐるみを受け取りに行くんだろう？　その時に注文する予定だ」

「しょーでちた、ぬいぐるみ楽ちみでしゅっ！　しょれにちても、しょんな戦闘服をポンと買えるギルしゃんもしゅごいの……」

「金は特に使い道もないから問題ない」

戦闘服を買い替えるのか……あれ、下手したら土地が三つ四つ買えるよな。そんな商売をサラッとするランも相当なわけだが。

「……ギルの預金額、聞く？　たぶん頭領よりも」

「それ以上言うな」

俺は世界中飛び回ってたし必要な場面が多かったせいでガンガン使ってただけだからな!?　浪費

はしてねぇぞっ⁉

「メグのも、いつでも買い替えるから安心して使うといい」

「そう簡単にボロボロにはなりましぇんからねっ⁉」

珍しい。ギルが冗談を言ってクックッと笑うだなんて。なんだ？　こう、胸がモヤっとする。

「ギルしゃんがずっとしょばにいてくれたら最強なんでしゅから、戦闘服も新品のままでしゅ！」

「……そうか。ああ、ずっと側にいよう」

な、なんだ？　あの仲の良さ。デレデレじゃねぇか。メグ、まさかお前……⁉

「考えてることが手に取るようにわかるけど、メグちゃんはこの世界で最初に出会って、命を救ってくれたギルに最も懐いているってだけよ？」

「そうそう、書類的にはギルナンディオが父親だからね。そこの二人じゃなくて」

何ぃ⁉　それはそれで悔しいが、親愛の情ってことなら……いや、でも！

「でも年頃になったらわかんないわよ？　この気持ちはもしかして……って！」

「メグちゃんに想いを寄せられたらギルナンディオといえど断れないだろうね。むしろ自分の気持ちに気付いたりしてね？」

「やぁん、それは素敵ね、ケイ！　成長が楽しみだわっ！」

サウラとケイが二人で盛り上がり始めた。メグが、ギルと……？　成長して綺麗になったメグを想像する。そりゃあかなりの美人になるだろう。間違いない。そのメグが、ギルに恋する日で……⁉

「と、年の差がありすぎてるだろうがっ……！」

「む、我とイェンナは数千年差だぞ？」

「てめぇアーシュ、どっちの味方だっ」

「亜人だもの。二百年程度の年の差なんかあってないものよね？」

「だぁぁぁっ！　うるさい！　ダメだっ！　俺は絶対認めねぇっ!!」

バァンッとテーブルを両手でついて叫びながら立ち上がる。うっかりテーブルを割っちまったが仕方ない。

「苦労しそうだね、メグちゃんは……」

「ほぉんとよね。あ、テーブルの弁償代は頭領のとこから引いておくわね」

親馬鹿で結構！　大体まだまだ早すぎる話題なんだよ。せっかくやっと再会出来た娘を他の野郎にやる話をなぜしなきゃならないんだよ。そうだ、そうだよ。まだ数百年も先の話だ。俺たちは寿命が長いんだし。

するときょとんとした目でメグがこっちを見ていることに気付く。

「おとーしゃん、どちたの？」

「……こっちおいで、メグ」

こいこい、と手招きをするとトテテと俺の元へとやってくるメグ。……なんだこれ。めちゃくちゃ可愛い。

「ちょっと抱っこさせろ」

「うぇっ⁉　恥じゅかちいよ⁉」

「何言ってんだ。ギルやアーシュ、他のヤツらには抱っこってせがむ癖に！　俺はダメなのかっ」

「いやー、なんていうかお父しゃんは環の時の記憶が邪魔ちてぇ……」

言いたいことはわかる。気持ちもまぁわからんでもない。俺だって成人した時の環の姿のままだったらこんなことは言わない。いくら父親でも。だけどな？　今の姿で、目の前で恥ずかしそうにモジモジしながら頬を染められてみろ。やばい。これはやばい。マジで悪い虫を蹴散らす準備しなきゃいけないと再確認した。

「ひょっ！」

でもまぁ、今はしのごの言わせずにひょいとメグを抱き上げる。

「今は幼い子どもなんだ。甘やかさせてくれよ、メグ」

「うー……わかった！」

精神面が身体に馴染んで来たのか、抱っこされればすぐに嬉しそうに顔を綻ばせ、ギュッと首元に抱きついてくれたメグ。くっそ可愛い。誰にもやらん。

「……そういえばお前、精霊の名前のネーミングセンスだが」

「しょれは言わないお約束《やくしょく》っ‼」

顔を真っ赤にして慌てて俺の口を小さな手で塞ぐ。たまらん。こりゃからかい甲斐があるな。昔からだが。

「……あんなデレデレした頭領、見たことないわね」

「まぁ、いいんじゃないかな？　これまで我慢してきたわけだし」

「羨《うらや》ましいぞ、ユージンーっ!!」

うるさい外野どもだ。まぁいい。今はこの至福のひと時を堪能させてもらおう。

今日は、いい日だ。


【メグ】


「うわぁ！　可愛いっ！　ランちゃんありがとーでしゅっ！」

「喜んでもらえて嬉しいわ。でも、そんな真っ黒なぬいぐるみで良かったの？」

「これがいいんでしゅーっ！」

今日は空いた時間にギルさん、ケイさん、メアリーラさんの四人でランちゃんのお店に来て例の物を受け取りに来ております！　例の物、それはもちろん、ぬいぐるみである！

「まさか影鷲のぬいぐるみをオーダーするとはねぇ。ギルナンディオが大好きなんだね、メグちゃんは」

「あい！　だいしゅき！　もっふもふぅ！」

「メグちゃんらしいのです！　ケイさん、あの、私にもキャトルのぬいぐるみをありがとうなのです！　大事にするのですーっ！」

「気に入ってもらえたのなら良かったよ」

店の外でキャッキャと喜ぶ私とメアリーラさん。そして一人微妙な表情のギルさん。

「難しい顔になってるわよぉ？　こんなに懐かれて嫌なわけぇ？」

「いや……」

「あはは、嫌なわけじゃないのさ、ラグランジェ。ギルナンディオはどう喜んでいいのかわからないだけさ」

「んまっ、難儀な性格ねぇ」

「……それより、注文を頼む」

良かった、嫌がられてるわけじゃなかったようだ。安心してぬいぐるみに頬擦りする。あー至福ぅ。スリスリ。

ギルさんはボロボロになってしまった戦闘服を新調するために来たんだったよね。なんでも、マイユさんのデザインする服はどうしても派手になるからランちゃんのお店で頼むのがいいのだという。ランちゃんも派手好きだけど、仕事は仕事として客の注文にはキチンと答えてくれるところが信用出来るんだって。さすがプロ。というか私の戦闘服の時も思ったけど、オルトゥスの技術をいとも容易く取り入れて作り上げるランちゃんは只者ではないよね。大きな金額も動くわけだし。ミステリアス……！

こうして、用を終えた私たちは足早にギルドへと戻ることに。まだまだみなさん、やることは色々あるからね！　本当に忙しいのか、ケイさんとメアリーラさんは一足先に行ってしまった。私の速度じゃ遅いからね……すみません。ギルさんが一緒だから寂しくないもん！　ゆっくり歩きながら、私はここ最近のことを思い返す。

あれから一週間ほど宴会ムードが続いていたんだけど、その間ずっと滞在してそうだった魔王さんは、三日目くらいに「いい加減にしてください」とマジギレしたクロンさんによって、引きずられるようにオルトゥスを去って行ったんだよね。

「メグーっ！　必ず、必ず魔王城へ遊びに来るのだぞ！　迎えに行くからなっ！」

魔王さんには私としてもまた会いたいし、魔王城にも興味があるからもちろん喜んで行きたい気持ちはある。でもね？　そのあまりの必死な魔王さんの様子に笑顔が引き攣ってしまったのは仕方なかったの。ま、また会おうね、父様っ！

ちなみに宴会ムードは続いたけど、当然復興作業も同時にやってたんだよ？　避難していたという街の人たちも戻ってきて、魔物の襲撃で荒れた街の外壁周辺を整えたり、ギルドでの戦いで壊れたらしい家屋の修理をしたり。みんなテキパキと手際よく動いていてカッコよかった！　その時、ジュマくんが「当分禁酒だな……」と遠い目になっていたのも見かけた。どうやら家々を破壊した張本人だったみたいで、その費用はジュマくん持ちなのだそう。今後、依頼をたくさんこなして取り戻すんだ、と立ち直りも早かったからきっと大丈夫でしょう。頑張れ！

ギルド近くまでやってくると、入口前がなにやら騒がしくなっていた。隣にいたギルさんと顔を見合わせ、すぐにその現場へと足を運ぶ。

「オイラはお前らとなんか仲良しごっこしたくないんだしーっ!!」

騒いでいたのはエピンク。かれこれ五日ほど眠っていたという彼は、あっかんべーと舌を出して、引き止めようとするオルトゥスメンバーに抗議をしているところだった。なんでも、レキが懐柔《かいじゅう》を試みて、なんとオルトゥスに勧誘までしたみたいなのだ！　でもどうやら素直に「はい、よろしく」とはいかなそうである。精神的な元気を取り戻したエピンクは、面倒くさい年頃の少年みたいになっていた。やれやれ、思春期大変。

「あらあら、ご挨拶にと来てみれば……元気な子ね。それなら私の作るギルドに来ない？」

「ああんっ？　誰だし、お前」

「マ、マーラしゃん⁉」

みんなで腕を組んで今後のエピンクの処遇について悩んでいた時、いつの間にかマーラさんが背後に立っていた。気配を感じさせずに背後から近付かれるのはケイさんで慣れてきたとはいえ、まさかいるとは思ってない人物がいたからかなり驚いたよ。はぁ、ドキドキ。

「郷の方はもういいのか」

「ええ。後は郷に残る者たちで何とかやるわ。それよりも、人員確保の為には早めに動かないと、と思ってね？」

ギルさんの問いに、ウインクして答えるマーラさん。まるで少女のよう。エルフ族は本当に年齢を感じさせない種族である。キュンとした。

「ね、どうかしら。あなた、とても元気があって気に入ったわ。これまでのネーモを基盤にして、体制だけは一新するつもりよ。賃金は頑張り次第だけれど、住む場所には困らせないわ」

エピンクに近付いて柔らかな微笑みを浮かべながらマーラさんは勧誘をし始める。エピンクはたじろいでいるけど、話は聞いてみる気があるようだ。

「だ、だから、あんたは一体何者なんだし……っ⁉」

「この方は前ボスの姉君だ。失礼のないようにしろ、エピンク」

「し、しかもラジエルドを従えてるんだし⁉」

エピンクの疑問に答えたのは、これまた突然、上空からスタンッと華麗な着地を決めた、とっても大きくて目つきがこわぁい人だった。もうっ、ビックリするでしょ！　なんで普通に現れてくれないかなぁ？　はぁ、ドキドキ、あげいん。

この人は鬼族でラジエルド、という名前らしい。連行されて事情聴取されていたみたいなんだけど、この通り。今はマーラさんに従っているように見える。一体何があったんだろう？

「ま、まぁ、ラジエルドが信頼してるなら、仲間に入ってやってもいいんだしっ！」

「カンガロが偉そうな口を……！」

「ひっ……っ」

仕方ないから、といった風にエピンクが答えると、怒気を込めた声でラジエルドが凄む。怯えるエピンクとついでに私。仕方ないじゃん！　怖いものは怖いのっ！　ギルさんにギュッとしがみつくと、ギルさんはそっと背中を撫でてくれた。ふぅ、落ち着く。そんな威圧を撒き散らすラジエルドを制したのはマーラさんであった。

「あらあらやめなさい、ラジー。新しいギルドは自主性を尊重するのよ？」

「し、失礼しました、マルティネルシーラ様っ！」

「ラジー……⁉」

ものすごく従順なラジエルド。あんな強面《こわもて》な鬼が愛称で呼ばれ、マーラさんに飼い慣らされている……⁉　ひょっとして猛獣使いかな？　誰もがそんな疑問を込めた眼差しでマーラさんを見つめると、それを正確に汲み取ったマーラさんは人差し指を口に当てて妖艶《ようえん》に微笑んだ。

「ひ・み・つ」

ああ、うん。もはや誰も問い質すまい。新しいギルドはきっと大丈夫だ。それどころかあっという間に特級称号を手に入れるようになる気がする。更なる勧誘のためにと立ち去るマーラさんとラジエルド、それにエピンクの後ろ姿を見てそんな風に思った。私たちも負けてられないね！

それからその場にいた面々は各々仕事に戻るべく、持ち場へと向かう。マーラさんは頭領であるお父さんに話をつけに行くみたいだ。そして私はもちろん専用のカウンターへ。そこまでギルさんに送ってもらっている。過保護発動……。

ギルドの入口を通ると、ホールではニカさんと、それからさっき別れたばかりのケイさんが立ち話をしていた。

「あ、メグちゃん。ちょうど今、メグちゃんの話を聞いていたんだよ」

「ふぇっ⁉　私の？」

「それにしても、今思い返してもあの時のメグはすごかったなぁってな！」

ハイエルフの郷にいた時のことかな？　あの時は必死だったからなぁ。なんだかそこまで褒められると嬉しさよりも恥ずかしさが勝る……！

「なんであんなに思い切った行動に出れたんだぁ？　メグよ」

「あ、それはボクも気になるな」

まぁ確かに、いつも自信なさげで怖がりで、すぐに泣く幼女がいきなり空から飛び降りたり、魔物や龍の魔王さんに説教したりしてたら、どんな心境の変化？　ってなるよね。ここは正直に話そうかな。

「あの時、少し先の未来を視たから、きっと大丈夫だって思ったんでしゅ。なんとかなるって」

「エルフの特殊体質か。……どんな未来だ？」

ギルさんの問いに、みんなが期待のこもった眼差しで私を見つめてきた。んー、教えてもいいんだけど、ここはやっぱり。

「ないしょでしゅっ！」

えぇー、という声と仕方ないな、と諦めたように口を開くみなさん。深く追求してこないあたり、心得ているなぁって思う。別に秘密にしなきゃいけないわけじゃないんだけど、何となく、そんな曖昧な未来であんな行動を？　って思われるかなぁ、なんて思っちゃってさ。

でも、私はその未来だけで十分だった。自信しかなかったのだ。みんな無事で、この問題を乗り越えられるって。

「すみませーん。ちょっと聞きたいことがあるんですが……」

「あ、はーい！」

ギルドに、初めて見かけるお顔のお客さん。私のお仕事である！　トテトテと駆け寄るとみんなが笑顔で私を見守ってくれる。

そう。だって私が視た未来は――――。

「いらっしゃいましぇっ！」

まさに、今のこの光景。みんなが笑顔で、オルトゥスで楽しそうにしている姿だったんだ！

「特級ギルド、オルトゥしゅへようこしょっ！」

6　二十年後

「おはよーございます！　ギルにゃんディお、しゃん……うぁー!!　言えにゃい！　あうっ」

どうも、メグです！

お父さんと再会し、このギルドで生活し始めて早二十年。なんだかあっという間にそんな月日が経っております。でも、この身はとても成長が遅く、ようやく人間で言うところの五、六歳児ってところかな。くすん。でも、だいぶ滑舌《かつぜつ》も良くなってきたんだよ！　だからこうして、ケイさんを見習ってみんなの名前はフルネームで呼ぼう計画を実行し始めたんだけど……ご覧の有様ですよ、ええ、まだ先は長そうです。

「慌てると余計に噛むぞ」

「う、わかってるもんー」

苦笑を浮かべながらそんなことを言うギルさん。そう、一度噛むと焦って余計に噛んでしまうのが悪い癖。いつかペラペラ喋ってやるー！

さて。なぜ、こんなことを言い出したかというと、先週のとある出会いと出来事がキッカケだったりする。それはとても貴重な体験で、私ももっとしっかりしたお姉さんにならねば！　と気合いの入る出会いだったのだ。


「ふぇ？　赤ちゃん……？」

ある朝、いつも通りギルドのマイカウンターまで行こうとしていた時、受付から声をかけてきたサウラさんに仕事を頼まれた。私が適任なのだと言うので何かと思えば、意外すぎる仕事内容をサウラさんに命じられたのだ。

「そう！　数年前この街に一人赤ちゃんが生まれたでしょ？　その子の両親が家の事情で一日出掛けなきゃいけなくなって、その時に赤ちゃんを連れていくのは難しいから、赤ちゃんを預かって欲しいっていう依頼がきてるのよ」

出生率が極端に低い亜人の中で、より低い希少種の多く住むこの街で新しい命が生まれるというのはとてもめでたいことだ。その時に街全体で誕生パーティーが開かれ、それが一週間ほど続いたのは今でも覚えてる。というか、この街の人たちってお祭り好きだよね……何かにつけて宴会を開いたりとかさ。そして毎度ジュマくんがフィーバーし過ぎてお仕置きされるっていうところまでが一つの流れ。

「で、でも、何で私なんでしゅか？　私、赤ちゃんのお世話なんて出来ないでしゅよ？」

疑問はそこである。むしろ私なんかまだまだお世話される側なのに、なぜ私が適任なのか不思議だ。……うっ、自分で言ってて悲しくなってきた。

「もちろんメグちゃんだけじゃなくて、メアリーラちゃんにも頼んでるわ。ただね、メグちゃんって自分より年下と関わったことがないでしょう？」

なるほど、メアリーラちゃんと一緒なら納得だ。そして、確かに私は自分より年下と関わったことはない。前世ですら、直接的に関わることはなかったしなぁ。え？　誕生パーティーの時？　あの時はお祝いパーティーが盛り上がり過ぎちゃって関わるどころか赤ちゃんを見てすらいないよ……というか、生まれたばかりの赤ちゃんがあんな大騒ぎに参加なんか出来ない。赤ちゃんは少し離れた場所にある産院でスヤスヤ寝てたらしいからね！

「だから、いい経験になるかと思って。どう？　メグちゃん、一日お姉ちゃんにならない？」

お姉ちゃん、という単語が甘美な響きを持って私の心を揺さぶった。お姉ちゃん……お姉ちゃん……お姉ちゃん……！　私は反射的に首を何度も縦に振ったのだ。


「ほぉわぁぁ……！」

医務室へ向かうと、話を聞いて待っていたらしいメアリーラちゃんに案内され、別室にいる赤ちゃんと母親との対面を果たす。赤ちゃん用の籠ベッドで眠る赤ちゃんをそっと覗くと、スヤスヤと気持ちよさそうに眠る赤ちゃんの姿が。そのあまりの可愛らしさに思わず変な声が出てしまった。もちろん出来る限り音量は抑えました！

「ふふ、うっとりしてるわね」

「赤ちゃんにメグちゃんだなんて、超絶可愛い組み合わせなのですぅっ！」

薄茶色の長い髪を三つ編みにして肩から垂らすこの子のお母さんは、頭から出ている狐のような耳をピコピコと動かして微笑んでいる。おっとりとした雰囲気のお母さんだ。メアリーラちゃんは、まぁ、いつも通り可愛いものに目がない様子だ。

「ごめんなさいね、こんな依頼をして。今日中には戻るわ。赤ちゃんのお世話は大変だと思うけれど……可愛らしいお姉ちゃんがいるもの、安心ね」

ふわりと笑った狐のお母さんは、尻尾を揺らしながらそんなことを言ってくれた。私の脳内にまたしても甘美な単語が繰り返し響く。お姉ちゃん……お姉ちゃん……お姉ちゃん……！

「はいっ！　いっしょーけんめい、お世話しましゅっ！」

噛んだ。お姉ちゃんなのにぃっ！　一人、地団駄《じだんだ》を踏んで悔しがる私。そんな様子を見てクスクス笑う二人。くぅっ！

出だしはこんな感じで締まらなかったけど、私の一日お姉ちゃんはこうしてスタートを切ったのであるー！


と、張り切ったはいいものの。

「きゃっ、火を吹かないでー、ミィナちゃん！」

「うにゃっ⁉　オムツから漏れてるよ、メアリーラしゃんっ！」

「尻尾のある種族は良くあるのですよ！　きゃっ、また火を吹いたのです！」

赤ちゃんって、大変なのね……⁉　オムツ交換し終えても機嫌悪く泣き叫ぶミィナちゃんに、私たちは途方に暮れていた。この子はラクディという尻尾の大きな動物系の亜人で、しかも火を吹くタイプの子らしいからもっと大変。ラクディはそこそこよくいる亜人だけど、個体によって得意な魔術属性が違うんだって。この子は火。厄介な、火……！　尻尾と耳の形や模様から言って狸なんだよね。狐から狸が生まれる不思議がまかり通るこの世界。二十年経ってもまだ驚きが絶えないよ！

「むむむ、これはチオリスの手を借りるのです！」

「う？　チオ姉？」

「はい！　チオリスはラクンの亜人で火属性なので、何かコツとか掴めるかもしれないのです！」

あ、そう言えば前に聞いたことがある。チオリスさんはラクン、アライグマの亜人だって。確かに狸で火属性のミィナちゃんに近いものがある。私たちは早速泣き叫ぶミィナちゃんを連れて食堂へと向かった。

「あ、赤ちゃんなんてあたしもどうしたらいいのかわかんないよ！」

しかし、食堂で早速チオ姉に聞いてみると、戸惑ったように手をブンブンと横に振られてしまった。今や料理長となったチオ姉は、いつも自信満々で笑顔なだけに、こういった反応はどこか新鮮である。

「お世話してというわけではないのですよ！　何か注意点とか、コツみたいなのがあったらなって……きゃっ、また火をーっ」

メアリーラさんの訴えに腕を組んで少し考えてくれるチオ姉。すると、思い付いたように手をポンと一つ打った。

「あたしらラクンの亜人は比較的尻尾の付け根が弱くてね。撫でてやれば火を吹くのを抑えられるかもしれないねぇ」

ラクディとは違うから同じかはわからないよ？　と眉尻を下げて言うチオリスさんだったけど、これはいい収穫だ。早速試してみようと、泣き叫びながら火を吹くミィナちゃんの尻尾の付け根を、私はそっと撫でてみた。

「おぉ、泣き止んだっ！」

なんということでしょう！　さっきまで大暴れしてたのが嘘みたいに大人しくなって、とろんと眠そうな顔になったではないですか！　嬉しくて何度も撫でちゃう。

「それが効くのも幼体の時だけだったから、すぐには思い出せなかったよ。でも、役に立って良かった」

「ありがとうなのです、チオリス！」

メアリーラさんと一緒に何度もお礼を言うと、後で昼食を運ばせるから順番で食べるんだよ、というありがたいお言葉をいただいた。よぉし、頑張るぞー！

こうして、ドタバタとお世話をする間に、あっという間に一日が過ぎてしまった。そろそろ夕方。

「可愛いなぁ……」

お世話は大変だったけど、この寝顔の可愛さの前にはそんなもの吹き飛んじゃう。みんなが私を可愛がってくれる気持ちがちょっぴりわかったよ。と同時に、私もそろそろちゃんとしたお姉さんにならなきゃいけないって、そんな自覚が芽生えた一日となった。

その後、うっかりミィナちゃんの隣で疲れて寝てしまった私。その姿をメアリーラさんを筆頭に、ギルド中の人たちに鑑賞され、癒しを提供したみたいなのだけど……私はもうお姉ちゃんなわけだし、寝顔を見られるのは恥ずかしいのでやめていただきたい！　しかもそのせいで起こすのを躊躇われてしまい、ミィナちゃんとご両親がギルドに一泊することになったのだ。皆さん、自重を覚えましょうね⁉

【シェルメルホルン】

私は幼い頃から人の心を読んで生きてきた。読みたくて読んできたわけではない。制御の出来ない幼い頃は、勝手に脳内に響いてしまっていたのだ。

元々出生率の低すぎるハイエルフ。そんな中で私は姉と共に母親から生まれてきた。双子と呼ぶのだそうだが、あまり関心はない。しかしそのせいで産みの母は亡くなったと聞いている。姉のマルティネルシーラは赤子の頃から大人しく、あまり手のかからない子だったという。一方、常に頭痛により大泣きしていた私は手がかかる赤子だったそうだ。病弱な赤子で、いつ死んでもおかしくないとされてきたおかげで常に人が看病におり、勝手に流れてくる思考のせいで余計に頭痛を引き起こす。悪循環であった。

成長し、私の頭痛の原因が特殊体質によるものだとようやく理解されたところで、私は部屋に引きこもる生活を始めた。やっと訪れた平穏に、未だ嘗てないほど安堵したのを覚えている。

「シェル、私なら貴方の悩みを解決出来ると思うの」

ある日、マーラにそんなことを言われた。何でも、マーラの特殊体質により、一つだけなんでも願いを叶えることが出来ると言うのだ。なんという反則級の体質。嫉妬の心が私を襲った。だが、利用できる。人と離れて過ごすことで軽減されてはいたが、どうしても流れてくる思考に頭痛が消えることはない。私はこの頭痛からいい加減解放されたかったのだ。

「この特殊体質を、自分の意思で自由に使いこなしたい」

「わかったわ」

こうして私はこの日から、好きな時に人の考えを読み、読みたくない時は聞かなくて済むようになったのだ。生後三百年ほどが過ぎた頃である。

そこからさらに五百年も経つ頃には、郷の者たちも私に心を読まれない術を身に付け始めた。皆が皆ではないし、常にというわけでもなかったが、私は何故かそれが面白くなかった。不思議なものだ。あれほど嫌だった能力なのに、いざ読めないとなると惜しい。その頃から私はいつか族長となって皆を支配したいと思うようになった。その時の為に、誰も反抗してこないよう手を打つ策を考えたのだ。少しずつ、意識しなければ気付かないほど少量ずつ魔力を使い、精神操作の魔術を郷の者に施していくのは気長な作業であった。だが、必ず上手くいくと信じて疑わなかった私にとっては、なんら苦ではなかった。

それとほぼ同じ頃、私はハイエルフ以外の種族がいることに疑問を持ち始めた。なぜ、世の中はハイエルフだけではないのだろうか。書物や言い伝えには、ハイエルフだけが尊い存在で、誰よりも神に近いとされている。だからこそ数も少ないのだと。そう知って、理解した。全ての種族の中で最も尊いのは我々だ。その他の種族は、そんな我らを崇めるために存在するのだろう。神が我らを神に戻さないのは、きっと他種族が我らに従っていないからだ。我らへの信仰が足りていないからだ。そうに違いない。私はいつしか、そんな考えに取り憑《つ》かれていった。そして憎しみを覚えたのだ。

だとするのならば、なぜハイエルフ以外は外の世界で自由に生きられる？　なぜ、他の種族は功績を残すと多くの者に称えられる？　王と崇められる者が存在するのはなぜだ？　我々が最も尊いはずなのに、なぜ我々は崇められぬのか？

そう思えば思うほど、全てが憎らしくて堪らなかった。

永きに渡ってそんな思考に染まり、行動してきた。そうしてある日見つけた都合のいい存在の子ども。血筋こそ穢れていたが、魔物を統べる才能を秘めたハイエルフは利用出来ると思った。何としても手中に収めたかったのだ。

あと少しで手に入るというのに、それは叶わなかった。他でもない、その出来損ないのハイエルフの子どもによって。えらそうに説教をする幼子。顔を真っ赤にしてこの私に抗議する姿は滑稽にも見えた。だが……その子どもの思考を読んで、私は初めて感じる妙な感情に襲われたのだ。

『戦いたくない。だって、私のおじいちゃんだもん……！』

馬鹿か、と笑い飛ばしてしまうような内容だった。この娘が、心の底から本気でそう思っているということに呆れもした。散々酷い目に遭わされ、危険な目に遭わされ、罵倒されているというのに、どこまでも愚かだと。

そう。とても愚かだ。

全てが、どうでも良くなってしまった。愚かな幼子の心に触れたことで、あろうことか満たされてしまったのだ。だが、それを認めたくはない。何がおじいちゃん、だ。馬鹿馬鹿しい。まぁ、毎年イェンナリエアルの墓前に花を手向ける際、持ってくる菓子が美味いことだけは認めてやらなくもないのだが。

「あら、シェル。珍しいわね外を歩くなんて」

「……たまには外の空気を吸うくらいはする」

ごく稀に森を一人で散歩してこのように思考するのだが、今日はマーラが来る気配があった為、それに合わせて外に出た。しかしそれは言わない。あくまでここで出会ったのは偶然なのだ。

「……ギルドはどうだ」

そう。黙っているのも妙だと思うからこそ、あえて話題を振ってやった。マーラよ、ありがたく思うがいい。

「ふふ、そうね。大きな問題もなく回ってるわ。小さな問題は日常茶飯事《さはんじ》だけれど」

私が運営していた特級ギルド、ネーモは潰れたものの、今やネーモを基盤にしたギルドをマーラが主となって運営していると聞く。メンバーはほぼ変わらず、システムだけが大きく変わった新しいギルドだ、と。出来てまだ二十年程だが、既に上級の称号も間近だと聞いている。恐るべきスピードと言われているが、マーラが運営しているのだ。当たり前といえよう。そう遠くない未来に特級の称号も得ることだろう。

「その口振りだと、小さな問題など取るに足らないようだな」

「そうね。ほとんどはラジーが対応してくれるから。あの子はいい子よ。いつも助かっているの」

ラジエルドか。ヤツは一度実力を認めた相手を鬱陶しいほど崇拝するからな。鬼族は野蛮で粗暴だが、力で捩伏せさえすれば扱いは簡単だ。まぁ、それが簡単にいかないのが普通だが、我らハイエルフにかかれば造作もないことよ。マーラもこのおっとりした見た目でやる時はやる女だからな。

「いつか、シェルも見においでなさいな。皆も喜ぶと思うわ」

「……嫌がるの間違いだろう」

私は自分が周囲からどう思われているのかを理解している。故にもう関わりたいとは思わない。

頑固ね、とマーラが頬を膨らますが関係のないことだ。だが、まあ。常に情報収集をすることくらいは、趣味として続けようか。

マーラとの話を終えたとばかりに、私はさっさと歩いて自分の縄張りへと戻っていく。少し読んでしまったマーラの思考が、仕方のない弟だと、幼子でも相手にするかのような口振りだったのが気に食わないからだ。まったく、いつまでも子ども扱いするのはマーラくらいだ。鬱陶しい姉を持つと苦労する。帰ったら静かにハーブティでも飲むとしよう。


【メグ】


「ふわぁ、海だー！」

「お、メグになってからは初めてか」

今、私はギルドを飛び出してお父さんと旅に出ております！　と言っても任務とかではない。なんと、ついに魔王城へとやってきたのである！　ずっと行くよ、と約束してたのになかなか機会がなくて、魔王さんから泣きの手紙が届いたんだよね……ついでに魔王さんの側近クロンさんからも、近頃仕事の進みが遅いので是非にと頼まれたのだ。これは可哀想だ（クロンさんが）と思った私はお父さんに相談したのである。だって私が魔王城に行けてなかったのって、心配性の保護者たちが理由ってのが大きいんだもん！　心配してもらえるのは嬉しいけどね？

まあそんなわけで、お父さんもクロンさんの言うことならと渋々予定を空けてくれて、ようやく魔王城行きが決まったのだ。実はかなりワクワクしている。お父さんとの旅、旅行だよ？　嬉しいに決まってる！

「小さい頃以来だよね、お父さんと海に行ったの」

「そうだな……懐かしいな」

二人で少ししんみりと海を眺めてしまう。あ、ずっと遠くに大きな山のような影が見えるなぁ……そんなことをのんびり考えていると、

「我を……我を忘れないでくれないか。寂しいぞ……っ⁉」

「親子の時間を邪魔すんなアーシュ」

魔王さんの悲しげな声で我に返った。そうだった、今は魔王さんに周辺を案内してもらってる途中なんだよね！　お父さんたら、対応が冷たい……！

「もう、そんなこと言わないのっ！　父さま！　海の向こうに見える影はなんでしゅか⁉」

見る見るうちにしょげていく魔王さんがあまりにもかわいそうだったので、私が慌てて魔王さんに話を振ると、わかりやすくパァァッと顔を明るくした魔王さんがウキウキ説明しようと声を上げる。お父さんが呆れたようにため息をついたのが聞こえた。

「近くにあるように見えますが、実際はかなり遠いんですよ。空を飛ぶ亜人でさえ、渡りきることの出来る者はいません」

しかし説明を始めたのはクロンさんだった。なんてクールなんだ……！　見てよ、ほら、魔王さんのショックを受けた顔をっ！　あ、口角を上げた。クロンさん、確信犯ですね……？

「う、うむ。我であっても渡りきるのは至難の技だ。なんせ人間の大陸に近付けば近付くほど、魔素も少なくなるからな。消費魔力が半端ではないのだ」

すぐに気を取り直した魔王さんは、そのように言葉を繋ぐ。そういえば、人間の大陸には魔素《まそ》が少ないんだったよね、確か。えっと、魔素とは空気中に含まれる魔力の素となるもの、だったかな。それがあるから魔術を使う時の負担が軽減されてるんだって。魔素の少ない場所では、自身が持つ魔力のおかげで魔術が使えるには使えるけど、魔素がないと回復にかなりの時間を使うのだそう。まぁ、こちらの魔大陸では魔素がたくさんあるのが普通だから、皆知っていても気にも留めないんだけど。

一方、人間の大陸は魔素がとても少ない上に、人間という種族が魔力を持って生まれることが極端に少ないから、使えたとしてもそううまくは魔術を使えないし、威力もないんだって。魔素の少ない地で生まれ育ったのだから、その時点で保有魔力が少ないのは当然なんだけどね。

だから亜人や私たちのような種族は魔力が多いってことで、生活するのにとても便利な存在となる。人間の間では奴隷やペットとして人気だから、高額で売買されてしまうんだって。もちろん非合法だから裏の世界の話だってことだけど。う、怖い……！

「あの地でも、魔術を使えはするのだがな。我々にとっては不利な大陸だ、あそこは」

「行ったことあるの？」

「あるぞ。一度だけな。鉱物の取引の時に」

けどもう行きたいとは思わない、と魔王さんは続けた。そ、そんなに力が制限されちゃうんだ……魔王さんならたとえ魔術が使えなくてもかなり強そうだけど、魔術が使えないって心細いだろうなぁ。環の時には考えもしなかった思考だけど、世界が違えば環境も違うしね。私なんかは魔術が使えなかったら本当にただのひ弱な子どもだもん。魔術の飛び交うこの大陸で、ショーちゃんたちに頼めないなんて……無理！

「そん時は船で行ったのか？」

「行きはな。だがあまりにも時間がかかり過ぎるからな……帰りはズルをしたのだ」

そう言いながら悪戯っ子のような笑みを見せた魔王さん。曰く、大陸間の行き来の主流は船だけど、もう一つとても簡単な方法があるんだって。

「ここにある鉱山と、人間大陸の鉱山はどちらもドワーフが住み着いているのだ。そして、ドワーフたちは鉱山を自由に行き来できる。何のことはない、鉱山の奥深くに転移陣があるのだ」

その転移陣を魔王権限で通らせてもらったという。もちろん、使わせてもらう代わりにドワーフたちの求めた対価も支払ったらしいけど。

「……うちのカーターは違うが、ドワーフは気難しいヤツらだ。一体どんな対価を払ったんだよ……」

「いや、大したことはないぞ。魔王城近くで商売を始めたいと言うのでな。それを言い出せずにいたようでちょうど良かったと快諾《かいだく》してもらえたぞ」

なるほど、タイミングが良かったわけだ。まさにウィンウィン！　そうでもなければもっと対価を要求されたりとかしたのだろうか。そんな私の思考を読んだのか、お父さんが意地悪そうな顔で付け加えた。

「ドワーフの鉱山はいわばヤツらの根城、ホームだからな。まず通してもらうだけでもかなりハードル高いぞ。俺だって鉱山の麓《ふもと》にたむろする厄介な魔物の駆逐《くちく》で手を打ったからな。ま、無駄足だったが」

イェンナさん捜索の時の話だろうな。お父さんも人間の大陸に行ったことがあるんだねぇ。むしろ人間なのにこちらに来ていたっていうのが最初から詰んでた状況だよね……いわゆるチート能力がなかったらお父さんだって悪い亜人に売り飛ばされていたのかもって思うと身震いしてしまう。

ま、まぁ、考えたって意味ないか。結局めでたしめでたしで、私とも再会を果たしたわけだし。私だってそんな危険な人間の大陸に行くこともないだろうから、ドワーフさんたちに対価を支払うこともないしね。でももし払うとしたら何があるだろう？　なんてつい考えちゃう。いらぬ心配である。

「さあ、そろそろ城に行こうではないか。皆メグが来るのを楽しみにしておったのだぞ！」

「腹も減ったし、仕方ないから行くか……」

「仕方ないとはなんだ、ユージン！」

「だって、お前の信者、目が怖ぇんだよ……」

「む。皆、我を慕ってくれる良き国民だぞ？」

あー、うん、お父さんの諦めたような顔で何となく察したよ。信者って言うくらいだしね。そして私は次期魔王と言われてる。だから、つまり、私もきっと歓迎されてしまうのだろう。いや、有難い話なんだけどね？　だけど、なぜだろう。不安しか感じないのは。

　無意識にお父さんの手を握る力が強くなってしまったけれど、これは仕方のないことなのだ。お父さんもそれを察してポンと私の背中を叩く。小さな声で諦めろ、と言う声が聞こえた。……心の準備はオーケィです。がっくり。


　魔王城へはここに来るまでと同様に、お父さんの車に乗っての移動だった。お父さんの記憶にあるものなら生き物以外はなんでも再現して出すことが出来るんだって……何そのチート能力。でも、お父さんが触れてなければいけない、とか、構造がある程度理解出来てないと出せても使えない、などの制限もあるようだ。お父さんは車の部品も扱う会社で働いていたからお手の物だね……それでも出した車は高級車などではなく、家で使ってたごく一般的なものである辺りお父さんだなぁなんて思ったり。ま、使い慣れた物の方がいいってのはわかるけどね！

「お前は飛んで行きゃいいだろ、アーシュ」

「まぁ、そう言うな。ユージンのクルマとやらに乗るのも久しいのだから我にも楽しませてくれ」

　前の座席に乗り込んだ二人はそんな軽口を叩き合っている。やっぱり仲良しだ！　ちなみに私はお父さんの後ろの席に座っています！　身長が足りてないのでクッションを重ねて座っています!!

くっ……！

「メグ様、ほら見えてきましたよ。貴女を歓迎する魔族たちです」

　一人悶えていると、年数を経てだいぶ打ち解けてきたクロンさんが相変わらず不器用な笑顔でそう告げてきた。手で示す先を目で追うと……う、わぁと思わず声を漏らす。

「来たぞ！　メグ様ーっ‼」

「お顔を見せてぇっ！」

「なんて不思議な乗り物なんだ……さすがは魔王様の親友、ユージン様！」

ものすごい熱が伝わる……！　チラッ、とバックミラーに映るお父さんの目元を見ると、眉間にシワが寄っているのが見て取れた。かと言って心底嫌がっているわけじゃないんだよね、それ。反応に困るんでしょ？　うん、わかるよ……私も今同じ顔をしてる気がするもん。

「ユージンよ。約束であるぞ」

「……わーったよ！」

魔王さんの言葉に嫌そうに返事をしながら、お父さんは車の上部分を消し去った。え、そんなこと出来るの⁉　この車はいたって普通の車だったのに、あっという間にオープンカー！　おかげで私たちの姿は外に丸見え！　歓声がさらにわっと盛り上がる。そんな皆さんの声援に応えないわけにもいかなくなった私は、出来るだけ笑顔を心掛けて手を振り続けた。

「ちゅかれた……」

「お疲れ様でございました、メグ様」

ようやく魔王城内へと入り、周囲の歓声の届かない位置に着いた時、私はくてんと隣に座るクロンさんに寄りかかった。それを優しく受け止めて頭を撫でながら労ってくれるクロンさん、優しい。

「少し休憩したら、城の中を案内しよう」

「お願いしましゅー」

ぐったりしている私に苦笑を浮かべながら魔王さんがそう告げた。同じように笑顔で手を振り続けていた魔王さんは慣れているのか平気そうだ。うーん、魔王って大変なのね……！　私もいずれ慣れたりするのかな？　とても出来そうにないよ。そんなことを考えてちょっぴりしょんぼりしてしまった。


さて、休憩も終えたところだし、気を取り直して魔王城探険だー！　魔王城はもっとおどろおどろしい様子を想像してたけど、もちろんそんなことはなかった。おとぎ話に出てきそうな洋風の外観で、内装も高価そうな壺やら絵やらが飾ってあって、庶民派な私は触って壊したらどうしよう、なんてビビりながら歩いた。そんな様子を察したお父さんに、落としても壊れないように魔術もかけられてるぞ、と笑われたんだけど……そういうのは早く言ってよね！　と怒った私は絶対悪くないもん！

魔王城は正直広すぎるので一度に見て回るのは無理！　ってことで、ひとまず魔王城自慢の庭園に行くことになった。それでは庭園でお茶にしましょう、とクロンさんがその場を去ったので魔王さんとお父さんの三人で向かう。その間、大人二人が話し始めたので、私は黙ってその会話に耳を傾けていた。

「最近は随分魔王国も落ち着いたらしいな」

「ユージン、それは以前に比べればそう言えるかもしれぬが、まだまだ問題は山積みであるぞ」

「……奴隷か」

「それが一番の問題なのは確かであるな」

奴隷問題。魔王国では裏で、人間やその他の珍しい亜人を人間の大陸へと送る売買が密やかに行われているらしい。かなり遠いといえど、魔王国が最も人間の大陸に近い位置にあるからみたい。裏で行われている取引ではあるけど、奴隷は犯罪者がほとんどで、ネーモの時のような明らかにおかしいやり取りはないらしいからなかなか手を出せずにいるんだって。どっちみち裏でコソコソしてるのなら取り締まっても良さそうなんだけど……色々あるんだろうなぁ。

そんな、最低ラインは守っているらしい魔大陸側の取引なんだけど、どうも人間大陸側ではそうじゃないらしい、というのが今一番の問題となってるんだそうだ。つまり、なんの罪もない、攫われてきた子どもなんかが売られたりするってことだよね……許せない。でも、遠く離れている地であり、しかも子どもの証言しかなく、さらに言えば魔大陸と人間大陸は相互不干渉を決めているから、なかなか難しい話になっているようだ。

そういった問題に悩み、心を痛めている様子を見ると、魔王さんも一国の王なんだなって実感する。そして、自分には到底出来ないって思って心がどんより沈んでしまうのだ。度々考えてしまう私の悩みでもある。はぁ……。

「メグ、また悩んでおるな？」

そんな私の様子に気付いたのか、魔王さんは目を細めてそう聞いてきた。私は思わず声を詰まらせてしまったけど、素直に頷いてみせた。

「メグよ、そなたはまだ世界を知らぬ。確かにそなたは次期魔王だ。それはどう足掻いても変えられぬ」

そう。私は次期魔王。本来実力で決まることだけど、私が魔王の血を受け継いでいる時点でこれは変えられないとわかってる。思わず俯くと、突如身体が浮くのを感じた。気付けば目の前には魔王さんのうっつくしいお顔が。あわわ！

「ただ、そなたの人生はそなたが決めること、というのも変えられぬ。今すぐに覚悟を決めろとも、どうするか決めろとも、誰も言わぬ」

魔王さんは私を抱き上げたまま庭園をゆっくり歩き、開けた場所にあるお洒落なテーブルまで来ると、椅子に腰掛けて私を膝の上に乗せた。

「我とて魔王となるのが嫌で、恐ろしく思い、逃げ出した身。だが、だからこそ見えてきたものがあった。失ったものは多く、それでいて得たものは微々たるものであったが、それでも答えのようなものが見つけられたのだ。こんな未熟な我であるというのに、支えてくれる者が増えたのだ」

向かいの席にお父さんが座り、私に優しい眼差しを向けてくれている。再び魔王さんを見上げると、今度は少し切なげな表情を浮かべた。

「メグ、そなたはこれから長い時を生きる。……まだ幼い身であるしな。今、仲の良い者たちはそなたを置いて先に逝く。だが悲観ばかりするでない」

ツキンと胸が痛んだ。それは私が最も恐れていることだからだ。私はとにかく寿命が長い。同じくらい長いマーラさんたちでさえ、私よりずっと長く生きているわけだから、事故や病気にでもならない限り、どうしてもいずれ私が取り残されてしまう。

「そなたは人を惹きつける。長い生の中、また新たな縁を結び、輪となって広がってゆく。安心するのだ、そなたの家族は我らだけではない。まだ見ぬ、まだ生まれてもおらぬ家族が、そなたを待っている筈だ」

別れもあるけど、出会いもまたある、と魔王さんは言ったのだろう。お父さんを見ると、魔王さんと同じような、切なくも優しい目をしていた。

「……でも、やっぱり寂しくて、悲しいのはどうしようもないでしゅ」

わかってはいるけど、まだ出会っていないからこそ未知で、不安は大きい。しょんぼりと肩を落としていると、大きくて暖かな手が私の頭を撫でた。

「そうだな。今はそれでいい。悲しんでもらえないのも寂しいものだからな」

お父さんが苦笑を浮かべてそんなことを言った。

「うむ、今の世は平和だ。故に、これもまたずっと先の未来。今から心の準備をせよと言うつもりもない。少しずつでいいのだ」

魔王さんはそう言うと私をそっと隣の椅子に腰掛けさせてくれた。

「今はただ純粋に、我の自慢の魔王国を楽しんでくれ。様々な者たちと言葉を交わしてみてくれ。それだけで良いのだ」

そう言って笑う魔王さんの笑顔は、とても清々しく、自信に満ち溢れていた。いつか私も、そんな風に笑えるといいな。そう思いながらタイミング良く運ばれてきたクロンさんの紅茶を飲み、ホッと一息をついた。

その後はみんなで楽しく談笑をしながらお茶の時間を過ごした。クロンさんの自家製スコーンは、甘すぎないクリームとジャムも相まってとっても美味でした……！　美味しいものを食べると悩みも吹き飛んじゃう単純な私です！

「さて、メグ。申し訳ないのだが我はそろそろ仕事に戻らねばならぬ」

うまうまとミルクティーを飲んでほっこりしていると、魔王さんがそれはもう嫌そうにそんなことを言い出した。相変わらず仕事嫌いな魔王さんだ。クロンさんの目が心なしかいつもより冷たく魔王さんを射抜いている……。

「俺も少しこいつの仕事を見てこようと思うんだが……クロン、メグを頼めないか？」

「申し訳ありません。私はザハリアーシュ様の監視をいたしませんと」

おっと、私ったら邪魔者になっちゃう！　一人で待っていられるよ、と主張したんだけどそれは即座に却下されてしまった。

「迷子になんだろーが」

「可愛すぎるからダメであるぞ！　いつ誰が攫っていくかわからぬ！」

「メグ様にせっかく来ていただいたのですから、無駄に時間を過ごさせるわけにはまいりません」

三者三様の理由だったけど、とりあえずみんなダメっていう意見で揃ったのはわかった。じゃあどうしたら？　と思っていたら、クロンさんが代役を頼むと言ってくれた。

「年寄りではありますが、親切で丁寧でメグ様を安心して任せられる適任者がいます。宰相《さいしょう》なんですけどね」

待って待って！　宰相さん!?　そ、それってものすごく忙しそうなイメージしかないんだけど!?　仕事を放り投げがちな魔王さんのせいで、宰相さんがえらい目にあってるって前にお父さんから聞いたし……うわぁ、宰相に子守を任せるとかあっていいわけ？　いや、良くないでしょ！

「メグ、まぁ言いたいことは何となくわかるが、一応次期魔王って立場でもあるわけだし、この国の宰相と面識があってもいいと思うぞ。人柄は問題ないし、安心しろ」

「そ、そう？　でも……いいのかなぁ？　なんだか申し訳ないよぅ……」

そんなえらい人の手を煩《わずら》わせていいのかなぁって恐縮しちゃう。そんなこと言ったらいつも一番えらい魔王さんに子守をしてもらってるけど、実の父親なわけだし、それはそれなのだ。縮こまっていたら後ろから涼やかな声がかけられた。

「問題ありませんよ。むしろ、案内させてくださいませ、メグ様」

声のした方に目を向けると、そこにはオレンジの髪をオールバックにした紳士がいらっしゃった。キャメル色のスーツを着こなし、いかにもな有能オーラを放っている。この人が宰相さんだろうか。クロンさんの言ったようなお年を召された感は全くなく、姿勢も良くて隙のない立ち姿はまさにジエントルマン！　紛れもないイケオジ様に思わず見惚れてしまう。

「ご挨拶、遅れまして申し訳ありません。この国の宰相を務めております、ヒュードリヒと申します。お気軽にヒューとお呼びくださいメグ様。こんな老いぼれではご不満ですかかな？」

「と、とんでもないでしゅ！　メグです！　よろしくお願いしましゅーっ！」

茶目っ気たっぷりにウインクしてそう挨拶してくれたヒューさんにドギマギしながら、私も慌てて挨拶を返したのだった。お、老いぼれとか嘘でしょぉ⁉

そして現在、ヒューさんに手を引かれて魔王城巡り中であります。緊張します！　でもこの方本当に親切で、私が疲れてしまわないように気を使ってくれながらも丁寧に城を案内してくれるのだ！　昔レキにギルドを案内された時とは大違いだなぁ、なんて懐かしいことを思い出しちゃう。

「メグ様、大丈夫ですか？　少し階段がキツイかもしれませんが、ぜひ見ていただきたい場所なのです」

「は、はい！　がんばりますっ」

でも確かに階段がキツイ！　螺旋階段はどこまで続いているのかわからない上に結構急だからつい息切れしてしまう。べ、別に運動不足ってわけじゃないからね！　くすん。

「さあ、着きました。扉を開けてみてください」

ようやく頂上へ辿り着くと、目の前には大きな扉のみ。ここに何があるんだろうと思いながらもゆっくり開けて、私は思わず声をあげてしまった。

「わぁ……っ、綺麗……」

扉の先は外へと繋がっていた。あまり広くはないけれど、円形になっているからぐるりと一周景色を見渡せる。眼下には綺麗な街並み、少し離れた場所は街を守るように森が広がっている。その先の平野も見え、地平線も確認出来た。

ここは魔王城の一番高い場所なんだって。ここから城下町を見渡せるように、と作られたのだと説明をしてくれた。そこで暫くその景色を堪能していると、ヒューさんが静かに語り始めた。

「メグ様、私事ではありますが……実は数年前に娘が生まれたばかりなのです。この歳でですよ？　とても驚きましたがそれは嬉しゅうございました」

「本当⁉　おめでとうございましゅっ！」

この歳でって言うけどそんなに高齢なのかな？　亜人はあまり見た目で年齢がわからなかったりするからなぁ。それでも老いはくるはずだけど、この人はお父さんより若く見えるくらいだしイマイチピンと来ない……でも自分でいうくらいだからきっとそれなりの年齢なのだろう、とあまり突っ込まないでおく。めでたい話の前には些細なことだよね！

「私だけではありません。この魔王城で働く者の中で、ここ五十年の間に十名ほど新しい命が誕生しています。城下町を入れればさらに多いでしょう。今後もまだまだ増えますよ」

亜人って人間に比べるとものすごく出生率が低いし、オルトゥスがある街は希少亜人が多くて余計に子どもがいないから忘れがちだけど……生まれないわけじゃないんだもんね。なんだか感動しちゃう。

「もちろん、メグ様や希少亜人ほど長生きな者はあまりおりません。ですが、メグ様がひとりぼっちになってしまうことはまずありませんよ」

あ……そっか。ここでようやくヒューさんが言いたいことがわかった。

「今後何代先でも、私たちはメグ様を慕うはずです。私たちの子孫をメグ様に家族と思ってもらえる日が来ることを、心よりお待ちしています」

私が不安に思っていることなんて、お見通しなんだね。きっと、ヒューさんは魔王さんの子どもの頃にも似たような経験をしているんだ。そして、魔王さんのこともこうして安心出来るように支えてくれたのかもしれない。なんだか心がほんのり温かくなった。

「差し出がましいことを申しましたでしょうか？」

ヒューさんがそんなことを心配そうな顔で言うので、私はすぐさま首を横に振る。

「ううん！　とっても嬉しいし、心が軽くなりました！　ありがとうございましゅ！」

きっとまだまだ心の準備は出来ないけれど、この話は未来の私の心を支えてくれる。ほんの少しだけ、未来が楽しみとも思えるようになった気がしたよ！　こうして微笑み合った私たちは、もう少しだけこの場所でのんびりしてから、再び魔王城巡りへと戻っていった。夜はみんなで食事をして、父様と一緒のベッドで眠って、親子の時間をめいっぱい楽しんだ。恐る恐るといった態度だった魔王さんも、帰る頃にはすっかり慣れて、気軽にスキンシップを取ってくれるようにもなったし。

ま、そのせいで、いざ帰るってなった時には大騒ぎになったんだけど、それはまた別のお話。


【マイユ】

うーん、今日も美しい私がいるね！　姿見の前で随分長いことこうしているけど、飽きないなんて自分の美しさが恐ろしいよ。しかも今日はオフの日。自慢のプラチナブロンドを結わずに下ろして靡かせて歩く私……道行く人々の目を奪ってしまうだろう私は罪な人だ。まぁ仕方ないね！

「あ、そうだ！」

次の休みにはやってみたい、と思っていたことがあるんだった。うっかり美しい私に見惚れて忘れてしまうところだったよ。危ない、危ない。化粧台の引き出しを開けて例のネックレスを取りだして、と。

「ふむ、このお花モチーフは私にももちろん似合うけど、もっと似合う子がいるねぇ……」

私が似合うのは当然だけどね？　いささか子どもっぽいようにも見えてしまうんだよね。似合うけどね？　でも物にはピッタリの持ち主という存在がいるものなのさ。私用のは別にデザインしようと思っているしね。よし、せっかくなら驚かせてあげようかな。思い立ったら吉日。さっそくレディの元へと向かおう！


「ふぇっ!?　ま、マイユしゃん!?」

「どうだい、レディ・メグ？　いつもの私も美しいけど、君と同じ色合いも似合うだろう？　ま、私は何色でも似合ってしまうけどね！」

レディの元へやってきた私はこのオシャレ小道具で髪と目の色をレディと全く同じ配色に変えておいた。髪は淡いピンク、瞳は紺色に。思っていたような反応を貰えて嬉しい限りさ！　うんうん。

「これはこのオシャレ魔道具で髪と目の色を変えているのさ。面白いだろう？　私は美しいものが好きなんだ。だから美しい私を磨くのも、美しい誰かを磨くのも大好きなんだよ！　レディは今はまだ可愛らしい、の方が似合うけど、成長とともに必ず美しくなる。私はそんなレディをもっと磨きあげたいんだよ！」

オシャレ魔道具とは言ったし事実ではあるけど、本当は変装道具なんだってのは黙っておく。レディ・メグは可愛すぎるから色んな人に狙われがちだけど、絶対に危害は加えられないからね。もちろん、強力なボディーガードが常に何人もいるってのもあるけれど。

魔王の血を引いているレディ・メグは、亜人たちからは本能的に好かれてしまうからね。どうにかして危害を加えてやる、と思う者だって、いざとなったら出来ないと思うんだ。そしてあの可愛らしさだろう？　みんながメロメロになってしまうのは当たり前とも言えるね。だからレディ・メグは身体の安全は保障されている。軟禁して側に置きたがる変態はいるかもしれないから注意は怠ってはいけないけどね！　とまぁそんなわけで、変装の必要はないけどオシャレには使える。だからこそ彼女に贈りたいと思ったのさ！

「どんな色にも変えられるんでしゅか？」

「そうだよ！　イメージさえキチンと出来ればおかしな色合いになることはないのさ。やってみるかい？」

興味津々《しんしん》といった様子でこちらを見てくるレディ。うーん、可愛らしい。優しい私は自身の首からネックレスを外しながら説明をしてあげた。

「ほら、ネックレスを外せば元通りになるんだよ。本当に色を変えているのではなく、幻魔術がかけられているから、髪も目も痛めることがないのさ」

「へぇーっ！」

ふふふ、大人びているとはいえレディ・メグもまだ幼い子ども。新しいオモチャに釘付けのようだね！　いいことだ！　私はそっとレディ・メグにネックレスをかけて少し離れて全身を眺めた。

うん、やはりこの花モチーフは彼女にピッタリだ！

「貴女には花のモチーフが本当に良く似合うね！　これは私からプレゼントしよう」

「ふぇっ⁉　で、でもいいんですか……？」

うーん、レディ・メグはすぐ顔に出るね！　こんな高そうなもの貰ってもいいのだろうか、と表情で語っているよ。まったく、かれこれ二十年も色んな人から貢《みつ》がれているというのに未だに慣れないらしい。ま、そこがこの子のいい所でもあるんだけどね！　貰えるのが当たり前だと思われるよりずっといい。強欲な人っていうのは醜いからね。私とは大違い。

その点レディ・メグはいつでも謙虚で、感謝の気持ちを忘れないからね。だからこそ、みんなもこの子に何かしてあげたくなるんだろうさ。

「もちろん。貴女なら悪用もしないし、大事にしてくれると信じているからね」

「！　……ありがとーございましゅ。大切にしましゅ！」

うんうん、素直でよろしい。私は笑顔でレディの頭をよしよしと撫でてやりました。

「あ、でももし良かったら少しお願いを聞いてもらえないかい？」

「う？　私に出来ることなら何でもどーぞ！」

ふ、ふ、ふ。言質《げんち》は取ったよ？　私が微笑んだのを見たレディ・メグは、わかりやすく少し後悔の色を瞳に滲ませた。大丈夫、大丈夫！　悪いようにはしないからね！

「ご機嫌麗しゅう、皆さん！　どうだい！　素晴らしいだろう？　レディ・メグがこの美しい私と！　全く同じ色合いでまさに美しすぎる二人が揃うとこうも」

「メグちゃん⁉　確かに可愛いわ！」

「へぇ、プラチナブランドにアイスブルーの瞳かぁ。可愛い子は何やっても可愛いんだね」

そう、レディ・メグへのお願いとして、私と同じ配色でギルド内を歩いてもらったんだ。美しい者が並んだ様子はさぞ絵になるだろうと思ってね！　私の言葉を皆が遮ってしまうのも仕方がないというものだよ！　寛大な心を持った私はなんて素敵な紳士なんだろうね？　案の定ホール内の皆は私たちに釘付け！　うーん！　注目されるっていうのは気持ちいいよ。ゾクゾクするね！

「だが、違和感はあるな……見慣れない姿だからだろうが」

そんなギルさんの言葉に引っかかりを覚えた私は、勢いよくギルさんの方を向いた。

「チッチッチッ。ギルさん、違和感があるからこそ、いいんだよ」

「……？」

人差し指を立てて私がそう言ったものの、ギルさんはイマイチ理解してない様子で首を傾げている。よろしい！　この美しいマイユさんが教えて差し上げましょう！

「いつもと何か違う……それが心をときめかせるんですよ！　同じ毎日の繰り返しでマンネリ化しがちな二人の関係も、いつもと違う何かがあるだけで何だか胸がざわつくんです！　そう、それが恋!!」

「……恋はわからないが、なるほど。新鮮ではあるな」

うーん、思ってた反応は貰えなかったけど、そもそも人に関心の薄いギルさんの反応としては及第点かな！　というか、ギルさん以外から物欲しそうな視線を感じるね。ふふ、私の言いたいことが伝わった面々だろうね！

「興味がある方々はミコラーシュの元へ注文しにいくといいよ。あとはラグランジェのところにも下ろしてる。ランならデザインも凝ったものが作れるだろうし、プレゼントには最適だと思うよ？

……今宵はあの時の新鮮なドキドキを感じて熱い夜を過ごせるかも、ね？」

ふふん、と流し目を送ると、さっと何人かが走り去っていった。ラグランジェの店がしばらく繁盛するね！　オルトゥス裏メンバーであるラグランジェは私たちと密に繋がりを持っているから繁盛するのは喜ばしいことだからね！　でも一人の負担が増えるから私もデザインで少し稼ごうかな。

「……熱い夜」

こてん、と首を傾げてそう呟くレディ・メグには、慌てて楽しくて賑やかなパーティになるから熱くなるのだと説明したよ。さすがに少し早い話題だからね！　決してギルさんの目が怖かったらじゃないんだ！　そんなことがあって、しばらくこの街では髪と目の色合いを変えるのがブームとなった。ふふ、また私がオシャレ最先端としてブームを広げられたことを誇りに思うね！　さすがは私！　美しいうえに仕事も出来て有能だなんて。天は二物も三物も与え――。

【メグ】

今日もいい天気だなぁ。寝間着のままカーテンを開けて雲ひとつない空を見てのほほんとそんなことを考える。平和だ……。

ふわぁ、と欠伸をしてから洗面所へ向かい、いつも通りの身支度を開始。今日はお休みの日で、しかも特に予定もないからのんびりしちゃう。でも美味しい朝ごはんは逃したくないからちゃんと起きるあたり、自分でも食い意地が張ってるなぁと思うよ。

洗面所から戻って姿見の鏡の前に立ち、今日の服装について少し悩む。収納ブレスレットの容量がかなり増えたので、服はクローゼットではなく全てこの中にしまってあるんだよね。その改良をした時に、新たに付け加えられたディスプレイ機能を使い、クローゼットの項目から今日の服を選ぶ。もうみんなが過保護過ぎるんだよ……ありがたいけどね！　今日は暇を持て余すだけの日なので、普段に比べて大人しめな配色のシンプルな服をチョイス。と言ってもかなりお洒落なデザインである。

ふと、鏡に映る自分の首元にかかるネックレスに目がいった。シルバーの小さなお花モチーフで、控えめだからこそどんな服装にも似合う。この前マイユさんに貰ったオシャレ魔道具で、今や街中でも流行ってるみたいなんだよね。マイユさんの発信力すごい。正直、あんまり使い道がわからないんだけど……せっかくマイユさんがくれたのだ。これだって絶対安いものじゃないし、もう一度くらいは使ってマイユさんに見せに行くのがいいかもしれないな。それに今日は暇なのだ。試してみるには悪くないタイミングである。でも色かぁ……どうしようかな。あ、そうだ！　久しぶりに黒髪黒眼になってみるのはどうだろう。懐かしの日本人スタイル！

「よち。やってみよー！」

早速鏡の前でチャレンジ。目を閉じて頭の中でイメージしながらネックレスに魔力を流す。すると、以前と同じように身体の中から暖かい何かが流れてくるのがわかった。それから目と頭にムズムズするような違和感。く、く、くすぐったぁい！　この前も体験したけどやっぱり慣れない！　それが収まったところでそっと目を開ける。すると、

「ふぉぉ、日本人……！　ではないけど懐かしい色合いっ」

鏡に映るのは黒髪黒眼の美幼女！　環の時の色彩を覚えてたから変化も思った通りに出来た。もうね、顔の造形が整いすぎて日本人には全く見えないんだけどね。それにしても、今までの配色に見慣れたせいか、違和感がすごい。おかしいな、前は元のピンク髪と藍色の目の方がコスプレ感満載だったのに。慣れとは恐ろしい。思わず鏡に映る自分をマジマジと観察していると――。

『……っ！　だから、……だ！』

「え……？」

それは一瞬の出来事だった。でも確かに見たぞ。黒髪の少年が、何か叫んでた。顔まではハッキリとわからなかったけど、あのくらいの年齢の知り合いはいないから、きっと知らない人。何となく笑顔だった気がするけど、あれは誰だろう。あ、もしかすると今のは未来予知かな。前触れもないからわかりにくいんだよねー。これまでも何回か経験してるけど、初めて視た時の重大なものか

ら、次の日の夕飯のメニューまで、内容もことの大きさもいつ起こるかの時間もまちまちなのだ。もしかすると、あの少年も今後どこかで出会う予定の人物なのかもしれない。あんまり考えすぎても無駄なのは、メアリーラちゃんが倒れた未来を視た時に実感してる。ただの萌え死にだったっていうあの事件……本当に心配したんだから！　それで良かったけど!!　ひとまずあの少年のことは頭の片隅に置いておこう。そう決めて早速マイユさんの元へと向かった。


「うぉ、メグ？　巷で噂の魔道具使ったのかー」

「ふふ、似合うわよ！」

「いい色をチョイスしたわね！」

マイユさんの元へと向かう途中、案の定色んな人たちから声をかけられる私。その言葉にニコニコと笑顔で返事をしながら地下の工房へと向かっております！

「おはようメグちゃん！　どこへ行くのかしら？」

地下へ降りる階段の前で、これからお仕事開始なサウラさんに呼び止められた。

「おはよーございましゅ！　マイユさんのところに行くんでしゅよー！」

「あ、わかったわ！　その魔道具のお礼ね？」

「そうでしゅ！」

ちゃんと魔道具を使ってから見せに行くなんてえらいわってサウラさんに褒められた。えへへ。

「それにしても、メグちゃんは本当にギルが好きなのね」

「う？」

「だって、今のその色合いってギルの色でしょ？」

そ、そ、そうだった！　言われて初めて気付いたけど黒髪黒眼ってギルさんの色じゃん！　道行く人たちみんなが微笑んでたのって、ギルさんが大好きだからこの色合いにしたって思われてたってことなのかな？　うわ、なんだか恥ずかしー！　違和感を覚えないはずだわ……常に見てた色合いなんだもん。まぁギルさんのことは実際大好きだからいいんだけどね！

「影鷲のぬいぐるみを作ってもらうくらいだし、メグちゃんがギルを大好きなのはみんな知ってるから誰も驚かないのよね」

いや、でも追い打ちをかけるのはやめてくださいサウラさん……さすがに恥ずかしいです！

えへへ、と曖昧に笑ってから地下へと逃げるように足を進める私。気をつけていってらっしゃい、というサウラさんの言葉を背に、とっとこ階段をおりていきました。これ、後でギルさんと顔合わせるの気まずいな⁉

「やぁ、レディ・メグ！　いらっしゃい！　今日も美しい……だろう？　この私は‼」

早速見つけたマイユさんに声をかけると相変わらずな反応が返ってきた。うん、確かに美しいけどさ。まぁ、いいや。これがマイユさんなんだから！

「貰った魔道具で色を変えてみたんでしゅ！　似合いますかー？」

その場でくるんと一回りしてみせると、マイユさんは大袈裟に素晴らしい！　と拍手をしてくれる。それはそれで恥ずかしい！

「早速使ってくれたんだね。優しいね、レディは。もちろんとても似合っているよ！　ギルさんとお揃いだね！」

あ、やっぱりそう思うのね。思わず頭を掻いて照れてしまう。

「今日はどこかへお出かけかい？　その姿でラグランジェの元にでも行ってみたらどうかな。インスピレーションが湧いた、と喜ぶと思うよ！　実際私も、レディのおかげでビビッと来るものがあったからね」

「そ、そうですか……？　それなら、少し恥ずかしいけど、行ってみようかなぁ……」

街の皆さんからも同じように生温い視線を浴びるのかと思うと遠い目になってしまうけど、もはや今更な気もする。それに、こんな私で役に立つなら、いつもお世話になってるランちゃんにお礼も兼ねて行くべきかもしれない。

「よち。それじゃあ行ってみましゅね！　マイユさん、本当にありがとうござい……え？」

この後の予定を決めたところでマイユさんにお礼を告げ、立ち去ろうとした瞬間、突然眩しい光が私を包み込んだ。思わず目をギュッと閉じる。な、何ごと!?

「なっ、魔術陣!?　レディ・メグ！　手を!!」

焦ったようなマイユさんの声にハッとして目を開けると、なぜか私の足元に光り輝く魔術陣。な、な、なんなのー!?　でも何となくいい予感はしない。反射的に伸ばされたマイユさんの手を掴もうと手を伸ばしたんだけど……。

「痛っ！」

バチィッと電気が走ったような痛みとともに何かに弾かれ、その手を掴むことが出来ない。それはマイユさんも同じようだった。

「レディ！　メグ！　メグ――」

次第にマイユさんの姿や声が薄れていき、私の視界も真っ白で埋め尽くされてしまう。一体、何が起きたの？　でもきっと、これはまずい状況だってのはわかる。とはいえ、この状況を自力でどうにかすることも出来ず、私は流れに身を任せることとなったのだった。

エルフの郷へ家族旅行

とてもいい天気の中、私はお父さん、ギルさん、シュリエさんの四人で家族旅行に来ています！　お父さんの車で移動し、港に着いてからは数日かけての船旅を経て、ついにやってきましたエルフの郷！　ここに来るのは初めてだし、同年代のエルフの子どもがいるということでずっと楽しみにしてきたのだ。ウキウキするな、という方が無理である。

「うあ？　フワフワ、しゅるぅ」

「おっと。しっかりしろ、メグ。まぁ気持ちはわからんでもないが」

久しぶりの陸地に意気込んで着地したものの、どうにも足元がフラついてちゃんと立てない私。それを背後から支えながらお父さんがクスクス笑う。ずっと船の上で波に揺られていたから地面が揺れている気がするのだ。

「おとーしゃんたちは、フワフワちないの？」

「しないな」

「しない」

「まぁ……しませんね」

このハイスペックどもめ！　口を尖《とが》らせてしまうくらいは許してほしい。悔しい。

「ここからは私が案内しますよ。まぁこの島全体がすでにエルフの郷なのですけどね」

セントレイ国の港からはナンレイ国に渡る便と、エルフの郷直通便が出ていて、私たちは当然その直通便でやってきた。エルフの郷は、ナンレイ国から更に海を渡った先にある小さな島。だからまさしくこの地がもうエルフの郷なのである。念願の第一歩が情けないことになったけど気を取り直して辺りを見回した。

「に、賑やかでしゅね……でも、なんか、見たことがあるような」

今いる場所は港だけど、ある場所からはずっとビーチが続いているように見える。海水浴や日光浴をしている人もいて楽しそうだ。それから、島の中央部に続く方面を見てみれば、色んなお土産屋さんなどが並んでおり、観光客で賑わっている。かといってゴミゴミしてるってわけじゃない。お店もすごくたくさん並んでるってわけじゃないもんね。着ている服はみなさん涼しげなもので、足元は素足にサンダルが多い。え、サングラスもかけてる人がいる！　流通してるんだ、と目を丸くしてしまった。

「でも、メグはエルフの郷は初めてだろう？」

私がこの光景どこかで、と腕を組んで考えていると、ギルさんからごもっともな意見が。そうなんだよね、それは間違いない。私がこの身体に入る前も来たことはないはずだ。だってずっとハイエルフの郷にいたわけだしね。

「メグ。昔、海外旅行に一回だけ行ったことがあるだろ？」

「あ」

そこへ、お父さんからのヒントが。そうだ、それだ。すぐにピンときた。

「ハワイみたい……！」

「だよな！　俺も最初、そう思ったんだよ」

かなり昔だし、一回しか行ったことがないからそこまで覚えてはいないんだけど、ビーチの感じとか島の雰囲気がハワイっぽのだ。あー、スッキリした。ギルさんとシュリエさんは首を傾げていたけどね。ごめんね、元日本人トークして。

「エルフの居住区はもっと奥にあります。先に向かいましょうか。挨拶もしたいですし」

「おー、そうだな。俺も挨拶しとくわ」

お父さんは何度かここに来ていて、エルフの皆さんとも顔見知りなのだそう。いいなぁ、私も何度も来たい！　って思うけど、子どもの身にはちょっと遠い。大きくなったらの楽しみにとっておこう。

屋台街は色んな亜人さんが観光していて、エルフはほとんど見かけない。なんでも、亜人の居住区もここにはあるらしく、エルフの郷に住む亜人さんたちがこうしたお店を出してるんだって。先住民であるエルフは、立ち入り禁止エリアにさえ入らなければ好きにしていい、というスタンスなのだそう。お金も回るし生活も便利になるからって。本当に意外だ……でもその割に治安も良さそうだよね。無断で立ち入る不届きものとかもいそうなものだけど。なんてったって、誰もが来られる観光地なんだから。あ、でもエルフっていうのは自然魔術のプロフェッショナル軍団なわけだし、セキュリティが万全であってもおかしくないか。自問自答して解決してしまったよ。一人でうんうん頷いていたらお父さんに怪訝《けげん》な目で見られたけどスルーである。

屋台街を抜けた先は、小さな森が広がっていた。とは言っても、一本道ながら舗装されているし、きちんと管理もされているみたいだから森というよりは公園のような印象だ。ここにも亜人さんが何人もいて、みんなが思い思いの場所でシートを広げて寛《くつろ》いでいたりする。ピクニックかぁ。いいよね、お天気もいいし、空気も澄んでいるし。思わず大きく深呼吸をしてしまう。

「ああ、ここは清浄な空気と良質な魔力に満ちてるからな。ハイエルフの郷ほどじゃないが」

そんな私を見て、お父さんもそう告げながら軽く深呼吸をしている。確かにその通りだと感じた。だって、精霊の光の数が一気に増えたもん。輝きもさることながら、とにかく元気一杯に飛び回っているのだ。遊んでるのかな？

「ショーちゃんたちもみんなしゅきにちておいで！」

精霊たちに声をかけるとすでにキャッキャと嬉しそうに宙で踊ってるから言われなくても大丈夫だったかも。はーいと返事をしながら各々が無邪気に去っていってしまった。可愛い。

「見えてきましたよ。あちらにあるのが私の故郷です」

「シュリエしゃんの、故郷……」

指し示された場所に目を向けると、そこには長閑な村の風景が広がっていた。これまでのハワイアンな雰囲気を残しながら、ところどころに建つ住居であろう建物は木造の簡素な作りになっていて、自然とともに生きるエルフということを実感させられた。村の中央部には小さな泉が湧いているようで、精霊たちが群がってる。うん、なんとなくだけどあの泉からはとっても癒される空気を感じるかな？ハイエルフの郷にも泉があったけど、水というのはやっぱり生命の源なんだなぁなんて呑気に考えていた。

「あれ？ 花壇の土と、木にもいっぱいせーれーしゃんがいる……」

そう考えていたんだけど、よく見たらあちこちで精霊の群がる箇所があるのを見つけたのだ。すると、シュリエさんはそれはそうですよ、と説明をしてくれた。

「精霊は自然の力を好むのです。それは人工的なものから生まれた精霊も例外ではありませんからね。この村は水も、土も、木々も、それから建物の間を吹き抜ける風も、全てが他の地よりも澄んでいるのです。それは、私たちエルフと契約精霊たちのおかげともいえます。大昔から途絶えることのない炎の祭壇もあるのですよ？」

「ほあぁ、しゅごい。なんだかソワソワしゅるの」

ここは村だし、人も多いから人工的な物もたくさん溢れてる。でもなんだか大自然の中にいるみたいな感覚で、こう、なんだか興奮するのだ。内側からワクワクした気持ちが湧き上がってきて、身体が歓喜しているみたい。ハイエルフの郷に行った時も感動したけど、あの時は不安と恐怖が大きかったからなぁ。

「メグもやっぱりエルフなんだなー。血が騒いでんだろ。攻撃的になるってんじゃなくて、文字通りエルフの血が騒いでんだ。ここの環境が肌に合うってことだな」

「うん……なんだかとってもワクワクしゅる！」

お父さんの一言に納得。そうだ、エルフであるこの身体が喜んでるんだね。正確にはハイエルフだけど性質は変わらないし。思わずその場で手を大きく万歳してくるくる回った。本当は踊りたい気分なんだけど、センスのない私には無理なのでこれが限界なのである。

「やぁ、シュリエレツィーノ。久しぶりだなぁ！」

「ああ、ベネディクトゥリス。変わらないですね。しばらくお世話になります」

「なんだよ水臭い。お前の故郷なんだから好きにしたらいいのさ」

と、背後でシュリエさんが誰かとお話ししているようだ。銀髪に淡い水色の瞳、そしてエルフの特徴である少し長い耳を持った、見目麗しい男性だ。自分の髪と瞳の色はエルフの一般的な配色だってシュリエさんは言ってたけど、確かにおんなじだ。兄弟、と言われても納得出来る。美しいし。

「それはそうなのですけどね。今回はオルトゥスの仲間も一緒ですから」

シュリエさんはそう言って、エルフの男性に私たちを一人一人紹介してくれた。お父さんのことは知っているみたいで軽くハグしていたけどね。うん、挨拶が欧米感ある。ギルさんとは軽く握手をし、そして私の番である。

「えっと、メグでしゅ。お世話になりましゅ」

ちゃんと自分で挨拶しないとね！　第一印象は大事である。私がしっかりと頭を下げて挨拶をすると、男性はかなり驚いたように声を上げた。

「まだこんなに幼いのに！　リュアスカティウスとは大違いだな」

ん？　またしても聞き覚えのない名前。というかエルフの名前は長いのがデフォルトなのかしら？　ちゃんと呼べる気がしない上に、そろそろ覚えられないんだけど！

「あの子よりメグは年上でしょう？　まぁ、数年ほどではあるのですけど。まったく、数十年も生まれていたことを私に黙っているなんて……」

「何度も謝ってるだろ、そろそろ勘弁してくれよシュリエ。誰かがお前にすでに連絡してるものだと思ってたんだよ」

シュリエさんの返答で理解した。きっとそのリュアス……なんとか君は噂のエルフの子どもだ。本当はもう随分前に生まれていたのに、シュリエさんが知ったのはついこの間なんだよね。「エルフの子どもが生まれたなんて聞いてません！」ってギルドに大きな声が響いた時は驚いたぁ。あのシュリエさんが、って。でもそれほどの大ニュースなのだ。エルフの子どもっていうのは世界の宝なんだもんね。だというのにみんなして報告を忘れるとか、エルフって種族は感覚が色々と緩いところがあるのかもしれない。

「聞くところによると、この子との年齢差はあってないようなものじゃないか。あの子は本当に甘えん坊でね。とにかく可愛いのは確かなんだが、たまに手を焼くんだよ。少なくとも、この子のように挨拶なんか出来ないね」

エルフの男性、ベネディ……ベネさんでいいかな？　ベネさんは腕を組んで苦笑を浮かべながらそんなことを言った。子どもって、普通はそんなものだと思うよ……！　そうは思っていても言えないけどね。私の中に環という成人女性が混ざっているなんて知る由《よし》もないわけだし、言えばただの変な幼女になっちゃう。なんて反応を返せばいいのかわからないので、必殺「困った時は笑顔」を発動しておいた。にこーっ！

「か、かっ……わいい……！」

「あ、シュリエさん！　え、何この可愛い子!?　天使!?」

「うわぁ、本当に可愛いぃぃぃぃ!!」

いつのまにか人が集まっていたようだ。やはりエルフの子どもは貴重なのだろう、みんなが私を可愛い可愛いと褒め称えてくれる。でもちょっと気恥ずかしいよ⁉　あまりにも囲まれるものだから、シュリエさんがそろそろ……と声を上げかけたその時だ。

「なんでぇ⁉　なんでよぉっ⁉」

幼くて甲高い声が辺りに響く。驚いてその声の方に顔を向けると、そこには金髪に水色の瞳をした小さなエルフの男の子が、目に涙をいっぱい溜めてこちらを睨んでいるのが見えた。

「リュアスカティウス！」

誰かが彼の名を呼ぶと、その小さな子どもはくるっと後ろを向いて走り去っていく。外見年齢は三歳くらいかな？　幼児だから風のように去っていくってわけじゃなくて、とたとたといった表現が正しい。え、なにあれ、なにあれ⁉

「かぁわいいっ‼」

私は思わずニヤける頬を両手で押さえながら、そんな風に叫んでしまったのだ。これが、私と同年代のエルフ、アスカとの出会いであった。

「あによ！　あの子、追いかけてもいーでしゅか？」

とてとてと走っているのでまだその姿が視界に入るエルフの子を指し示しながら、私は慌ててそんな主張をした。大人たちは目配せをし合うと、すぐに微笑んで頷いてくれた。そこへすかさず質問をしたのは過保護代表ギルさんである。

「子どもだけで大丈夫なのか」

まぁ、あの子が向かった先には森が見えるからね。野生の動物とか、もしかすると魔物とかがいるかもって思っちゃう。でも早く追いかけないと追いつけなくなってしまうので私はその場駆け足状態である。

「あの森は木々が多いけど、子どもにとっては遊び場みたいな場所で危険もない。精霊もたくさんいるからね」

「大丈夫ですよ、ギル。精霊が多くいるということは、魔物も滅多に来ないということです。でも、心配な気持ちはよくわかります。影鳥を追わせるのはいかがでしょう。それなら何かあった時、貴方なら瞬時に現場に行けるでしょう？　貴方や他の大人が追えば、余計に逃げてしまうかもしれませんしね」

ベネさんの説明に、シュリエさんが補足してくれた。お父さんも問題ないって言ってるから本当に危険はないのだろう。たぶん、周囲の安全を瞬時に魔術で調べたのだろうし。今はお父さんのそのハイスペックぶりに感謝である。

「む。ではそうしよう」

話がついたようだ。ゴーサインが出たので私はすぐに走り出した。……ぼてぼてと。うわーん！　これじゃあの子に追いつけないよ！　絶対あの子より遅いし。しかし今は自分の運動能力のなさを嘆いている場合ではない。すぐさまショーちゃんとフウちゃんを呼んだ。遊んでいるところごめんね。でもすぐに私の前に現れてくれて、それでいて嬉しそうにしてくれる精霊ちゃんたち、本当に大好き！

「フウちゃん！　あの子に追いちゅけるように早く走りたいのー！　ショーちゃん、いつもみたいにつーやくおねがいーっ」

『わかったのよ、ご主人様ー！　フウ！』

『ん！　まかせてっ、主様っ！』

フワリと足元から風が私に纏わりつくのを感じた。身体が軽い。さっきのぼてぼて走りはなんだったのか、っていうくらいのスピードで私は進む。文字通り、風になったみたいに！

「メグ！　暗くなる前に戻れよ！」

「あーい！」

そんな私の後ろ姿にお父さんが呼びかけてきたので振り返らずに返事だけしておいた。

「……な、なんだ、あの自然魔術の巧みさは……⁉」

残された皆さんがなにやらザワザワと騒いでいるみたいだけど、なんて言ってるのかまでは聞こえなかった。ま、いっか！　今は全速前進ー！


「おいちゅいた！」

「わぁっ⁉」

フウちゃんのおかげであっという間に追いつくことが出来た。男の子の前でふわんっと停止してからフウちゃんにお礼を言う。それからすぐに男の子に声をかけた。

「なんでって……なんで？」

「え？」

おぅ、我ながらアホな質問をしてしまった。だって、この子がさっきなんでーって叫びながら走って行っちゃったから。なんで、「なんで？」って言ったのか聞きたかったのだ。うーん、ややこしい。

「さっき、なんで？　って言ってたから……」

だからそう言い換えると、男の子はプイッとそっぽを向いてしまった。あ、まだご機嫌斜めだ。でもごめん、ぷくっとしたほっぺが可愛くてもう可愛いです。何言ってんだ私。

「泣きしょーだったし……」

「泣いてない!!」

続けてそう呟くと、顔を真っ赤にして叫ぶ男の子。ごめんよ、プライドを傷付けたかな？　慌ててじゃあ見間違えかも、と言っておく。すると、そうだ見間違えだよ！　と腕を組んで言い張った。可愛い。

「だいたい、お前、何ものだよっ！　とつぜん村に来てさ、みんなにかわいーかわいーってされてさ……」

一度怒鳴ったからか、フツフツと湧き上がるものがあったのかもしれない。男の子はプリプリと怒りながら私を指差して叫んだ。

「ぼくが、一番かわいーだったのにぃっ!!」

にぃっ、にぃっ……と言葉尻が静かな森の中にエコーする。え？　い、今、なんと？　呆気にとられて目をパチクリ。つまり、この子が怒ったのって……嫉妬？　私に？

「かわいー……」

胸がキュンとした。お姉さん胸キュンが止まらない！　うっかり心の声が漏れてしまうほどに。

「……え？　ぼく、かわいい？」

そんな私の呟きを拾ったらしい男の子は、ほんのりと頬を赤らめて上目遣いで聞いてきた。ぐはっ。威力は抜群だ！

「かわいーよ！　サラサラの金ぱちゅはキレーだし、水色の目もパッチリだし、ほっぺはふくふくだし、お肌は白いし、しゅっごくかわいー!!」

ので、お返しとばかりに褒めちぎってやった。だって本当に可愛いんだもん。エルフの子どもは世界の宝だと言われる理由がよくわかるよ。こんな姿で上目遣いされたらそりゃー心臓を鷲掴みにされちゃうのも無理はない。

「……お前も、かわいーなのに？」

「私も？」

あ、そっか。さっき村の人たちが私をチヤホヤしてくれていたもんね。そのことを言ってるのだろう。それに、確かに今の私の外見は可愛らしい。それは認める。んー、じゃあどうしようかな。

……そうだ。

「一緒じゃダメ？　かわいーってされるの」

自分だけが可愛がられたい！　と言われたらそれまでなんだけど。でもそれは周囲の大人が許さないだろうから。あの過保護すぎるメンバーだよ？　無理である。

元々貴重な子どもの中でも、特に貴重なエルフの子ども。だからこの子や私が可愛がられるのはある意味当然なんだよね。それほど珍しい存在にもかかわらず、今この時この場所に二人もいるのは奇跡だ。うん、絶対仲良くなりたい。子ども特有の嫉妬の気持ちが出ちゃっただけなんだよね。今までずっと自分だけが可愛がられてきたから、戸惑っただけなのだ、きっと。

「私も、あなたのことかわいーってちたいな」

なので、素直に気持ちを伝えてみました！　愛《め》でたい！　撫でたい！　甘やかしたい!!　あれこれとそれっぽいことをツラツラ考えてはいたけど、本当は欲望でいっぱいである。可愛いは正義なのだ、仕方ない。

「してくれるの……？」

「うん！　だって、私の方がおねーちゃんだもん！」

ほんの数年の差とはいえ、私の方が年上なことに変わりはない。腰に手を当てて胸を張って主張します。

「おねーちゃん……かぁ」

すると、男の子はしばらく何かを考えるようにジッと私を見つめ、それから突然こちらにタックルしてきた。いや、タックルのつもりはなかったと思う。だってギュッと抱きしめてくれているから。でも当然支えきれるわけでもなく、私たちはそのまますってんころりん。私を下にして地面に倒れてしまった。それでも抱きつく腕の力は緩まない。ぐえっ。

「僕、リュアスカティウス」

「りゅ、あしゅか……？」

男の子が名乗ってくれた。でも残念なぐらい上手く言えない。年下のこの子の方が流暢《りゅうちょう》に喋れるってどういうことだ。私が噛んでしまったのを聞いて何か思ったのか、男の子は上目遣いでさらに一言。

「アスカ」

「アしゅカね！　私はメグ！」

やっぱりうまく言えなかったけど、無理やり押し通して私も名乗る。アスカは何かおかしいぞ？　と言った様子で首を傾げていたけど、頭を撫でたら嬉しそうに笑ってくれた。誤魔化したともいう。

「メグおねーちゃん！」

「あい！　おねーちゃんでしゅよ！」

しかーし！　この可愛さの前にはなんの問題もない。私たちはしばらくその場に座り込んだままニコニコと笑い合っていた。ほのぼのー！


「ただいまでしゅ！」

「ただいまー！」

二人で手を繋いで村まで歩くこと数十分ほど。色々とおしゃべりしながらだったからあっという間に感じた。どんなおしゃべりだったかって？　ぼくはアプリィが好き、とか私はシュベリーが好きとか、基本食べ物の話でしたよ。食いしん坊二人組とは私たちのことです。

「これはまた……」

「すっげーもの見た気分だな……」

シュリエさんとお父さんが口元を押さえてこちらを凝視している。何ごとだろうか？　私たちは一度顔を見合わせ、揃って首を傾げた。

「……危険だな」

次いでギルさんのそんな一言。だから、何が⁉　私たちが頭上に疑問符を浮かべていると、エルフの女性たちがきゃぁきゃぁと言いながら私たちを見て可愛い可愛いと言い始めた。……あ、なるほど。そういうことね。要するに、絵面が可愛らしすぎたのだろう。まぁ、幼児二人だしね！

「ギルしゃん、アしゅカとお友達になったよ！」

「アスカだよ、メグおねーちゃん」

せっかくなのでギルさんにアスカを紹介したものの、ついに突っ込まれてしまった。頬をぷくっと膨らませて言うのが可愛い。でも、でも、おねーちゃんとしての威厳がー！

「アしゅカって言ってるでしゅ」

「そお？」

言えてないだけで。くすん。強がりの笑みを浮かべつつ心の中で凹んでいる間に、アスカの興味はギルさんに移ったようだった。よしよし、もう突っ込まないでね。おねーちゃん泣いちゃうから。

「メグおねーちゃん、この人はだぁれ？」

「ギルしゃんでしゅ。私の……えっと、パパなんでしゅよ！」

「パパ！」

間違いではない。ギルさんが少々困惑した様子を見せたけどね。

「でも、なんでお顔隠してるの？」

「む……」

お、子ども特有の純粋な疑問だ。でもなかなか答えにくい質問だ。どうするのかな？　と様子を見ていると、ギルさんはどうしてもだ、とありがちな返事をしていた。いいのかそれで。アスカはふぅん、と答えてもうそのことについては興味を失っていたから、まぁいいのだろう。子どもってそんなものかな？

「あの、ギルさん？　あの、あの」

しばらくジッとギルさんを見つめていたアスカだったけど、急にモジモジし始めた。それから控えめにギルさんに声をかける。どうしたんだろう？　ギルさんも小さく首を傾げている。

「抱っこ……」

「む」

予想外の言葉に私もギルさんもキョトンとしてしまった。一度言えたから自信がついたのか、アスカは今度は遠慮なく両手を伸ばして元気におねだりを始める。

「抱っこ！　ギルさん抱っこしてー！」

「お、俺なのか？」

ピョンピョン飛び跳ねながら怒涛のおねだりを繰り広げるアスカに、戸惑うギルさんの図はなかなかにシュールである。基本的に優しいギルさんがそれを断ることはない。早く早くと急かすアスカの前にそっと屈んで、ギルさんはアスカをひょいと抱き上げた。

「わー！　高い！　高いー!!」

キャッキャと大喜びのアスカは、そのままギルさんに走って、とかもっと速く、とか大はしゃぎだ。ぎ、ギルさんがいいように使われている……！

「……？　あれ？」

ズキリ、と胸が痛んだ。これは、なんだろう？　アスカを抱っこしているギルさんを見ていたら、なんか、こう……モヤモヤする。一人取り残されてポツンとしてしまったからかな？

「おー、珍しいな。ギルがこき使われてるなんてよ」

「ええ、とても貴重なものを見させてもらいましたね」

いつの間にか近くに来ていたお父さんとシュリエさんは楽しそうに笑っていたけれど、私はなんだかそんな気持ちにはなれなかった。なんでだろう？

父は娘の変化を見守る

メグの様子がおかしい。だが、これは父親だからこそ気付けた変化だと思う。

「ご飯いっぱい！　果物いっぱい！　おいちしょー！」

このように、表向きは元気いっぱいだからだ。エルフの族長の家に呼ばれての夕飯は、豪華な食事や見たことのない料理が並んでいるから、メグの感想は本音ではあるんだろう。うまそうに食ってるし。だが、やっぱりどこかおかしいんだよな。元気がないというかなんというか。

まぁ、原因はだいたいわかってるんだけどな。

「ギル！　ぼく、あれも食べたい！　食べさせてー！」

「はぁ……わかった」

リュアスカティウス、あの子がギルをずっと独占しているからだ。俺たちが村にやってきてからというもの、何が気に入らないのか一人で怒って森の方へ駆け出したアスカ。メグはそんなアスカが気になるようで、その後を追っていった。ギルが影鳥をつけてくれたから様子を聞いてみれば、なんてことはない。メグがチヤホヤされていたのが気に入らないという子ども特有のわがままだった。

たぶんだが、メグは人間として生きていた頃の記憶があるからか、そんなアスカも可愛いとしか思っていなかったのだろう。あっという間にアスカを懐柔し、自分はお姉ちゃんなのだと張り切っていた。あれは可愛かった。やばかった。まぁそれは置いておいて。帰ってくる頃には二人が仲良くなっていたから、うまくやれそうだと安心してたんだが……。

「あれ美味ちしょー！　あ、あれも。これもー！」

「おいメグ、取りすぎだ。全部食えねぇだろ」

いつの間にかお皿に山盛りになってやがる。自分の胃袋具合をちゃんと理解しているから、いつもならこんなことはしない。確実に動揺してるな、これは。本当だ……と照れ笑いを浮かべるメグはめちゃくちゃ可愛いが、どこか同情心も誘う。よし。

「ふえ？　なーに？　おとーしゃん」

メグを俺の膝の上に乗せて、皿もこちらに寄せた。戸惑うように上を見上げてくるメグに笑いかけて言ってやる。

「せっかくうまそうなもんたくさん取ってくれたんだ。一緒に食おうぜ」

「！　おとーしゃん……うん！　いっちょに食べよ！」

ギルが取られたような気がして寂しいのなら、俺やシュリエ、他のみんなが思い切り甘やかしてやればいい。あと俺が幸せになる。シュリエも何となくその雰囲気を察したのか、近くに寄ってきてメグの世話をあれこれ焼いていた。だんだんメグも元気を取り戻していき、嬉しそうに笑うことが増えたのでホッとする。……だがまぁ、やっぱりどこか元気がねぇよな。お前、そんなにギルが好きか。父としては非常に複雑な気分だ。

「リュアスカティウスー！」

「あ、かーさまが呼んでる。ギル、下ろしてー！」

そこへ、アスカが母に呼ばれたことでようやくギルが自由になった。そっと床にアスカを下ろしたギルはどこかホッとしたような顔だ。わからんでもない。チラッと膝の上のメグの様子を窺う。当然、その様子をメグも見ていたみたいだな。すぐにでも駆け寄るだろうなぁ、と思っていたんだが……ジッとギルの方を見たまま動く気配がない。なんだよ、行かないのかよ、と思ってついお節介心に火がついた。

「メグ、お前ギルのとこにいかねぇのか？　ようやく空いたぞ？」

「空いたって……おとーしゃん、言い方ぁ」

おっとすまねぇ、ついな。ぷくっと頬を膨らますメグは可愛い。だが、すぐにその表情は悲しげなものに変わる。眉尻を下げ、目線も落ちていた。

「きっと、じゅっとアしゅカを抱っこちてたから、ちゅかれてると思うの」

おいおいおい、随分大人びた思考じゃねぇか。いや、中身は大人な部分もあったな、確か。だが、今は幼児だ。本当は駆け寄りたくて仕方ないだろうに、ギルの心配をしてグッと我慢している。というかお前、アスカがギルを独占してからずっと我慢しっぱなしじゃねぇか。俺も俺でギルにばっかり懐かれるのは癪だと思っていたが、さすがにこれはちとメグがかわいそうだと思えた。

「ギル！　ちょっと来い」

「おとーしゃん？」

アスカ相手には我慢した方がいいって思うのは、まぁわかる。だがな、ギル相手に我慢なんかするなって言いたい。困惑するメグを無視してギルを手招きすると、ギルはすぐにこちらにやってきた。

「どうした、頭領。メグに何か？」

で、この第一声だよ。ちょっとイラッとしたね。なんでかって？　俺が呼んだ理由がメグだって決めつけてるからだよ！　その通りだけどな⁉　だが、こいつもメグのことばっかり考えてんだなって思ったら、なんかこう、イラッとしたんだよ。そーだよ嫉妬だ、悪いか！

「メグがお前と話したいんだってよ」

だから、どうしても口調が荒くなっちまうのは許せよギル。複雑な父心だ。でもお前を呼んでやったんだから感謝してくれ。だというのに問題はメグの方だった。

「えっ、べ、べちゅに、何もないでしゅよ？」

これだよ。違うだろ、そこは素直に甘えるとこだ！　あわあわと両手を横に振って否定する姿を見てると、日本人って感じだよな。どちらかというと社畜精神か？　……環が働いてた会社、潰れちまえばいいのに。それはそれとして、そういう習慣てのはなかなか抜けないもんなんだろう。甘えるのが苦手なら、甘やかしてやらねぇとな。軽く肩を竦めてため息を吐いた後、俺はメグをひょいと抱き上げてギルに差し出した。

「ほれ、いいから連れてけ。俺はそろそろ族長のとこに酒注《つ》ぎに行ってくるからよ」

「ああ、挨拶か。わかった」

正直、族長に酒を注ぎに行くのなんざ面倒だが、数日間世話になる身だからな。初日と帰る日くらいはしっかり挨拶しとくのが礼儀ってもんだ。メグをギルに見てもらういい口実にもなるだろうし。だが、またしてもそこに邪魔が入った。アスカが戻ってきたのだ。

「あーっ！　ギルぅ！　なんでそっちにいるの？」

とっとことこと金髪の幼児がこっちに向かって走ってきた。くそっ、こいつも可愛いな⁉　エルフの子どもってのはマジで見た目が整ってるのもあって可愛すぎる。メグを抱き上げているギルの足元でギルを見上げ、ぼくもぼくも、とぐいぐい裾を引っ張ってる姿は本当にやばい。まぁ、そんな姿に根が優しいギルが拒否できるわけもない。ギルはその場に屈んで左腕でアスカを抱き上げた。二人のエルフの子を抱っことか……お前、幼児にモテるな？

「メグおねーちゃんも、抱っこ？　おねーちゃんなのに？」

だが、アスカのメグに向ける言葉は少々可愛くないものだった。いや、たぶん悪気はないんだ。純粋にそう思っただけなのだろう。だが、色々と理解出来るメグにしてみればグサッと刺さる一言だったかもしれない。現にしどろもどろ、といった様子だからな。

「ギル！　メグおねーちゃんは下ろしてよー！　ぼく、またあっちでいろいろ食べさせて欲しいもん！」

「い、いや、しかし……」

おぉ、ギルが困ってる。こりゃ貴重なものを見たな。だが、小さい子の扱いに慣れてないギルには荷が重いかもしれねぇな。メグの世話をずっとしてた？　ありゃ聞き分けが良すぎる。本当の苦労を知らねぇからそれとこれとは話が別だ。

「ギルしゃん、下ろして？　私、へーきだから」

ほら見ろ。聞き分けが良すぎる。本当はまだ抱っこされてたかったくせにな。どうせ、ギルが困ってるから自分が引こうとか、自分はこれからもずっと一緒にいるわけだから今はアスカに譲ろうとか思ってるんだろうが、お前、顔に出てるからな？　寂しいって。

正直言えば、大人にとっちゃ助かる反応ではあるんだが……本当にここはメグが我慢するところなんだろうか、と思わないでもない。あー、モヤモヤするな！　子育てってのは難しい！

「む……後で必ず戻る」

「うん！」

ギルも本当に困っていたのだろう、今はメグの提案に素直に乗ることにしたようだ。まぁ、それが一番いいかもしれないな。その分、後で甘やかすだろうし。ギルが珍しくもふわりと目元を緩め、メグがそれに対して嬉しそうに返事をしている。それだけでメグも満足したっぽいから俺から何か言うこともねぇだろ。一応、平和的な解決をしたな、と胸を撫で下ろす。だが、ギルがメグを下ろし、手を離したその瞬間だった。

「メグおねーちゃんは、あっち行って！」

「にゃっ……!?」

自分だけを見てほしいと腹を立てたのだろう、アスカが怒ってそう言いながら手足を勢いよく伸ばし、その足がメグの頬に直撃してしまった。ギルが屈んだままの状態だったから、たまたま当たってしまったのだろう。勢いのあまりメグは顔を蹴られた衝撃で後ろにコロンと転がってしまった。

「メグ!!」

当然、目の前で見ていたギルは慌ててメグに手を伸ばした。そうなると当然、アスカは下ろすことになる。アスカは何が起きたのかわかっていないようで、ポカンとメグとギルの姿を眺めていた。メグはまぁ、大丈夫だろ。あの程度で傷が残るような怪我は残らないし、目にも当たってないのは見えていたしな。問題はアスカの方だ。過保護なヤツらはメグの方ばかり心配して見ているからアスカにまで目がいってない。俺が注意深く見ておくことにした。

「ぼく、ぼく……ぅ、うわぁぁぁぁん!!」

案の定、パニックになったアスカは大声で泣きながら走り去ってしまう。すぐに気付いたギルに目で合図を送ると、すぐさま頷いて影鳥を飛ばしてくれた。よし、これでアスカは大丈夫だ。メグの方はどうだろうな。様子を見ようと近寄りかけたんだが、

「アしゅカ!」

誰よりも先にアスカを追いかけようと動いたのがメグだった。さっきと同じように自然魔術を使い、あっという間のこの場を離れていく。そうだ、こいつはそういうヤツだった。昔から変わらないんだ。自分のことより、他人を気にして悲しむタイプ。誰よりも人の気持ちを考えられる子なんだ。

「ギル」

「わかっている」

咄嗟《とっさ》にギルに声をかけたが、言うまでもなかったな。すぐにメグに追いついて一緒にアスカの元へ向かってくれた。ここらは安全で、索敵の結果からも危険がないことは分かっているとはいえ、今は夜だからな。さすがにさっきのように子どもたちだけで歩かせるわけにはいかない。俺? 俺はギルを信用してる。三人揃って帰ってくるまで、取り残されてぽかんとしてるエルフのみんなを、シュリエとともにまとめるとしよう。

「本当にすみませんでしたユージン殿。我々は、リュアスカティウスを甘やかしすぎたのでしょう

かねぇ……」

エルフの族長が申し訳なさそうに何度も同じことを言う。気にするなってさっきから言ってるんだが、それじゃあ納得しそうもないな。

「リュアスカティウスは、ここで暮らす大半のエルフがそうであるように、ハーフなんだ。母親はあそこにいるが、父親は闇熊《やみくま》の亜人で、もうこの世から……」

側にいたベネディクトゥリスが軽くため息を吐きながらアスカについて語り始めた。この世界において、親がすでに亡くなっている、というのはそう珍しい話でもない。だがそうか、だからギルなんだなと納得出来たぞ。

「闇熊ですか……半魔型や人型の時は黒髪黒目なんですね」

「ああ、その通りだよ」

そう。シュリエの言うように闇熊という種族は、黒髪黒目であることが多い。案外その色彩は珍しいんだよな。基本カラフルだからなこの世界。しかも輝く髪と青系統の瞳を持って生まれるエルフの村なら尚更。だからこそ、父親と同じ色合いであるギルに最も懐いたのだろう。

「我々は、あの子が寂しくないようにとたくさん可愛がってきました。その方法が良くなかったのですかね……情けないですね」

苦笑を浮かべる族長に、思わず俺は待ったをかけた。

「それは違う。可愛がるのも、甘やかすのも問題なんてねぇんだよ。子どもには愛情を注ぐもんだし、そもそも子育てに正解なんてもんはねぇからな」

一児の父親として、経験から言わせてもらう。今も現在進行形で子育て中みたいなもんだが、メグはなんつーか、それとはまた違うからな。まぁそれはいい。

「大事なのはよ、子どもが危険な時とか、それは人として違うだろって周囲の大人が思った時に、ちゃんと導いてやることなんだよ。何でもかんでも許すことが甘やかすことじゃねぇんだ。そこさえしっかり頭に入ってりゃ、思う存分可愛がっていいんだよ」

どうせ正解がないなら、育てる側にとっても子どもにとっても幸せな方法を取った方がいいじゃねぇか、と笑って言ってやる。当然、叱らなきゃいけない時はある。場合によっちゃ叱ってばかりで自己嫌悪に陥《おちい》る人もいるだろう。だが、そこに愛情があるなら子どもはちゃんと育つ。親の失敗も、成功も、子どもってのはしっかり見てるもんなんだ。大人が間違えることもあるって、いつか気付くものなんだからな。

「気楽に行こうぜ。アスカは頭がいい。大丈夫だ、今のましっかり可愛がってやんな」

族長の方が長生きしてるくせに俺なんかが偉そうなことを言っちまったが、子育て経験は俺の方が豊富だし、まぁいいだろ。族長とその他のエルフたちはそれぞれ安心したように笑い、感謝の言葉を言ってくる。

「なるほど。では私も安心してメグを甘やかすことにしますね」

「ああ、それでいい。特にメグは色々と自分でブレーキをかけるからな。甘やかしすぎるくらいがちょうどいい」

「そうですね。今後も遠慮なくいかせていただきますよ」

「お前らが言うとなんか、限度ってもんがなくなる気がするんだけど……」

失礼だな、ベネ。だがその通りになる自信がある。きっと、今にも増して過保護になる俺たちに、メグはきっと目を白黒させるだろうな。それを想像したらおかしくなって、喉の奥でクックッと笑った。


「あにょね！　炎の祭壇と、神秘のいじゅみに案内ちてくれたの！　メラメラでキラキラで、空気が美味ちくて、しゅっごくキレーだった!!」

しばらくして、アスカとメグ、そしてギルが村の方に戻ってきた。何やら目をキラキラ輝かせてるからどうしたのか聞いてみれば、この返答。どうやら、アスカが謝罪ついでにメグたちを案内してくれたようだ。おーおー、嬉しそうだな。

「あの辺りは暗くなってからの方が美しい景色が見られますからね」

「村の中のいじゅみとは、また違ってたでしゅ！」

「今、メグが見に行った方が源泉なのですよ。村の中にある泉はそこから引いているのです。その為、少々泉の効果は薄れますが、観光客が使うには十分すぎるほど澄み渡っています。むしろ元となる神秘の泉は、エルフ族や魔力を多く持つもの以外には効果が強すぎて毒となり得ますから、あのくらいがちょうどいいのですよ」

「ほあー、しゅごい」

ファンタジーっぽい、とか思ってるんだろうな。頬を紅潮させて興奮状態だ。その反応が可愛いと思ったのだろう、シュリエが最大級の笑みを浮かべている。エルフの本気の笑顔はやべぇな。見慣れてるはずのシュリエでさえ神々しく見える。

「せっかくですから、今から星降る丘に行きましょうか？　実際に星が降るわけではありませんが、運が良ければ流れ星が見えます。遮るものがなく、とても静かで美しい丘なんですよ」

「行きたいでしゅ！」

当然、その誘いをメグが断るわけもない。食い気味に答えたメグは、すぐさまクルッとアスカの方に顔を向けると、その小さな手を差し出した。

「アしゅカも、いっちょに行こ！」

「メグおねーちゃん……うんっ！」

小さな手と小さな手が重なってギュッと握り合い、二人はふふふと微笑み合って、シュリエの後について歩く。後ろ姿やべぇ！　幼児同士の手繋ぎやべぇ！　ニヤける顔を隠す為、右手で口元を覆う。見ればギルも目を逸らしていた。チキショーそのマスクずるいなおい！

「せっかくだから、俺らも行くか」

「……ああ」

メグ曰く、家族旅行だからな。観光スポットとあらば一緒に見に行くべきだろう。幼児のてくてく歩く姿を見ながらの道中はある意味拷問《ごうもん》だった。

「うわぁ……きれー！」

「でしょ!?　ここは、ぼくもだいすきな場所なんだ！」

目的地が見えてくると、メグはぴょんぴょん飛び跳ねながらその興奮を表現していた。いや、表現してるつもりはないだろうが、抑えきれなかったんだろ。手を繋いでいるからか、メグにつられたのか、アスカも一緒に飛び跳ねている。くそっ、可愛い。

「メグおねーちゃん、あの、さっきは……ごめんなさい」

しばらく二人して口を開けて空を見上げていたと思ったら、アスカが突然小さな声でそう言った。反省してんのか。いい子じゃねぇか。言われた当のメグは一瞬ぽかんとした後、慌ててブンブンと顔を横に振る。

「へーき！　もう痛くないもん！」

「そ、それもだけど……！」

アスカは口をモゴモゴさせて言いづらそうに言葉を続けた。

「あの、メグおねーちゃんのギルを、独り占めした、から……」

お、これも自覚があったのか。それは意外だったな。わかってはいても、それを認めて反省ってのはなかなか出来ないもんだ。やっぱりいい子だな。隣でシュリエが苦笑を浮かべている。

「わ、私のってわけじゃ……！」

メグはその物言いが気になったようで慌てているが。細かいとこを気にするんだよなぁ。ギルは困ったように眉尻を下げている。ほんと、メグにかかわるとギルは珍しい反応ばっかり見せてくれるよな。飽きねぇ。

「ギルは、死んじゃったとーさまに似てたから……とーさまじゃないって、わかってたんだけど」

「アしゅカ……」

メグが涙目になった。あー、俺の件もあったからそういう話には弱いんだろうな。罪悪感が半端ねぇ。

「気にちなくていーの。アしゅカはなんにも悪くないの。ギルしゃんはとってもしゅてきでかっこいーパパだち、アしゅカがだいしゅきになるのも、ちかたないの」

メグがアスカの頭を撫でながらよしよしと慰めている。一方でナチュラルにベタ褒めされたギルは耳まで赤くなっている。無表情だけは崩さないのはさすがだと思うが、マスクの下を見たいという気持ちも湧いてくる。面白い。

「いちゅか、オルトゥしゅにも来てね？　しょの時は、私が案内しゅるから！」

「やくそく？」

「うん！　やくしょく！」

ニコニコと笑いながらメグがそう言うと、アスカがガバッとメグの首元に抱きついた。当然、支えられないメグは後ろに転がり、アスカに押し倒されてしまう。今日はよく後ろに転がる日だな。今回は草むらだから大丈夫だろ。本人も一瞬驚いたように目を丸くしていたが、すぐによしよしと抱きしめ返してるしな。

「メグおねーちゃん、だいすき」

「うふふ、私もアしゅカだいしゅきよー」

ギルの取り合いがきっかけで、変な蟠《わだかま》りが残るかと心配したが、そんなことはなさそうで良かった。ま、メグだしな！　しっかし幼児が草むらで抱き合う様子はなんとも癒される光景だ。ずっと眺めていられるな。

「ぼく、メグおねーちゃんのつがいになる」

「ちょっと待て」

だが、続くその言葉には思わず待ったをかけてしまった。仕方ねぇだろ！　さすがに見過ごせねぇ！

「頭領、子どもの言うことですよ？　まだ意味も深くわかってませんから」

「いや、軽々しく言っていいことじゃねぇんだ、こういうのは！　なぁギル？」

やれやれ、と言った様子のシュリエだがダメだ。この世界における番《つがい》ってのは、日本にいた頃の「結婚」よりも意味が重い。まぁ体感でなんだが、基本的に一途なんだよ、魔大陸のヤツらってのは。一部例外もいるけどな。日本であれば子どもの頃の可愛い口約束で済むかもしれねぇが、番って言葉を使われるのはたとえ子どもでも許せねぇ。

「……まぁ、な」

「ほら見ろ！」

ギルも複雑な目であの二人を見ている。だよな？　な!?

「……貴方たちは本当に群を抜いた親馬鹿ですよね。私だって、もう少し年齢が上でしたら物申しますけど、さすがにこの年齢では……」

もう少し上ってどの程度だよ。基準が曖昧なんだよシュリエは。まぁいい。とにかく許さんぞ俺は。

「ぼくが決めたことに文句言わないでー、おじさんたちは！」

「お、おじさんてお前……」

「おじさん、ですか。まぁ否定は出来ませんけれど」

俺はともかくこの二人におじさんはねぇだろ、と思わず絶句しちまった。だというのにシュリエ、納得すんな。ギルも特に思うところはない、みたいな反応やめろ。なぜか知らんが俺にダメージがくる。

「ね？　メグおねーちゃん、いいでしょ？」

あっ、アスカのヤツ、直接メグに聞きやがった！　思わずみんなでメグに注目する。メグも、全く意味がわからないってわけじゃねぇだろう。なんて答える気だ⁉

「えっと……よく、わかんない？」

濁したな。あのにへらっとした笑い方はあいつが何かを誤魔化す時にする笑い方だ。だがまぁ、それが一番妥当な反応だろう。拒否すればアスカがまたヘソを曲げちまうし、かといって承諾したら何となく面倒なことになりそうだし。なーんかこのアスカってヤツは、曲者《くせもの》になりそうな予感がするんだよなー。ともあれ、この返事で納得してくれればいいんだが。

「じゃ、大人になったら、またぷろぽーずする！」

「お前、どこでそんな言葉覚えてきたんだよ……」

思わず脱力してしまった。子どもってのはこういうとこがあるから妙に疲れるんだ。曲者になるかもしれねぇっていう俺の勘が当たりそうで、ドッと疲労感が押し寄せてくる。そこへ、メグがあっと声を上げる。何ごとかと顔を向けると、嬉しそうに目を輝かせてこう言った。

「流れ星！　今、流れ星みちゅけたよ！」

また見られるかな、と食い入るように夜空を見つめるメグを見てたら、なんか子ども相手に本気になってた俺の方が馬鹿らしく思えた。そうだよな。まだ、将来についてあーだこーだ考える時じゃねぇ。せっかく今がめちゃくちゃ可愛い時期なんだ。しっかり目に焼き付けて、思い出として刻まないと。

「みんなと、ずぅっといっちょに、いられましゅよーに……」

本心からそれを願ってるんだろうな。真剣に目を閉じて祈る横顔を見れば、そんなことはすぐにわかった。俺ら大人組は一度顔を見合わせてフッと笑う。たぶん、みんな同じことを思っていたのだろう。

そうだな。これまでの時間を取り戻す気持ちで、一緒にいる時間を大事にすべきだ。今回の家族旅行は、メグにいろんな経験をさせることで、その成長を見守ろうかと思ってたんだが……むしろ俺の方がメグから学ぶことが多かったように思う。だが、メグにとってもいい出会いがあったわけだし、実りある旅行になったはずだ。あと数日はここに滞在するし、せっかくだから楽しい思い出をたくさん作ってやらなきゃな。……アスカと別れる時は泣くだろうか。泣くだろうな。そんなことを考えて苦笑を浮かべながら見上げた夜空を、一筋の光が走る。お、俺にも見えた。こりゃいいことあるかもな。大喜びするメグを見ながら、俺はこの幸せを今度こそ守ろうと固く誓った。

あとがき

初めましての方も、お久しぶりの方も、そうでない方もこんにちは。あとがきへようこそ！

阿井りいあです。

　こうしてあとがきを書くのも三回目……なんだか感慨深いです。相変わらず書籍となることへの喜びや感動、感謝の気持ちは収まることがなく、むしろ増幅しております。それもこれも読んでくださる方々がいるからこそです。本当にありがとうございます。


　さて、この三巻は特級ギルドの節目の巻ともいえます。なぜなら、そう。一部が一度完結となるからです。この話を書き始めて、ここが書きたかったんだ……！　という部分が収録されていますので思い入れも特に強い一冊となりました。メグたちの物語はまだまだ続きますが、ひとまずここまでは、という目標が達成出来てとても嬉しいのです。しかしながら、メグにはこれから色々と大変な目に遭ってもらうわけですが……それを経て成長していく様子を引き続き見守ってもらいたいと思っています。

　そんな理由もありまして、今回、書き下ろし短編や表紙の案は早くからこれがいいと決めておりました。特に表紙は、先の展開を知っている方にとっては、このイラストを見ていただいた段階で泣いてもらいたいという打算がありました。まだ展開を知らない方には読んだ後に再び見ていただき、グッときてもらいたいという打算が。まずイラストが素敵過ぎるのでそれだけで私は毎回泣いていますけどね！　皆さまの反応も気になるところです。

書き下ろし短編の方は「家族旅行」という点だけを決めており、行き先はどうしようかと考えているところへ、読者様からの要望があったことを思い出したのです。ぜひ、エルフの郷に行ってもらいたい、と。迷わず採用しました！　読者様は偉大です。

次に、誰を同行させるかで悩みました。頭領とギルは外せませんからここは決定として、エルフの郷だからシュリエもいないといけないな、と。おそらくオルトゥスの水面下では自分も行きたい、長期休暇で旅行なんかずるい、などと大騒ぎしていたのだと思いますが、ここは心を鬼にしてその三人のみとさせていただきました。それ以上連れていってしまうと、社員旅行になってしまいますからね！　今回は「家族旅行」ですので他のメンバーには涙を呑んでもらいました。ごめんね……。

その代わり、エルフの郷では新しいキャラクターを出すことにしました。とは言いましても、新キャラである子どもエルフの彼、実はｗｅｂ版最新話の時点ですでに登場しているキャラクターでございます。ですので本当に新キャラか？　と言われれば怪しいのですが、その貴重な幼少期を描きましたのでちょっぴりお得感があるかと！　お楽しみいただけていたら嬉しいです。

では、最後に。三巻を出版するにあたり、尽力してくださったＴＯブックス様を始め担当者様方、そして毎回とても素敵なイラストを描いてくださるにもし様、ご協力いただいた全ての皆様に心より感謝を申し上げます。それから特級ギルドをお読みくださり、本作をお手にとってくださったあなた様にも心からの感謝の気持ちを。皆様がいるからこそ、こうして物語を紡ぐことが出来ています。大変励みとなっているのです。本当にありがとうございます！

どうかこれからも、メグたちの物語を見守っていただけますように。

おまけ漫画

コミカライズ第1話

漫画：壱コトコ

原作：阿井りいあ

キャラクター原案：にもし

Welcome to
the Special Guild

おちごと
がんばって
くだしゃい!
たたたたた
ほわわ〜ん
かわいい…
かわいい…
たったたた
サウラ
しゃん!
うちのギルドに
こんなにカワイイ子が
居るなんて
ねーっ
かわいい〜っ
あら
メグちゃん

ギルドの探検　今日はもういいの？
あい！
メグと呼ばれているこの私
見た目はこんな拙《つたな》い喋り方の幼子だけど
中身はなんと28歳の元社畜OLです
じゃあお茶にしましょ！
うふふ♡
とっておきのお茶請け出しちゃうわね！
!!

私の
お気に入りの店の
期間限定品！
丸ごと
オランゼリーよ！
わくわく
でも…
サウラしゃんの
お気に入り
キラ
もらって
いいんで
しゅか…？
キラ
んもー！
メグちゃんってば
可愛い上に本当に
いい子よね！
むぎゅーーーっ
いいのよ！
そのかわり
おいしく食べてね？
くす
くす

たくさん食べて遊んで寝ることがこのギルドでのメグの仕事ですから
そんなに気を使わなくてもいいんですよ
こちらで食べましょうね
おいしくいただくぞーー！
おいこらジュマあんたは金を払いなさい
なんでだよー！ケチ！
よじよじ
……届かにゃい
ひょいっ

うわっ 軽っ！ おいちっこいの
お前ちゃんと食ってるかぁ？
ぱあっ
ありがとーございましゅ！
ジュマにーちゃ！
かっ
お… おう…
かわいい

メッ
メグちゃあああん
そのスベスベでモチモチの可愛いほっぺスリスリさせて~~~
あ゛あ゛あ゛
あ゛あ゛
サウラ
それはわかったから話を進めてくれ
はぁ…
サウラも相変わらずですねえ
ぱくっ
おいしい!

なるほど
オランってミカンのことなのね
詳細はいろいろ割愛するけれど
ある日突然この世界に転生してしまい行き倒れていた私を
少し前にギルさんが保護してここまで連れてきてくれて
有難いことにこの特級ギルド「オルトゥス」で
面倒を見てくれることになったのだ
特級ギルドとは人や街や国からの依頼で動く会社組織のようなものです

メグちゃん どう？ おいしい？
あい！
すっごく おいしー でしゅ！
サウラしゃんも どうじょ
!!!
んも〜〜っ!!!
メグちゃんってば 本当に何でこんなにも 愛くるしいの!!
このギルドに こ〜〜〜んなに 可愛くていい子が いるなんて 奇跡だわ!!
きゃー
きゃー
……
全く…
この容姿の お陰もあってか
ギルドの皆さんに すごく可愛がって もらってるんだけど

この世界での私は人間ではなくエルフらしい
シュリエしゃんエルフってなんでしゅか?
みんなと違うでしゅか?
そうですね
まず他の種族と違うエルフの特徴と言えるものは
輝く髪と青系統の瞳
他の者より耳が尖《とが》っていることですかね
私のような色合いが一番多いかもしれません
メグは髪も目も色が少し変わっていますが
間違いなくエルフの特徴と言えますね
あとは…
エルフにはエルフだけが使える自然魔術というものがあります
しぜんまじゅちゅ!
私も使えるようになりましゅか?
勿論です

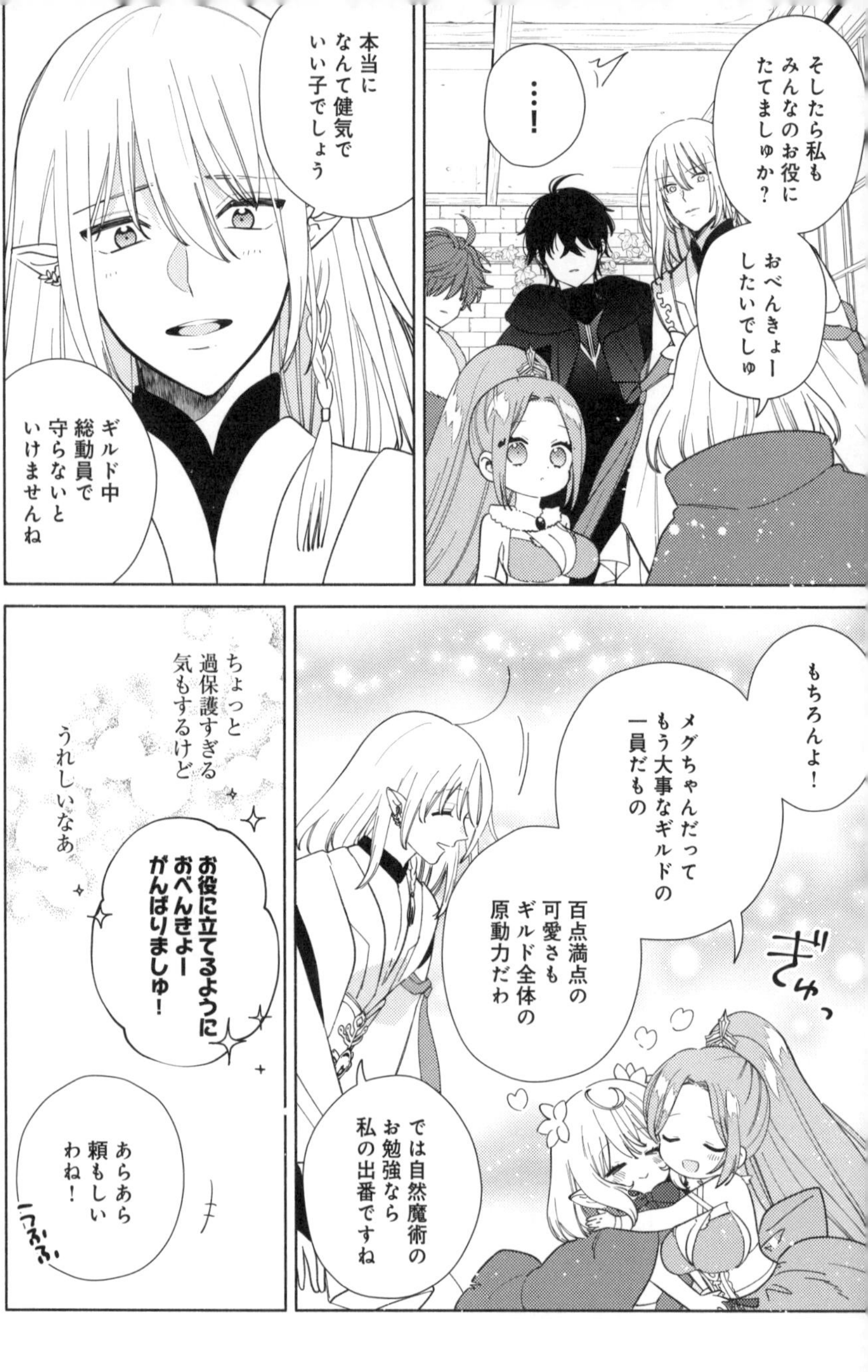

そしたら私も
みんなのお役に
たてましゅか？
おべんきょー
したいでしゅ
…！
本当に
なんて健気で
いい子でしょう
ギルド中
総動員で
守らないと
いけませんね
もちろんよ！
メグちゃんだって
もう大事なギルドの
一員だもの
百点満点の
可愛さも
ギルド全体の
原動力だわ
ぎゅっ
では自然魔術の
お勉強なら
私の出番ですね
ちょっと
過保護すぎる
気もするけど
うれしいなあ
お役に立てるように
おべんきょー
がんばりましゅ！
あらあら
頼もしい
わね！
うふふ

ということで
お勉強に付き合ってくれることになったシュリエさんと街までランチデートに行き
満腹になったところで思う存分お昼寝もして
すょ
すょ
医務室で健康状態を診てもらう
ギルドに来る前は行き倒れていたのだから仕方ない
大物の魔物狩ってきたぜ
俺は今日迷子探しで大変だったよ
スパイ組織かと思ったけど……
もしやここって何でも屋?
ガチャ…
こんにちはルド
お邪魔しますよ
ルドせんせこんにちは!
いらっしゃい!

朝食は食べた？
食べまちた！
そうかえらいね
この人はオルトゥスのお医者さんのルドヴィークさん
変わった様子はないか？
オルトゥスに来てすぐに私が拾われてきた経緯をシュリエさんが簡単に説明してくれて
一度診療もしてもらったけど
しばらくの間毎日の健康チェックは欠かせないそうだ
それじゃあ今日も元気かどうか診せてくれるかな
あい！お願いしましゅ！
お願いしますねルド
任せてくれ

口をあけて
あーー
健康診断って
異世界でもやることそんな変わらないんだな
それからもあれこれ検査されさすがは異世界
これは異世界っぽい!
魔術でも診察された
胸の音聞くから服脱ごうか
ガバッ
レディーに対して失礼でしゅ!
きゃーーっ
ごめんね
さて
一通り診察を終えたわけだけど
へろへろ…

一見して
問題はない
ようだ
しっかり食べて
よく休むのが
今は何よりの
治療だな
しばらくの間は
無理のない生活を
心がけるように
ホッ…
そうですか
安心しました
しっかり食べて
休むのが仕事か
何か少しでも
やる事を！って
焦っちゃうんだけど
体調崩して
迷惑かけたら
元も子もないもんね
できることから
コツコツと！
この後
訓練場で少しだけ
やることがあるの
ですけど……
大丈夫でしょうか？
訓練場？
激しい運動や
魔術の行使は
やめた方が
いいんだが…
魔術を使うのは
私だけですし
エルフとして
大切なことを
メグに教える
だけです
ふむ
そのくらいなら
良いだろう

だが 早めに切り上げるんだぞ
本当なら訓練場も明日の方がいいんだが……そうもいかんのだろう？
ええ すでに遅いくらいですからね
エルフとして必要なことをこの子はまだしていません
身を守るためにも重要なことですから
それなら仕方ない
お前さんなら任せて大丈夫だろうがくれぐれも注意するように
わかりました
ではルド ありがとうございました
ありがとーごじゃいました！
気をつけて
何かあったらすぐに言うんだよ
ぽんっ
あいっ

ギルドのみんな優しい人ばかりでしゅね
私も早く恩返しできるようになりたいでしゅ
それはメグが本当に可愛くていい子だからですよ
焦らずに頑張りましょうね
フンヌッ
そうとわかればいよいよ魔術のお勉強だ！
自分の身を守るためにも何をするにも
エルフである以上最低限自然魔術を使えるようにならなければいけないらしい
今は私に出来ることなんて本当に何にもないから
少しでも出来ることが増える機会があるのは素直に嬉しい

この世界で
生きていくための
大事な一歩だ
ギィ…ッ
別に運動したりするわけではないらしいけど……
こんな広い場所で何するんだろ？
わぁ…
実践に入る前に少し説明をしましょう
あいっ

お茶をどうぞ
ミルク多めにしておきましたからね
カチャッ
ありがとーございましゅ!
さすがシュリエさん気が利くなあ
さて…
最初に自然魔術と普通の魔術……一般魔術とでも呼びましょうか
この2つの違いを簡単に説明しましょう

一般魔術は自身の魔力を変質させてあらゆる効果を具現する魔術で
自分の魔力を変質させるだけなので「こうしたい」と頭で考えたことをそのまま具現化することができるのです
ぽんっ
お砂糖足りなければどうぞ
魔力を込めれば込めた分だけ威力も耐久力も上がりいつでもどこでも発動可能ですが
当然のことながら自身の魔力が尽きれば魔術は使えません
NO!!
ちなみにただ使うだけというのが生活魔術と呼ばれるもので
使うだけなら子供でもできますがほとんどの人は生活魔術止まりですね
へえ…
それでもめっちゃ便利！
対して自然魔術は自分の魔力を対価に精霊に魔術を行使してもらう魔術
エルフ ドワーフ 妖精等種族限定で使える特別な魔術です

自身の魔力を様々な精霊に分け与えることで魔術の契約が成立します
同じ魔術を使ったとき一般魔術で使うのに必要な魔力より少ない量で同じ威力を出すことができるエコ魔術である上に
しん
けん
魔力の先払い後払い共に可能で先に渡しておけば後で魔術を使わせてもらったり
精霊と信頼関係が築けていれば後で魔力を渡すかわりに
くす
くす
先に力を貸してくれたりもするのですよ
ちなみに分割払いもできます
ぱぁぁっ
精霊しゃんも優しいでしゅね!
精霊融通が効くわぁ…
そしてデメリットはあまり細かな操作は難しいということ
と、そんなところでしょうか
ふむ…
なるほど…

時間をかけて魔術の腕を磨く点はどちらも同じです
ただ、自然魔術は精霊と仲良くなるのが一番の練習と言えるかもしれませんが
さてここまで理解はできました？
えっと……一般まじゅちゅはじゅーじざい！
れんしゅーがんばろー！
んで自然まじゅちゅはてーねんぴ！
精霊しゃんと仲良くなろー！
でしゅね！
……これはまた見事に簡潔かつ的を射た説明ですね問題ないでしょう
さて次はいよいよ精霊との契約について説明していきましょう
実際契約するのはもう少し後になるかと思いますが先に説明しますね
あいっ！お願いしましゅ！

儀式といっても
やることは単純
気に入った精霊に
声をかけて契約の話を
持ちかけるのですが…
まずは
精霊が見えなければ
意味がありませんよね？
ですので
今日は私がメグに
自然魔術をかけます
私の契約精霊に
メグが精霊を
見られるようになる
魔術を頼む
ものなので
痛いものでも
危険なものでもない
安全なので安心して
くださいね
精霊しゃん
見えるでしゅか!?

ええ
では僭越《せんえつ》ながら
私がメグの最初の師を
務めさせて
いただきます
キラ
キラ
わく
わく
初の自然魔術は
いわば親の愛情
親からの
贈り物であり
とても大切な祝典
それを私などが
受け持って
良いのだろうか…
と思うところもありますが
きっと
とっても
大事な作業
でしゅよね
でも
シュリエしゃんに
お願いできるなんて
とっても嬉しいでしゅ！

ぽんぽん
メグは本当に優しくていい子ですね
ギルドの人たちの手はみんな優しくて暖かくて心地いい
私にはもったいないくらい
みんな本当に優しくしてくれて
こんな気持ちになるのは一体
いつぶりだろう
メグ!?

体の調子どこか悪いのでしょうか
もう一度ルド医師のところへ…
目にゴミが…
いけないいけない
心配かけちゃ駄目だ
ぐすぐすぐす
あわわわ
では早速メグに精霊が見えるように魔術をかけます
だっ大丈夫でしゅ！
ならいいのですが…
辛かったらすぐに言うんですよ？
あい！
優しすぎてまたうっかり泣きそう
気を楽にして目を閉じてください
私が声をかけたらゆっくり目を開けてくださいね
ぎゅううう
あいっ！
よろちくお願いしましゅー！
パアアア

……メグ 良いですよ
社畜だった頃には 想像もできなかったけど
この世界の 何もかも 驚くことばかりで
お帰りなさい メグ
そろ——…っ
貴女《あなた》の目に 映る景色は 変わりましたか？
目を開けると そこには
え？
あわ
うわぁ……！

この世の
ものとは
思えないほど
これが
精霊しゃん…？

綺麗な世界が広がっていて
これがエルフの見てる世界…
どうやら…成功したようですね
ぽふっ

ありがとーごじゃいます！
とってもキレイなの！
どういたしまして
こちらこそありがとうございますですよ
経験はないから想像でしかないけど
今までモノクロに見えていた世界に色が見えるようになったとか
そんな感覚が近いかもしれない
とにかく私の中の世界が輝いて見えてとても新鮮だった

マインから
ローゼマインへ
聖女伝説
いよいよ最終章へ――
第一部 兵士の娘
第二部 神殿の巫女見習い
第三部 領主の養女
第四部 貴族院の自称図書委員
公式HPにて第3回人気キャラクター投票開催中!

〝魔の森〟で魔物が大量発生!?
モルテールン領を襲う更なる脅威とは?
シリーズ累計
40万部突破!
おかしな転生
XV
著
古流 望
NOZOMU KORYU
イラスト
珠梨やすゆき
YASUYUKI SYURI

何であろうと受けて立ちます
描き下ろし
珠梨やすゆき描き下ろしイラスト付!
ポストカードセット好評発売中!
詳しくはTOブックスオンラインストアへ!
古流 望
珠梨やすゆき
おかしな転生
ドラマCD
ドラマCD オーディブル 配信中!
詳しくはこちら
お菓子で世界を革命するスイーツ・ファンタジー第15弾!
2020年、発売予定!!

特級ギルドへようこそ！3
～看板娘の愛されエルフはみんなの心を和ませる～

2020年2月1日　第1刷発行

著　者　阿井りいあ

編集協力　株式会社MARCOT

発行者　本田武市

発行所　TOブックス
〒150-0045
東京都渋谷区神泉町18-8　松濤ハイツ2F
TEL 03-6452-5766（編集）
　　0120-933-772（営業フリーダイヤル）
FAX 050-3156-0508
ホームページ　http://www.tobooks.jp
メール　info@tobooks.jp

印刷・製本　中央精版印刷株式会社

ISBN978-4-86472-901-7